文春文庫

平蔵の母

逢坂剛

文藝春秋

目次

■江戸時代の時刻（中央標準時）

		冬至一一月中（一二月二二日）	春分二月中（三月二一日）	夏至五月中（六月二一日）	秋分八月中（九月二三日）
明	六つ	午前六時一一分	午前五時九分	午前三時四九分	午前四時五四分
昼	九つ	午前一一時四〇分	午前一一時四九分	午前一一時四二分	午前一一時三四分
暮	六つ	午後五時八分	午後六時二九分	午後七時三六分	午後六時一三分
暁	九つ	午後一一時四〇分	午後一一時四九分	午後一一時四三分	午後一一時三三分

■江戸時代の単位

距離・長さ

一里＝三十六町（約三九三〇メートル）
一町＝六十間（約一一〇メートル）
一丈＝十尺（約三メートル）
一間＝六尺（約一八〇センチメートル）
一尺＝十寸（約三〇センチメートル）
一寸＝十分（約三センチメートル）

時間の長さ

四半時＝約三十分
半時＝約一時間
一時＝約二時間
一時半＝約三時間
二時＝約四時間

貨幣の目安（江戸後期）

一両＝四分（約十万円）
一分＝四朱（約二万五千円）
一朱＝約六千円

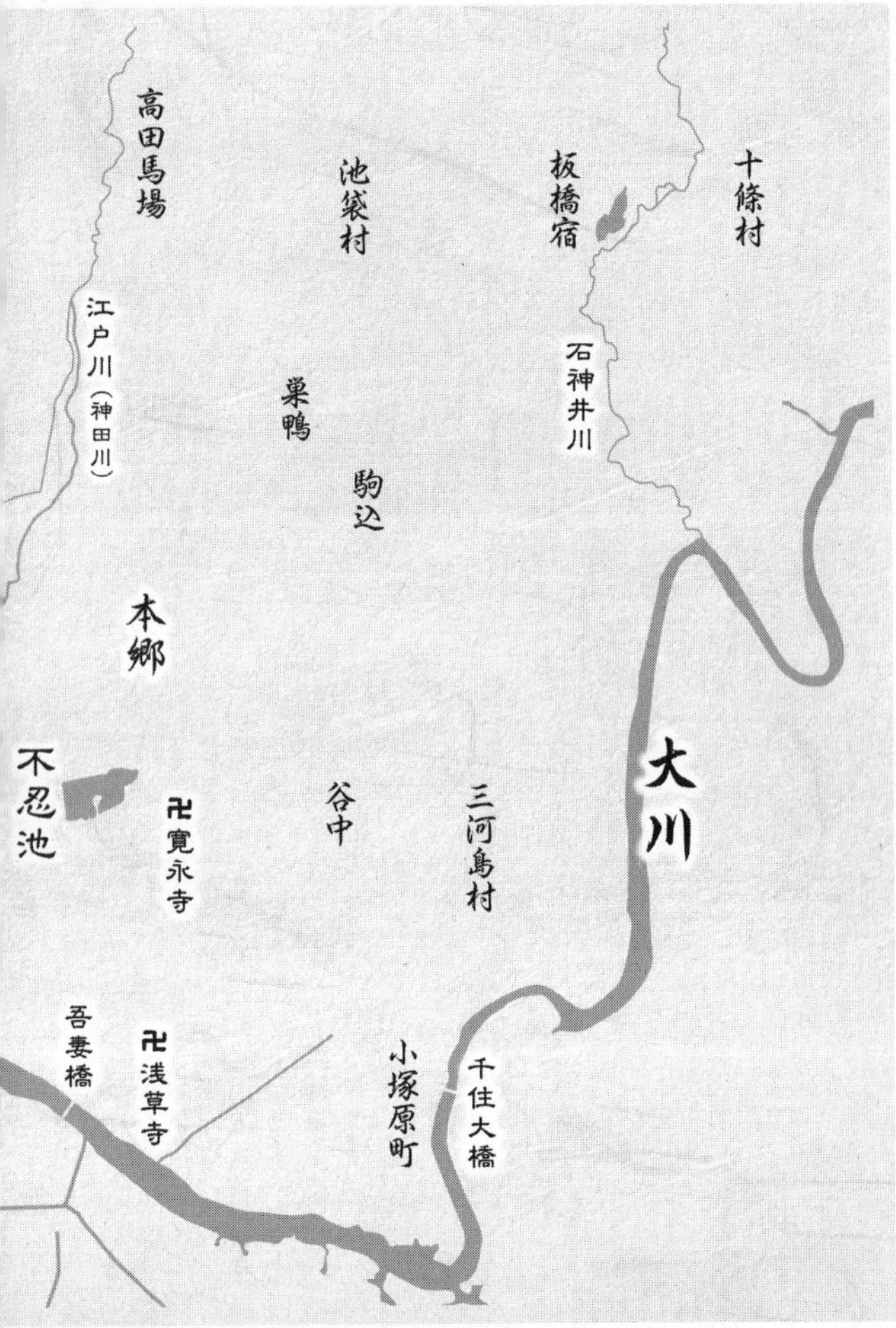
十條村
板橋宿
池袋村
高田馬場
石神井川
江戸川（神田川）
巣鴨
駒込
本郷
大川
不忍池
卍寛永寺
谷中
三河島村
吾妻橋
卍浅草寺
小塚原町
千住大橋

江戸図
御城
内藤新宿
渋谷川
青山
原宿村
四谷
牛込
増上寺
神田
日本橋
小伝馬町
京橋
両国橋
蔵前
石川島
回向院
本所
平蔵役宅

平蔵の母

平蔵の母

一

「なに。殿に会いたい、と申しているのか」

「いえ、そこまではっきりとは、申しておりませぬ。ただ、きえと名乗ったそのお婆は、テツサブロウに会わせてほしいと、そう申しているだけでございます」

応じながら美於《みお》は、困惑した様子の柳井《やない》誠一郎《せいいちろう》の顔を、恐るおそる見上げた。

銕三郎《てつさぶろう》が、長谷《はせ》川《がわ》平蔵《へいぞう》の幼名だということは、美於もむろん承知している。

誠一郎は、眉根を寄せて、言い返した。

「しかし、テツサブロウだけでは、殿かどうか分からぬではないか」

「わたくしも、ひとまずはきえなるお婆に、テツとはどういう字を書くのかと、尋ねてみたのでございます。すると、きえは畳の上に、こう書いてみせました」

美於は、指で畳にていねいに〈銕〉と書き、続けて言った。

「つまり、テツサブロウのテツは、金偏《かねへん》に夷《えびす》と書く、あの〈銕〉だというのでございます」

誠一郎は腕を組み、むずかしい顔になった。

「なるほど。その鉠三郎ならば、確かに殿のご幼名ではあるな」

そこで言いさし、考え込む。

「それも、〈本所《ほんじょ》の鉠三郎〉に会わせてくれと、きえはそのように申しました」

美於が続けると、誠一郎は小さく首を振り、ため息をついた。

「本所の、鉠三郎とな」

「さようでございます。そうなりますと、やはりお殿さまのほかにはおられぬ、と存じますが」

誠一郎が、じろりと見返してくる。

「それはいささか、気が早すぎよう。以前にも、はるばる京都から〈本所の平蔵〉なる男を、捜しに来た女子《おなご》がいた。あのとき、平蔵と名のつく者は名乗り出よと、本所界隈《かいわい》に触れを回したところ、何十人も役宅に出頭して来たではないか。鉠三郎の名は、平蔵ほど多くはないだろうが、一人や二人ではあるまい。殿に限ったことではないぞ」

そう言われれば、そうかもしれぬ。

しかし美於は、誠一郎自身もこの話に心を動かされている、と勘が働いた。

思い切って、話を続ける。

「もう一つ、きえなるお婆は間違いなく〈本所の鉠三郎〉と、呼び捨てにいたしました。だとすれば、きえと鉠三郎なる者は身内同士、と考えられませぬか」

腕を組んだまま、誠一郎は首をひねった。

「身内同士か」

そこで一度口を閉じ、あらためて言う。

「そのお婆の様子は、どんなふうであった。それに、年のころは」

「髪はすっかり白くなり、それを玉結びにしております。見たところ、病ゆえいささかやつれておりますが、若いころはさぞかし美形であったと思われる、整った顔立ちのお婆でございます。年は聞きそびれましたが、おおかた六十五歳から七十歳のあいだ、と存じます」

美於の返事に、誠一郎は床の間の掛軸に、目を向けた。

「殿は確か、今年四十八歳になられたはずだが」

「かりにお身内とすれば、だいぶ年の離れた姉御前《あねごぜん》か、それとも伯母御《おばご》か、あるいは」

美於が言いさすと、誠一郎は目をもどした。

「まさか、母御《ははご》ということはあるまい。そのお婆は、〈岩崎屋《いわさきや》〉とか申す織物問屋のあるじの、母親であろうが」

「それは、実在せぬ〈岩崎屋〉の庄兵衛《しょうべえ》なる者が、そのように申しただけでございましょう。つまりは、実の母親かどうか、あやしいものでございます。きえ自身は、そのことについて、何も申しませぬゆえ」

誠一郎が、独り言のように言う。

「六十五歳から七十歳となると、殿の母御といった年ごろではあるな」

「はい。殿のご母堂は、ご存命なのでございますか」

「殿は、めったにご自身のことを、お話しにならぬ。おれは母御の名前も知らぬし、ご健在か否かについても、耳にしたことがない」

美於は、唇を引き締めた。

誠一郎の口から、そうした言葉が漏れたことからすれば、きえなるお婆が平蔵の母親でない、とは言い切れぬものを感じているようにも、思えてくる。

もともと、平蔵の家系は家名を絶やさぬために、何かと苦労があったらしい。

平蔵の父宣雄《のぶお》は、かなりの紆余曲折をへて長谷川家を継いだ、と聞いている。

宣雄もまた、御先手弓組組頭《おさきてゆみぐみくみがしら》の職にあるとき、平蔵と同じく火盗改《かとうあらため》の加役に、任じられたという。

その後、京都西町奉行に栄進したものの、在職中の安永二年六月に任地で、病死したそうだ。平蔵が、二十九歳のときだというから、もう二十年も前のことになる。

平蔵が、宣雄の正妻の子ではないという話は、耳にした覚えがある。嫡母は、跡継ぎの男子に恵まれぬまま、平蔵が幼いころに亡くなったらしい。

その結果、庶子《しょし》の平蔵が家名を継ぐ仕儀になった、ということのようだ。

もっとも、そうしたいきさつは俵井小源太《たわらいこげんた》ら、同心たちと〈めぬきや〉や〈こもりく〉で、酒食をともにしたおりに出た雑話を、美於が頭の中で適当につなぎ合わせた、というだけにすぎない。

虚実のほどは知らないし、別に知りたくもなかった。そうした、ややこしい武家の仕組みやしきたりは、手先の仕事に関わりのないことだ。

誠一郎が、やおら腕を解いて、美於に尋ねる。

「このことを、だれかに話したか。たとえば、小源太などに」

「いえ、俵井さまにもほかの旦那がたにも、まだお話しいたしておりませぬ。ご存じなのは、この一件にわたくしを引き入れた、〈清澄楼《せいちょうろう》〉の旦那さまだけでございます。まずはじきじきに、柳井さまのお耳に入れねばと考え、旦那さまのお許しを得てこちらへ、お呼び立てした次第でございます」

誠一郎の口元が、ほっとしたように緩む。

「それでよい。この一件は、おれが預かる。おれの許しが出るまで、小源太にもほかの者たちにも、話してはならぬぞ。殿には、おれからお伝えしておく」

二

前日の夕刻。

不忍池《しのばずのいけ》のほとりにある、〈清澄楼〉で働く美於はあるじの富右衛門《とみえもん》に、奥の居室へ呼ばれた。

富右衛門は、すでに還暦を過ぎた老爺だが、背丈も横幅も人並み優れた、押し出しのいい男だ。美於が、かつて盗っ人の一味にいたことも、足を洗って長谷川平蔵の手先になったことも、すべて承知している。

したがって、美於に火盗改から呼び出しがあったときは、自分の用事で使いに出すかたちにして、美於を自由にさせてくれるのだった。

その富右衛門が、美於を自室に呼んだのには、相応のわけがあった。

美於が、富右衛門から聞かされた話は、こうだ。

その日の昼過ぎから、料理屋仲間の寄合《よりあい》があって、富右衛門は鎌倉河岸《かまくらがし》に近い、三河町二丁目の〈元喜世《もときよ》〉に、足を運んだ。〈元喜世〉は、店を開いてまだ何年にもならないが、すでに名店のうちに数えられるくらい、人気がある。

寄合が終わったあと、富右衛門は〈元喜世〉のあるじ喜十郎《きじゅうろう》に、話があると呼び止められた。

喜十郎は、富右衛門を自室に連れ込み、こんな話をした。

何日か前、芝《しば》田町の織物問屋〈岩崎屋〉の番頭、と称する男が店にやって来て、翌日の付け込み（予約）を入れた。あるじの庄兵衛が、母親と二人でゆっくり食事をしたい、との趣旨だという。

そのおり、番頭は前金を預けておくと称して、喜十郎に袱紗《ふくさ》の包みを渡した。

あとで喜十郎があけてみると、両替商が封印した切餅が出てきた、という。切餅は、一分銀百枚を四角く、切餅形に包んだもので、小判二十五両に相当する。

いくら、〈元喜世〉が売り出し中の料理屋とはいえ、二人で二十五両という多額の前金には、聞いた富右衛門もいささか驚いた。

何かわけがあると思い、喜十郎は当日みずから店先に出て、二人を待ち構えた。

庄兵衛母子は、前日の番頭に付き添われ、駕籠《かご》に乗ってやって来た。

庄兵衛は、四十代に見える恰幅《かっぷく》のよい男で、いかにも大店《おおだな》の旦那という風情だった。

一方の母親は病弱らしく、駕籠からおりる足元もよろぼいがちで、歩くのもやっとのように見えた。長い白髪を玉結びにした、身なりのよい高齢の老女だった。

喜十郎は、みずから庄兵衛に手を貸して母親を支え、二人を中庭に面した格別の奥座敷に、案内した。すでに先約がはいっていたのを、なんとかやり繰りしたのだった。

付き添いの番頭にも、用意した小部屋に控えてもらった。

板前が三人がかりで、その日に仕入れたいちばんのねたを使い、大いに腕を振るった。

母親は、すわるだけはきちんとすわり、庄兵衛と仲居の助けを借りながら、出された料理を機嫌よく食べた。ただ、ほとんど口をきかずにうなずいたり、首を振ったりするだけだった。

ところが、そろそろ暮れ六つになろうとするころ、母親がにわかに箸を落として胸を押さえ、食べたものを吐きもどした、という。

庄兵衛も喜十郎も、あわてて母親を抱き起こし、介抱《かいほう》しようとした。しかし、母親はそのまま喪心《そうしん》して、荒い息をするだけになった。

仲居が、汚れの始末をしているあいだに、喜十郎は次の間に蒲団を敷かせ、庄兵衛と二人で母親をそこへ運んだ。

庄兵衛は、控えの間にいた番頭に命じて、村田《むらた》東伯《とうはく》なるかかりつけの医者とやらを、呼びに行かせた。

さほど遠い場所ではなかったらしく、東伯は小半時ほどで駆けつけて来た。診察したあと、東伯はもともと母親が心の臓を患っており、それを承知で庄兵衛が外へ連れ出したのは、無思慮にもほどがあると苦言を呈した。というより、強く叱責した。

庄兵衛は、そう長い命ではないと思われる母親に、せめてうまいものを食べさせてやりたいと考え、無理を承知で〈元喜世〉に連れて来たのだ、と弁解した。

東伯は、庄兵衛の仕打ちをあれこれ難じたあと、こう言い出した。

ともかく、今はへたに母親の体を動かすと、命に関わる。

それゆえ、少なくとも一回り（一週間）は、ここに寝かせたままにしておき、きっと外へ出してはならぬ。

そのあいだ、毎日自分が診察にかよって来るゆえ、庄兵衛はもちろん〈元喜世〉のあるじにも、そのように承知しておいてもらいたい、というのだ。

それを聞いた庄兵衛は、ふところから新たに袱紗の包みを取り出し、この奥座敷をしばらく借り切りにさせてほしい、と喜十郎に懇請した。自分も毎日様子を見に来るし、借料は母親を引き取るときに、預けた金から料理代と合わせて、清算する。それゆえ、まげて願いを聞いてもらいたい。

そう言われると、喜十郎もむげに断わるわけにいかず、すばやく考えを巡らした。

これまでのいきさつから、勘定を踏み倒される心配はない。

奥座敷を貸し切りにすれば、ひいきの客筋に不便をかけるかもしれないが、そこで生じる損金についても、預かり金で賄《まかな》うことにしよう。

とっさにそう判断して、喜十郎は庄兵衛の頼みを、聞き入れることにした。

あとであけてみると、二つ目の袱紗にも前日と同じく、切餅がはいっていた。

一夜明けて翌日の昼過ぎ、庄兵衛と東伯がそろって店に現われ、母親の具合を念入りに確かめた。

東伯によれば、あと四、五日もすれば動かしてよかろう、ということだった。

翌々日も、二人は同じ頃合いにやって来て、母親の様子を確かめた。

ところが次の日、庄兵衛も東伯もやって来なかった。

何かわけがあるのだろうと思い、喜十郎は仲居に母親のめんどうを見させた。

ところがその次の日も、二人は姿を見せなかった。

そのあいだ、母親は一日に二度粥《かゆ》を口にするだけで、ずっと寝たきりだった。厠《かわや》を使うときだけ、仲居が三人がかりで手を貸した。

さらにそのまた次の日も、やはり二人は姿を現わさなかったので、さすがに喜十郎も困惑した。

母親にわけを聞こうにも、相変わらず半分喪心した夢うつつのありさまで、筋の通った話ができない。

喜十郎は、手のあいた下働きの男を芝田町へやって、〈岩崎屋〉という織物問屋を尋ねさせた。

しかし、芝田町の界隈にそういう屋号の織物問屋も、庄兵衛という名の商《あきな》い店《みせ》のあるじも、見つからなかった。

さらに喜十郎は、〈元喜世〉から往復の道のりが小半時前後の、近隣の町屋《まちや》内に村田東伯なる医者がいるかどうか、調べさせた。これもまた、見つからなかった。

庄兵衛も東伯も、すべて偽りの身元だったことが分かって、喜十郎は困り果てた。

町内の番屋か、いっそ御番所へ相談しようかと考え始めた矢先、母親が少し口をきくようになった。

もっとも、息子の庄兵衛については何も話さず、ただ自分の名前が〈きえ〉だ、ということだけ明らかにした。

それ以上、まとまった話をするまでにはいたらず、うわごとのようにこう繰り返す。

「本所のテツサブロウに、会わせておくれ」

そのさなかに、料理屋仲間の寄合がたまたま、店で行なわれた。

そこで、喜十郎は親しくしている富右衛門に、何かいい知恵はないものかと、相談を持ちかけたというわけだ。

話を聞き終わって、富右衛門は〈テツサブロウ〉という名前が、かつて本所で遊び回っていたころの、長谷川平蔵の幼名だということに、思い当たった。

そこで喜十郎に、番屋や御番所へ届けるのは少し待つように、言い含めた。

店へもどった富右衛門は、とりあえず美於を呼んでその件を伝え、一度その母親と話をしてみてくれないか、と持ちかけた。

富右衛門の頼みでもあり、事が平蔵に関わりのありそうな話となれば、美於に断わる理由はない。二つ返事で、引き受けた。

〈元喜世〉に足を運んだ美於は、富右衛門と喜十郎の立ち会いのもとに、寝たきりのきえと面会した。

しかしきえは、本所のテツサブロウに会わせてほしい、と言うばかりで、やはりほかのことには、答えなかった。

ただ美於が、テツサブロウのテツの字を聞いたときだけ、夜着から腕を畳の上に差し出して、たどたどしく〈銕〉と書いたのだ。

さいわい、きえは一人では起きられないことと、口をきくのが不自由なことを除いて、容態が悪くなるきざしはなかった。

店へもどったあと、富右衛門は長谷川平蔵にこの件を伝え、考えを聞いてみてもらえぬか、と美於に頼んだ。

むろん美於に否やはなく、その翌日柳井誠一郎にいきさつを話し、判断を仰いだ次第だった。

三

その日。

俵井小源太は、長谷川平蔵の供をして他行する誠一郎に、人目に立たぬよう背後を警固せよ、との沙汰を受けた。

さらに誠一郎は、念のため美於にあとからついて来させよ、と付け加えた。

前日のこと、〈清澄楼〉の使用人が本所の役宅へ、使いにやって来た。

それから間なしに、誠一郎は役宅を出て行ったのだ。

あとで小源太が、門番の和助《わすけ》から聞いたところによると、〈清澄楼〉のあるじの富右衛門が誠一郎に、できるだけ早く店へ足を運んでほしいと、呼び出しをかけてきたとのことだった。

小源太は、いささか不審を覚えた。

何か用向きがあれば、富右衛門の方から役宅を訪ねて来るのが、筋ではないか。

それを、わざわざ店へ来てほしいというからには、それなりのわけがあるはずだ。

そのことと、この日誠一郎に与えられた沙汰に、何か関わりがあるのではないか、という勘が働いた。

ただ、誠一郎はなぜ二人の背後に目を配るのかも、また二人がどこへ行こうとしているのかも、明かさなかった。

小源太は、あらかじめ役宅のある南本所から北へ歩いた、三之橋《さんのはし》のたもとで待ち受けるように、と言われていた。

夏も半ばを過ぎた六月下旬、からりと晴れ上がった青空の、さすがに秋の到来には早すぎるが、妙にさわやかな日和だった。

平蔵と誠一郎が、二人ながら深編笠《ふかあみがさ》をかぶって顔を隠し、三之橋通りを北へやって来たのは、昼八つ前のことだ。

小源太は、近くの柳の陰で川面《かわも》を眺めている美於に、小さくうなずいてみせた。

平蔵にせよ誠一郎にせよ、わけを言わずに指示だけ与えるやり方は、さして珍しいことではない。何か異変が起こったときは、自分の判断で対処してよいと言われており、それで誤りを犯したことも何度かある。

しかし、その失敗で二人から叱責を受けたことは、めったにない。

平蔵と誠一郎は、ともに焦げ茶の羽織袴を着用しており、背丈や体つきが似ていることもあって、遠目にはどちらがどちらか、見分けがつきにくい。

むろん、配下の与力同心には分かっているが、かりに何者かが襲おうとしても、まず区別がつかないだろう。

二人は三之橋を渡り、竪川《たてかわ》沿いに西へ向かった。

小源太は、二人をつける者がないのを確かめ、あとを追って歩きだした。合図をしないでも、美於がついて来ることは、分かっている。

平蔵たちは、そのまま大川に出て両国橋を渡り、柳原通りを筋違御門《すじかいごもん》まで行くと、そこから左斜めに道をとった。武家屋敷の並ぶ道を二度折れて、鎌倉河岸につながる町屋にはいる。

二人は、河岸にぶつかる手前の三河町二丁目にある、〈元喜世〉という料理屋に姿を消した。

はいったことはないが、〈元喜世〉は近年評判が高まりつつある、売り出し中の店だと承知している。

小源太は、入り口を見渡せる斜め前の茶店にはいり、とっつきの座台に腰を下ろした。向かいに目を向けると、あいだに佃煮屋を挟んだ〈元喜世〉の並びの、別の茶店にはいる美於の姿が見えた。

冷えた甘酒を一口飲んだとき、侍が一人はいって来た。

同じ座台に、並んですわったその顔を見て、小源太はぎくりとした。

「これは」

そう言ったきり、絶句する。

いきなり、ここへ平蔵が素顔で姿を現わすとは、考えてもいなかった。一瞬、誠一郎と一緒にいたのは、替え玉だったのかと思う。

とはいえ、そんなときに驚きの色を外に出して、周囲の目を引くようなまねはしない。

平蔵が、小声で言う。

「〈元喜世〉の裏から出て、ぐるりと回ったのだ。わけは、あとで話す」

なるほど、そういうことか。

平蔵は続けた。

「前の通りを、よく見張るがよい。通り過ぎる者は、捨て置いてかまわぬ。ここを、何度も行き来する者。格別、用もなさそうなのに、とどまっている者。あるいは、不審な動きをする者などを、よく見張るのだ。もし、その中に急に立ち去る者がいれば、おれたちが出て来る前でもかまわぬゆえ、あとをつけよ。行く先を確かめられれば、それに越したことはないが、無理をして気づかれぬようにいたせ」

「は」

小源太が低く応じると、平蔵はさらに声を低めた。

「美於にも、おれから言っておく。この茶店の客にも、気をつけるのだぞ」

「は」

「用事がすんだら、おれたちは役宅へもどる。暮れ六つごろ、〈こもりく〉で誠一郎と、落ち合うようにいたせ。美於も、一緒でかまわぬ」

「は」

三たび短く応じて、小源太は甘酒を口に含んだ。

平蔵は、注文を取りに来た小女に首を振り、すぐに座台を立った。

そのまま、通りの左手へ歩き去ったが、しばらくすると向かい側にまた姿を現わし、美於のいる茶店にはいって行った。

ふたたび出て来た平蔵は、〈元喜世〉とは逆の方向に姿を消した。おそらく大回りをして、また裏口から〈元喜世〉にもどるつもりだろう。

そのあいだも、小源太は通りの動きに目を凝らした。

〈元喜世〉の塀の、端の方に置かれた天水桶の脇に、易者が見台を出している。

その隣には、茣蓙《ござ》の上でキセルをいじくり回す、羅宇屋《らうや》の姿があった。

羅宇屋の前には、客らしい隠居ふうの老人がしゃがみ込み、仕事ぶりを眺めている。

さらにそれと並んで、拍子を取りながら金太郎飴を切る、飴屋の姿も見えた。

向かいの茶店は、通りが明るすぎるせいか薄暗く、美於がどこにいるのか分からなかった。少なくとも、店先の座台にはいない。

すぐ横手の路地の入り口に、腹掛けをした二人の職人が体を寄せ合い、何か話をしている姿が見える。

やや、うさん臭いものを感じて、小源太はいっとき二人を見つめた。ふつう、あんなところで仕事の話など、しないだろう。なんの話をしているのか。

それ以外には、通りに立ち止まる人の姿はめったになく、一様にせかせかした足取りだった。

おりから、鎌倉河岸の方から男が一人ぶらぶらと、やって来た。

その顔を見て、小源太は顎《あご》を引いた。

それは、手先の小平治《こへいじ》だった。いつもと異なり、月代《さかやき》をきれいに剃り上げているので、見違えてしまった。

小平治は、ふだんに似ず着物の裾《すそ》をまくり上げ、肩を揺すりながら歩いて来る。いつもと違うせいか、あまりさまになっていない。

時をおかず、今度は反対の方角から別の男が、やって来た。

もう一度驚く。

それは、やはり小平治と同じ手先の、歌吉《うたきち》だった。

配下の手先が二人、自分の目の前で行《い》き交《か》おう、としている。しかも、二人ともふだんとは違う、遊び人のなりでだ。

いったいなんのまねかと、小源太は目をこらした。

二人は、通りの真ん中を歩いており、そのままではぶつかることになる。

小源太がはらはらするうちに、二人はまともに正面からぶつかった。

「どこ見て歩いてやがるんだ、とんちきめ」

歌吉がどなると、負けずに小平治もどなり返す。

「それはこっちのせりふだぜ、このとうへんぼくが」

歌吉は、袖をまくった。

「うるせえ。さっさとそこを、どきやがれ。どかねえと、こうだぞ」

いきなり足を上げて、小平治を蹴飛ばそうとする。

小平治が、すばやくその足首を両手でつかんで、歌吉をねじり倒した。

歌吉はあおむけに転がり、その拍子に草履《ぞうり》が吹っ飛ぶ。

喧嘩《けんか》が始まって間なしに、一目でそれと分かる町方の同心が、十手《じって》を振り回しながら駆けて来た。下っ引きらしい男を、引き連れている。

「待て、待て、そこの二人」

そうどなって、同心は取っ組み合う小平治たちに駆け寄り、あいだに割ってはいった。

「二人とも引け。こんなところで、いざこざを起こすばかが、どこにいる」

だれかが、呼びに行ったのかもしれないが、これほど早く駆けつけて来るとは、ずいぶん手際がいい。同心も下っ引きも、よほど近くにいたらしい。

たちまち人だかりができて、はでにどなり合う小平治と歌吉、それを止めようとする同心を、取り囲んだ。

小源太は、代金を座台に置いて立ち上がり、すばやく周囲に目を配った。

同心が二人を分け、人だかりを見回しながら言う。

「こやつらの喧嘩を、初めから見ていた者はおらんか。どちらが先に、手を出したのだ」

すると、みんながいっせいにしゃべりだしたので、収拾がつかなくなった。

小源太は背伸びをして、通りの向かいに目を向けた。

人だかり越しに、先刻から話をしていた二人の職人のうち、一人が路地を離れて鎌倉河岸の方へ、歩き出すのが見える。


もう一人の職人は、路地の奥へ引っ込んだ。

小源太は、あたりの動きに目を走らせてから、去って行く職人のあとを追った。

これから、どう決着がつくのかという肝腎のときに、その場をさりげなく離れるというのは、やはりうさん臭いものがある。それも、一人をあとに残してとなると、ますますあやしい。

人だかりは、喧嘩のなりゆきに気を取られており、職人たちにも小源太にも目を向けない。

さりげなく振り返ると、向かいの茶店から出て来る美於の姿が、ちらりと見えた。

小源太は一度首を振って、それから路地の入り口に目を向け、うなずいてみせた。

察しのいい美於は、小源太の動きで何かあると分かったらしく、一度路地に目をくれてから、小さくうなずき返した。

人だかりをあとに、急ぎ足で鎌倉河岸へ向かった職人は、紺に無印の半纏《はんてん》、紺のぱっちという、いでたちだった。

鎌倉河岸に出ると、左に折れて御濠《おほり》沿いに、東へ向かう。

職人は、竜閑橋《りゅうかんばし》を渡ってすぐ左側にある、掘割に面した〈あらゐ〉という、小ぶりの船宿にはいった。

小源太は、橋を渡りきらずに、引き返した。

中ほどの、船着き場が見えるあたりで、足を止めて欄干《らんかん》にもたれる。猪牙船《ちょきぶね》が一艘、もやってあるのが見えた。

四半時もたたぬうちに、職人が船頭と船着き場におりて来て、船に乗った。

水面に、橋の影がまともに落ちているが、西日を背にした小源太の顔は、見えないはずだ。

掘割沿いの道をたどって、あとを追うこともできなくはないが、走りではとても息が続くまい。かりに続いたとしても、大川に出られたら万事休すだ。平蔵からも、無理に追わなくてもよい、と言われている。

遠ざかる猪牙船を見送りながら、橋を鎌倉河岸の方へ引き返した。

三河町にもどってみると、すでに人だかりはなくなっており、美於の姿もなかった。どうやら、平蔵と誠一郎も〈元喜世〉での用を終え、役宅へもどったようだ。

小源太も、すぐにきびすを返す。

四

同じ日の暮れ六つ。

俵井小源太は、〈こもりく〉の奥の小部屋で、柳井誠一郎と向き合っていた。

内心、穏やかならぬものがある。

「初めから、そのようにきちんと沙汰をしていただければ、わたくしにも仕方がございましたのに」

つい恨みがましく、言葉を返してしまった。

誠一郎が、小源太の不満を押しとどめるように、両手を上げる。

「まあ、待て。そのように、目に角を立てるでない。なにぶん、おれにもよく様子が分からぬゆえ、はっきりしたことが言えなんだのだ」

例の、小平治と歌吉の大道でのいざこざは、思ったとおり長谷川平蔵の指示で、誠一郎が仕掛けたお芝居だった、という。御番所と話をつけ、定廻《じょうまわ》り同心を近くに控えさせて、ただちに駆けつけられるように、手配もすませてあったそうだ。

それまでのいきさつから、平蔵が〈きえ〉と称する老婦に会いに、〈元喜世〉に現われるかどうか確かめようと、見張りに立つ者がいるやもしれぬ。

となると、なんらかのたくらみ、はかりごとのあるなしを、確かめなければならない。

かりに、〈元喜世〉の店の前で喧嘩が始まり、役人が駆けつける騒ぎになったとする。

だれか、腹に一物《いちもつ》ある者がその場にいれば、よけいな詮議に巻き込まれまいとして、なんらかの動きを見せるはずだ。

そこで、平蔵は誠一郎に命じて、小平治と歌吉の喧嘩を仕組んだ、という次第だった。

案の定、町方の同心が駆けつけたとたんに、小源太が目をつけた二人の職人のうち、一人は急いでその場を離れ、もう一人は路地の奥に身を隠した。

小源太があとを追った男は、竜閑橋の船宿から猪牙船を出して、どこかへ去った。

また、路地に隠れた方の男は、平蔵と誠一郎を待ち受け、〈元喜世〉から本所の役宅まで、あとをつけて行った、という。それは、小源太の意を察した美於が、しかと見届けている。

そもそも、職人体の男が猪牙船で掘割を行き来したり、火盗改のあとをつけたりするのは、尋常の振る舞いではない。

「そやつらはいったい何者で、何を考えているのでございましょうな」

小源太の問いに、誠一郎は言下に応じた。

「むろん、盗っ人の一味に、違いあるまい。いずれかの盗っ人が、〈元喜世〉へ押し込むつもりなのだ。きえとか申す老婦を、引き込み役に入れてな」

小源太は、のけぞった。

「し、しかし、その老婦は殿の母御だ、とのお話では」

誠一郎が、渋い顔をする。

「そこが、よく分からぬところよ。引き込み役が、わざわざ火盗改の頭領を呼び寄せるなど、考えられぬではないか」

「だとすれば、その老婦は盗っ人の一味でもなんでもなく、殿の実の母御やもしれぬでございましょう。殿はなんと、仰《おお》せられているので」

「その老婦と、親しく対面されたにもかかわらず、殿はいかなるやりとりがあったのか、それに実の母御であったのかどうかも、いっさい明かされぬのだ。おれは、別の小部屋に控えていたので、その場の様子をまるで承知しておらぬ」

小源太は、顎をなでた。

「そもそも、料理屋なるものはいかに繁盛しているにせよ、ほかの商いの大店などと違って、さしたる大金を手元に置いてはおりませぬ。盗っ人が、さような割りの合わぬ押し込みに、手を染めるでございましょうか」

事実、料理屋が押し込みにあった、という例はめったにない。

「それは、店にもよろう」

「しかも、織物問屋の岩崎屋庄兵衛と称する男は、〈元喜世〉のあるじに前金を含めて、五十両もの金を渡している、と聞いております。ますますもって、解《げ》せぬことではございませぬか」

「それは、押し込みの際に取りもどすことができる、と踏んでいるからではないか」

誠一郎の返事に、小源太は口をつぐんだ。

少し考えてから言う。

「もし、きえなる老婦が殿の母御ならば、よもや盗っ人の引き込み役など、なさいますまい。そもそも、母御はこれまでどこで、どうしておられたのでございますか」

一おれも、詳しいことは知らぬ。お名前すら、うかがったことがないのだ。ただ、長谷川家の知行地の上総《かずさ》武射郡《むさぐん》、ないし山辺郡《やまのべぐん》から奉公に上がった女子、と聞いたことがある」

「この、本所のお役宅で殿をお育てになったことは、ないのでございますか」

「ないはずだ。殿がお生まれになったあと、先代の殿の奥さまが早々にご生母を、実家へもどされたらしい。奥さまは、みずから跡継ぎをお生みになるご所存で、そうされたのであろう。結局は男子に、恵まれなかったわけだが」

「ただ、先代の奥さまは殿が五歳かそこらのおりに、亡くなられたと聞いております。そのあと先代は、殿のご生母を江戸へお呼びもどしには、ならなかったのでございますか。乳母を立てれば、子育てができたと存じますが」

小源太が言いつのると、誠一郎はまた渋い顔になった。

「おれに言われても困る。先代の殿は平蔵宣雄と仰せられて、やはり腕利きの火盗改であられた。ただ、家督のことでややこしいいきさつが、あったらしいのだ」

小源太は、この際だから聞いておこう、と思った。

「どのようないきさつでございますか」

「先代の殿宣雄さまのご正室は、先代ご自身の従妹だったそうだ。しかも、養父に当たる先々代の当主、宣尹《のぶただ》さまもまた先代の従兄だった、という」

「それがしにはどうも、つながりがよくのみ込めませぬが」

小源太が言うと、誠一郎は咳払いをして続けた。

「つまり、生来ご病弱だった宣尹さまが、子をなさぬまま亡くなられたので、長谷川家は急ぎその妹御を、宣尹さまのご養女に仕立てられた。さらに、同じ従弟の宣雄さまと養子縁組をして、妹御とめあわせられたというわけよ。それでめでたく、長谷川家が存続したのだ」

話についていけず、小源太は頭が混乱した。

「お待ちください。わたくしには、何が何やらさっぱり分かりませぬ。もう少し分かりやすく、説き明かしていただけませぬか」

「分からねば、それでよい。武家にあっては、みずからの家系を存続させるため、こうしたややこしい手続きを取るのも、珍しいことではない。おぬしも直参《じきさん》の端くれなら、それくらいのことは言わずとも、分かるはずだ」

小源太は、ぐっと詰まった。

なるほど理屈は分かるが、一度聞いただけで長谷川家の系図を思い描くことは、とうてい無理な相談だとあきらめた。

話を変える。

「それで、殿にはこの始末をどうつけよ、との仰せでございますか」

小源太の問いに、誠一郎は居心地が悪そうにすわり直し、こめかみを指先で搔いた。

「おれに任せる、との仰せだ」

「それならば、お考えをお聞かせくださいもし、きえなる老婦が引き込み役ならば、すぐにも手配りをいたさねばなりませぬ」

「さよう。ただ、捕り手をそろえて待ち伏せなどという、目立つ手配はまずいだろう。盗っ人どもに、気づかれる恐れがある。それに、いつ押し込むか分からぬゆえ、確かな手配はできぬ」

「きえの動きに、気をつけておれば、よろしいのでは」

「ただ、寝たきりの体でつなぎをつけるのは、むずかしかろう。すでに日時が決まっており、その日の決められた刻限に床を抜け出て、手引きをする段取りかもしれぬ」

小源太は、日を数えた。

「押し込むとすれば、まず月明かりのない月末、月初になりましょう。今度の新月は三日後の、七月一日でございます」

「うむ。では、こうしよう。六月は大の月ゆえ、みそかの三十日を皮切りに三日間、〈元喜世〉の近くにおぬしを含めて四人、手だれの同心をひそませることにする。場所を借りられるように、前もって近くの茶店か商い店と、話をつけておくがよいぞ」

小源太は、頭を下げた。

「かしこまりました」

「少しばかり、蒸すな。もう、あけてもよかろう」

誠一郎はそう言って、六間堀《ろっけんぼり》に面した格子障子を、半分開いた。

もともと、外はすぐに土手になっているので、盗み聞きされる心配はないのだが、念のためいつも閉じてあるのだ。

そのとき、襖《ふすま》の外で美於の声がした。

「お話は、おすみでございますか。御酒と肴《さかな》を、お持ちいたしましたが」

誠一郎が、顔をほころばせる。

「おう、話はすんだ。表にいる小平治と歌吉も、ここへ呼んでやるがよい」

五

戸の隙間から、外の様子を見る。

新月の前夜なので、月明かりはない。

そのかわり空は晴れ渡り、星がたくさん出ているおかげで、目が慣れればものの形は見分けられる。茶店の中が真っ暗な分、外の方がよく見えるのだ。

俵井小源太は、隣で戸の節穴から外をのぞく、今永仁兵衛《いまながにへえ》にささやいた。

「盗っ人連中が、鎌倉河岸へ船で乗りつけたら、ここまで忍んで来るのは造作ないぞ。この町内には、三本か四本道が通じているが、木戸があるのは二本だけだ。ほかからもぐり込んで、うまく路地伝いにやって来れば、人目につかずにすむだろう」

「今少し、人手を割いてもよかったのでは、と思いますが」

「そうは言っても、こんな狭い茶店に捕り手を詰め込んだら、気配を悟られてしまう。盗っ人どももも、押し込むとすればせいぜい五、六人だろう。待ち受けは、四人で十分だ」

あと二人の同心、佐古村玄馬《さこむらげんば》と飯田尚太郎《いいだなおたろう》は、向かいの茶店にひそんでいる。いずれも昼のうちに、小源太が話をつけておいたものだ。

小源太は、また口を開いた。

「ところで、もう九つになるころかな」

「はい。四つが鳴って、だいぶたちますゆえ」

「殿は、九つまでには裏口から〈元喜世〉へはいる、と仰せられていた」

「だとすれば、そろそろはいられたころでございましょうな」

その日の朝方、小源太は長谷川平蔵の居室に呼ばれて、内々の指示を受けた。

昼のうちに、美於を〈元喜世〉へ使いに出して、平蔵が夜遅く一人できえを訪ねる旨、ひそかに喜十郎に伝えさせよ、というのだ。きえには言わないように、と付け加えることも忘れなかった。

なんとなく不安を覚え、そのことを柳井誠一郎に告げると、困惑した顔と返事がもどってきた。

「殿のお好きなようにさせるがよい」

平蔵の実母であるにせよないにせよ、きえなる老婦は平蔵がそばに控えていれば、起き出して戸締まりを解き、盗っ人一味を引き込むことが、できなくなる。

そのためにこそ、新月を控えて平蔵は〈元喜世〉に足を運ぶ、と決めたのではないか。

つまりは、きえが罪を犯すのを止めたいという、ひそかな目的があるのではないか。

だとすれば、やはりきえは平蔵の実の母なのかもしれぬ、という気がしてくる。

ありえないと思うそばから、平蔵が母親のことを語らぬ、という誠一郎の言葉が、耳によみがえった。

自分の家族についても、平蔵はめったに語ることがない。

天明《てんめい》七年、初めて火盗改に任ぜられたとき、平蔵は妻重子《しげこ》と嫡男の辰蔵宣義《たつぞうのぶのり》を、妻の実家に託してしまった。

その後、半年ほど加役をはずれただけで、これまでこの職にあり続けているが、妻子とは依然別居したままだ。

ちなみに重子の実家、御船手頭《おふなてがしら》の大橋与惣兵衛親英《おおはしよそべえちかひで》の屋敷は、市ケ谷御門に近い土手三番町通りにある。

小源太が聞きかじったところでは、妻子を役宅に住まわせておくと、職務遂行の妨げになる、というのが平蔵の考えだそうだ。

「しかし、新月前後の三日のうちに押し込みがある、というのは確かな筋の沙汰でございますか」

急に、仁兵衛にささやきかけられて、小源太はわれに返った。

「それは、おれにも分からぬ。殿と柳井さまの勘を、信じるしかあるまい。かりに何も起こらなければ、それはそれでよいではないか」

仁兵衛や尚太郎はもちろん、玄馬にも詳しいことは話さなかった。〈元喜世〉で、平蔵の実母らしき老婦が、世話になっていることも明かしていない。

そのとき、ほど近い〈時の鐘〉が九つの捨て鐘を、打ち始めた。

小源太は言った。

「二人で見張ることもあるまい。交替で、仮寝をしようではないか」

「それならば、お先にお休みください」

「いや、おれはまだ眠くない。おぬしが先に休め。八つの鐘が鳴ったら、交替しよう」

しかし、その前に異変が起きた。


柳井誠一郎は腕を組み、柱にもたれていた。

うつむいたまま、半開きにした目で蒲団に横たわる、きえの様子を見る。

行灯《あんどん》の芯を、小さく絞ってあるものの、部屋の様子はよく分かった。前回来たときは、きえは次の間に寝かされていたが、今は奥庭に面した表の間に移っている。

目を閉じてはいるが、きえは眠っていないだろう。眠ったふりをしながら、こちらの様子をうかがっているのだ。その気配がぴりりと、伝わってくる。

それは、直心影流《じきしんかげりゅう》の遣い手たる自分にとって、鋭い殺気に似たものだということが、今はっきりと分かった。

その、なんともいえぬ不気味な気配が、かれこれ小半時も続いている。それだけでも、きえがただ者ではないことが、よく分かった。

何日か前、長谷川平蔵とともに、この店を訪れたとき。

あらかじめ、平蔵に言い含められたとおり、誠一郎自身が平蔵になりすまして、きえと対面した。

平蔵は逆に、付き添いで同行した柳井誠一郎として、別室に控えたのだった。

誠一郎は、これまで何度か平蔵と入れ替わって、本人になりすましたことがある。それは平蔵が、めったに人前に顔をさらさぬことで成り立つ、奥の手の一つだった。

平蔵によれば、きえは確かに自分の実母の名だ、という。

しかしきえは、平蔵が子供のころ上総の実家にもどされたため、長いあいだ会っていない、とのことだ。したがって、何十年ぶりかで顔を合わせても、互いに見分けられぬだろう。

そこで、とりあえず誠一郎が平蔵になりすまして対面し、様子を見ることにした次第だった。

喜十郎をはじめ、店の者たちもむろん長谷川平蔵の顔を知らず、このたくらみはうまくいくとみられた。

案の定、きえは誠一郎を平蔵と思い込んだごとく、半分うわごとながらわが子に語りかけるように、あれこれと昔話をし始めた。それまで、ほとんど正気を失っていたにもかかわらず、そのときだけはおぼつかなくも、妙に筋の通った話をしてみせた。

誠一郎もまた、ぼろを出さぬように気をつけながら、差し障《さわ》りのない話でその場をつないだ。

対面は小半時ほどで終わり、誠一郎はまた近いうちに来ると約束して、席を立った。

喜十郎から、きえを引き取ってもらえないか、という話が出てくるかと思ったが、なんの沙汰もなかった。庄兵衛なる男から、多額の金を預けられたということなので、そのことを持ち出さなかったのかもしれぬ。

役宅へもどる道すがら、誠一郎はきえと自分の対話を襖越しに聞いて、平蔵がどう思ったかを尋ねようとした。

しかし平蔵は、職人体の者があとをつけて来るようだ、と言ってその話を避けた。

役宅へもどってからも、平蔵はきえが実母だともそうでないとも、明言しなかった。

ただ、あまり日をおかずにもう一度、それも夜が更けてから〈元喜世〉を、訪ねてみよといわれた。新月の前日がよかろうと、意味ありげに付け加えさえした。

誠一郎は、盗っ人の押し込みが行なわれがちな時期に、きえが引き込み役を務められぬように、見張らせるためだと思った。

しかし、寝たきりのきえに一味のだれかが、押し込みの日取りを知らせることは、かなりむずかしいはずだ。いったい、どんな手立てがあるのだろうか。

九つ過ぎに、裏口から〈元喜世〉の奥庭にはいったとき、喜十郎がみずから厨房の通用口を、あけてくれた。

深夜なので、店の者たちが寝静まっていても、別に不思議はなかった。それにしても、妙にひとけが感じられないのが、気になった。

眠気を振り払おうと、静かに息を吐いた、そのとき。

きえをおおった夜着が、音もなく動いた。

うたたねを装いながら、誠一郎はまつげの下で目を光らせた。

きえが、床の上に起き直る。

厠に行くにも、きえは人の手を借りると聞いたが、今の動きはきわめて緩やかであるにせよ、少なくとも病人のものではなかった。

きえが、夜着から体を抜くのを待って、誠一郎は声をかけた。

「どこへ行くのだ、お婆」

ぎくり、とすると思いきや、きえは毛ほども驚く様子を見せず、蒲団の上でゆっくりと体を回した。

誠一郎に向かって、きちんとすわり直す。

「どこにも行かぬわえ、平蔵」

それまでとは、まるで違うりんとした口調で言い、まっすぐに誠一郎を見返す。

めったにないことだが、誠一郎は一瞬気後《きおく》れのようなものを感じて、頰を引き締めた。

あらためて言う。

「盗っ人の引き込みなら、あきらめた方がよいぞ、お婆。この店の周囲には、すでに手を回してある。今夜であろうといつであろうと、誓って押し込みはさせぬから、そう心得るがよい」

きえは、玉結びにした白髪をゆっくりと、後ろへはねのけた。

「おれを、引き込み役と思うてか、平蔵。寝たきりのおれが、どうやって仲間とつなぎをつける、というのじゃ」

誠一郎は、ぐっと詰まった。

きえの心根《こころね》が分からず、一瞬方途を失う。

それを察したかのごとく、きえは得意げにせせら笑った。

「上総の武射へ行って、おまえの母親のことを調べたのじゃ。それどころか、親しく話もしてきたわ。いささかぼけてはおったが、おまえが幼いころに自分は本所の家を追い出され、実家へもどったあとは一度も会《お》うておらぬ、と聞いた。これぞ天佑《てんゆう》、と思うたわ」

きえは、おもむろに夜着に腕を差し入れ、何かを引き出した。

それは、赤鞘《あかさや》の小太刀《こだち》だった。

そのしぐさは、明らかに剣術の心得があることを、物語っていた。今の今まで、病の床に臥していた老婦の姿は、どこにもなかった。

それと同時に、閉じられた次の間の襖の向こうから、部屋を圧するような殺気が漏れてくる。

誠一郎は膝を起こし、背後に寝かせてあった大刀をつかんだ。

「喜十郎、庄兵衛。出てまいれ」

きえが声を絞るより早く、境の襖が左右に引きあけられて、黒装束に身を包んだ男たちが、どどっとはいって来た。

男が四人、いずれも抜き身を引っさげ、そこに立ちはだかる。

目をぎらぎらと光らせて、誠一郎をにらみつける男たちの姿が、薄暗い行灯《あんどん》の明かりの中に、浮かび上がった。

誠一郎は、あっけにとられた。

そのうちの一人は、ここ〈元喜世〉のあるじ、喜十郎だった。

そこで初めて、誠一郎は悟った。

敵は外ではなく、店の内にいたのだ。

喜十郎のそばにいるのは、孝行息子を装ってきえをここへ連れ込んだ、庄兵衛なる男に違いない。

となれば、あとの二人は同行してきた番頭と、医者と称する村田東伯だろう。さらに、店を見張っていた職人体の二人の男も、どこかにひそんでいるはずだ。

「その方ら、何者だ。この平蔵に、遺恨あっての振る舞いか」

誠一郎は、取り囲んで来た五人をにらみ回し、刀の鯉口《こいぐち》を切った。

きえが言う。

「冥途のみやげに、教えてやるわ。われらは足掛け四年前、おまえの手でお縄にされ、武州大宮で獄門になった、神道徳次郎《しんとうとくじろう》一族の生き残りじゃ」

誠一郎は言葉を失い、柱に背をぶつけた。

神道徳次郎といえば、多年にわたって関東一円を中心に、所々方々を荒らし回った大盗賊だ。一味の残虐非道さは、先年同じく獄門に処された葵《あおい》小僧こと、大松五郎《だいまつごろう》の上をいくもの、といわれた。

徳次郎一味は、公儀御用を装って御用提灯、偽の書付などを用意し、大人数で街道筋を荒らし回った。その手口は、のちの葵小僧に引き継がれた、ともみられている。

捕縛にたずさわったのは、すでに隠居した本吉七郎兵衛《もとよししちろうべえ》という、老練の与力だった。

平蔵も誠一郎も、そのおりは出張っていない。

きえが続ける。

「おれは、徳次郎のお婆。喜十郎はおれの孫で、徳次郎の弟じゃ。庄兵衛をはじめ、そこにいるのはみな、徳次郎の血筋の者たちよ。三年前から、徳次郎の隠し金を元手にここへ店を開き、かたきを討つ機をねらっていたのじゃ。覚えたか」

誠一郎は、深く息をついた。

「店の者たちは、どうしたのだ。そやつらもみな、一味の者たちか」

「店の者たちは、何も知らぬ。きょうは店を早じまいにして、一人残らずきょうあすの二日、休みを取らせたのじゃ。おまえを始末したら、あと片付けもあるからの」

きえが口を閉じるより早く、喜十郎が抜き身をすくい上げるように、一閃させた。

真一文字に、突っ込んでくる。

誠一郎はすばやく飛びのき、その一撃を鞘の先ではねのけた。鞘の先は、鉄の薄板で補強してあり、喜十郎の刃先は火花を散らして、背後の柱に食い込んだ。

飛びのいた誠一郎は、大刀を抜き放って鞘を投げ捨てた。

同時に腰をひねり、左手で脇差を引き抜く。真横から斬りかけられぬように、壁と障子に挟まれた角に、身を移した。

両刀を左右に構えるのを見て、きえがきつい声で叱咤する。

「斬れ、斬れ。一度にかかって、なますにするのじゃ」

言うより早く、みずから小太刀を振るって、斬り込んで来る。その太刀筋は、とうてい老婦のしわざとは思えぬほど、鋭かった。

誠一郎は、それを左手の脇差ではねのけ、右から襲いかかる庄兵衛の刀を、かいくぐった。

庄兵衛はすかを食らい、勢い余って頭から障子に突っ込んだ。

そのまま、破れた紙や砕《くだ》けた格子ごと、廊下へ転がり出る。

続いて、誠一郎も庄兵衛に続いて、廊下へ飛び出した。目の前の雨戸を、力任せに蹴りつける。

同時に、どこかで何かを叩きこわすような、激しい音が始まった。

背中に太刀風を感じて、とっさに身を沈める。跳び起きた庄兵衛が、後ろから斬りつけてきたのだ。

左の肩先を斬られ、鋭い痛みを覚えながらも、誠一郎は膝をついたまま体を回転させ、刀を横になぎ払った。

重い手ごたえとともに、庄兵衛が廊下に倒れ伏す。

それを乗り越えるようにして、喜十郎が斬りかかって来た。

誠一郎は、その刃先を大刀の鍔元《つばもと》で受け止め、左手の脇差を喜十郎の横腹に、柄《つか》もとおれと突き入れた。

ほとんど同時に、横合いからぬっと姿を現わしたきえが、笑い声を上げながら誠一郎の胴に、小太刀を突っ込んでくる。

そのとき、外からだれかが体当たりしたごとく、雨戸の一部が内側に破られて、砕け散った。

誠一郎は、廊下にへたり込んだ。

六

「その後、具合はどうだ」

長谷川平蔵の問いに、柳井誠一郎が軽く肩を揺すって、おもむろに答える。

「大事ございませぬ。わたくしとしたことが、思わぬ不覚をとりました。小源太らが、雨戸を破って助けにまいらねば、どうなっていたか分かりませぬ」

俵井小源太は、首筋を掻いて応じた。

「物音を耳にしてから、店へ乗り込んで雨戸を打ち破るまで、千里の道を行くようでございました。思いのほか、家のしつらえが頑丈にできておりまして、われら同心が四人がかりでも、持て余したほどでございます」

たてた茶を、平蔵が誠一郎の前に置く。

「頂戴いたします」

誠一郎は茶を飲み、茶碗をもどして言った。

「それにしても、とくの小太刀の太刀筋には、驚きました。とても、古希の媼《おうな》とは思えませなんだ」

「徳次郎は、神道無念流《しんとうむねんりゅう》の免許皆伝、と称していた。嘘かまことか知らぬが、それなりの腕を持っていたのであろう。神道という呼び名も、そこからついたというではないか」

平蔵の言葉に、誠一郎がうなずく。

「はい。とくは取り調べで、孫が子供のころ自分が剣術の手ほどきをした、とうそぶいております」

とく、とは平蔵の実母きえになりすました、徳次郎の祖母の実名だ。

平蔵が、新たに茶をたて始める。

「徳次郎一味を捕らえたおり、弟を含めて何人かが網を逃れた、とは聞いていた。しかしその中に、あのお婆がはいっていたとはのう」

「徳次郎捕縛のおり、網に漏れた弟喜十郎ととくの罪状は、明らかになっておりませぬ。たとえ、つかまっていたとしても死罪だけは免れ、遠島ですんだのではございませぬか」

小源太は、口を挟んだ。

「しかしこのたびは、それではすみますまい。隠し置いた大金を、隠れみのの店を開く元手にした上、柳井さまに手傷を負わせたわけでございますから、十分に死罪にあたいいたしましょう」

とくをはじめ、誠一郎に斬りかかった五人は、負傷したもののすべて生きたまま、お縄になった。

職人体の二人は、万一の場合に備えて鎌倉河岸にもやった船に、控えていたようだ。

しかし、くわだてが失敗したと知って観念したごとく、翌朝自訴して出た。

平蔵が、どのような仕置伺書《しおきうかがいしょ》を上げたか分からぬが、おっつけ評定所の裁断がくだるだろう。

小源太は、思い切って問いを発した。

「殿。立ち入ったことをお尋ねいたしますが、きえとの、いえ、とくとの対面は柳井さまにお任せなされたきりで、ご自身はお顔を合わせぬままでございましたか」

平蔵が、あっさり応じる。

「声だけは聞いたが、顔は合わせておらぬ。実の母親ならば、たとえ子供のころに生き別れようとも、どこかに息子の面影を見いだすはず。聞いていたかぎりでは、その気配はまったくなかった。とくは、おそらく誠一郎が身につけた、おれの羽織の左藤三つ巴《ひだりふじみどもえ》の家紋を見て、おれだと決めつけてしまったのであろうな」

たてた茶を、小源太の前に置く。

それを飲み干し、小源太はあらためて言った。

「いずれにしても、上総まで行って殿のご母堂に近づくなど、とくの執念には驚き入りました。剣術の腕よりも、そちらの方に感心いたします」

平蔵は、腕を組んだ。

「実は、誠一郎からこたびの話を聞かされたとき、ふと上総へ使いを出してみようか、と思ったのだ。若いころ、母親には何度か会いに行きたいと、書状をしたためたことがあった。ところが、そのたびに決して来ないでくれと、きつい返事をよこされてな。何かわけがあったに違いないが、それを穿鑿《せんさく》するのもいかがなものか、と考え直した。おれには、はなから母親がいないと、そう考えることにしたのだ」

小源太はそれとなく、誠一郎と目を見交わした。

おそらく誠一郎も、初めて耳にする話に違いない。

平蔵が、気分を変えるように言う。

「とくも喜十郎も、あの夜におれが一人で、〈元喜世〉に出向いて来たのは、あくまで母親の引き込みをさまたげるため、と思い込んでいたであろう。またそれこそが、とくと喜十郎のねらいだったのだ。だれにもじゃまされずに、よってたかっておれを仕留めることができるからな。捕り手こそいなかったが、小源太らが外で張っていたとは、考えていなかったはずだ」

「しかもそれが、殿ではなく柳井さまとわかったときの、とくの顔が見とうございます」

小源太の言に、平蔵は含み笑いをした。

「その楽しみは、とくに刑を申し渡すときまで、とっておこう」

そう言って、ふところから紙包みを取り出す。

「これで、誠一郎と〈こもりく〉へ行って、一杯やるがよい。美於と小平治、歌吉も待っているであろう」

「はは」

小源太は、すべてお見通しだとあきれながら、紙包みを押しいただいた。

せせりの辨《べん》介《すけ》

一

寛政四年の、十月初旬。

風呂敷包みを抱えた女が、坂の中途の古物商〈壺天楽《こてんらく》〉の前で、足を止めた。

看板を見上げて、さりげなく鬢《びん》のほつれに、指を走らせる。

俵井小源太《たわらいこげんた》は、店先の座台の並びにすわる、深編笠姿の長谷川平蔵《はせがわへいぞう》を、ちらりと見た。

見回りに出るとき、平蔵は深編笠を取ることがない。

「中年増《ちゅうどしま》の女が、店にはいろうとしております」

深編笠越しに、平蔵の目にも留まったと思うが、念のため低く声をかける。

「おりんも、気づいただろうな」

平蔵が言い、小源太はすわったまま、背筋を伸ばした。

「はい。背を向けて、平棚にかがんでおりますが、気配で知れたと存じます」

「よし。目を離すでないぞ」

小源太は、すわり直した。

〈壺天楽〉の店の中は、横手に大きな窓があるので明るく、外からでもよく見える。

二人は神楽坂《かぐらざか》の毘沙門天《びしゃもんてん》、善国寺《ぜんこくじ》を過ぎたあたりにある〈壺天楽〉の、向かいの茶屋で茶を飲みながら、店を見張っているところだ。

半月ほど前、手先の小平治《こへいじ》が浅草寺《せんそうじ》の境内で、かつて一緒に仕事をしたことのある、盗賊仲間を見かけた。ばってらの徳三《とくぞう》という、こそどろに毛が生えたくらいの、けちな盗っ人だった。

徳三は、体が小さく身が軽いところから、忍び込みの先陣を務める役を、もっぱらとしていた。戸の外側から、カンヌキや掛け金をはずすわざにもたけ、仲間うちでも重宝される存在だった、という。

小平治によれば、徳三は押し込みに加わっても、小判などにはほとんど興味を示さず、古物や道具類にばかり執着する。

盗っ人にとって、そうした物品は運ぶのに手間がかかる上、さばくと足がつきやすいことから、よほどのものでないかぎり目もくれない。いきおい、金銀小判だけを狙う盗っ人が多い。

そのため、取り前を分ける際に金にこだわらず、自分が持ち出した骨董、軸、茶器などで満足する徳三は、盗っ人にとって都合のよい仲間なのだ。

その徳三と、小平治はここ何年も顔を合わせておらず、死ぬか隠居したかのどちらかだろう、と思っていたという。

あとをつけてみると、徳三は神楽坂で古物商を営んでいる、と分かった。

近所で聞き込んだところ、〈壺天楽〉はそれ以前は亀右衛門《かめえもん》という、独り者の老爺の店だった。しかし、亀右衛門は三年ほど前卒中で急死し、身寄りが見つからなかったため、いっとき空き店になっていた。

一月ほどして、亀右衛門の生まれ故郷、常州牛久《うしく》の幼なじみで猪兵衛《いへえ》、と名乗る男が大家のところに現れ、〈壺天楽〉を居抜きで引き継ぎたい、と申し出た。猪兵衛は、未払い分の家賃もきれいにする、という。

大家は、これ幸いとばかり町役人に話をつけ、〈壺天楽〉を猪兵衛こと徳三に引き継がせた、とのことだった。

小平治、小源太を通じて召捕廻《めしとりまわ》り方《がた》の与力筆頭、柳井《やない》誠一郎《せいいちろう》から平蔵に沙汰が上げられた。

小平治の話では、徳三本人は古物骨董にしか興味がなく、押し込みの際に人をあやめたり、傷つけたりしたことは一度もない、という。

それを聞いた平蔵は、こう言った。

「徳三自身は荒事《あらごと》がきらいでも、徳三を使って押し込んだ盗っ人の中には、人を手にかけたり、女を手込めにしたやつが、かならずいるはずだ。だとすれば、徳三もいくぶんかはその責めを、負わねばなるまい。それに、古物商を営みながら今でも、盗っ人の助《すけ》役《やく》を続けておらぬ、ともかぎらぬ。しばらく、探りを入れてみよ」

そういう次第で、同心や手先が日ごとに交替しつつ、店の様子を探っているのだった。

きょうはきょうとて、平蔵がみずから〈壺天楽〉を見分したいと言い出し、小源太とりんが供を仰せつかった。

これまで、手先たちは店の外からの見張りに終始したが、この日は平蔵の指示でりんが店にはいり、徳三の様子をうかがうことになったのだ。

この年の五月。

長谷川平蔵を助けて、三度目の加役を務めた松平左金吾《まつだいらさきんご》が、およそ一年でお役御免となった。

さらに六月にはいると、今度は平蔵が石川島人足寄場《にんそくよせば》の取扱《とりあつかい》を免ぜられ、後任として村田鉄太郎《むらたてつたろう》が、新たに寄場奉行を仰《おお》せつかった。平蔵は、火盗改《かとうあらため》の専任にもどった。老中松平越中守《えっちゅうのかみ》は、寄場の礎《いしずえ》を築いたことで平蔵の役目は終わった、と判断したようだ。

俵井小源太をはじめ、火盗改の与力同心は平蔵が兼任を解かれたことを、本人のためにも自分たちのためにもよかった、と喜んだ。

小源太は、平蔵が火盗改と寄場取扱の勤めで、何かと物入りが多かったことを、よく承知している。家禄が四百石と少なく、役高を足しても二千石に満たないため、苦労が多いのだ。

そのため、平蔵以前の火盗改の与力同心は、しばしば大名家、大身《たいしん》の旗本、あるいは市中の大店《おおだな》に、見回り料などと称して金品を求めることがあった。

平蔵は、そうした悪風を厳として、禁じた。

そのかわり、銭相場を操ってもうけを出したり、どこからかひそかに金策したりして、役向きにかかる諸費用を捻出した。

そうした裏の手口を、とやかく言う者もいないわけではないが、平蔵は歯牙にもかけなかった。勤めにかかる雑費、手先を養う手当などを与力、同心に払わせることもない。そのあたりは、徹底していた。

九月になると、半年間の加役として太田運八郎資同《おおたうんぱちろうすけあつ》が、火盗改を拝命した。冬場は、火付と盗賊が増えることから、加役が任命されるのだ。

着任後運八郎は、平蔵の役宅へ挨拶に来た。

念のため、柳井誠一郎が平蔵と同席した。

小源太は、あとで誠一郎からそのおりの模様を、じっくりと聞かされた。

運八郎は、前任の松平左金吾をさらに上回る、三千石の大身の旗本だ。ただし、初めての加役であり、年もまだ三十歳と若いことから、平蔵に教えを請いたい気持ちも、あったらしい。

誠一郎によると、運八郎は挨拶もそこそこに、火盗改の務めの心得について、平蔵にあれこれと尋ねた。平蔵の手元に心得書や、御用書留のようなものがあれば、拝見したいとも言った。

平蔵は、そうした書留はいっさいないと答え、老中筋への御仕置伺《おしおきうかがい》の手続きについてだけ、手短に説いて聞かせた。そのほかのことは、ご自分の思ったとおりになさればよい。みずからもそうしてきたし、それでどこからも苦情は出なかった、と言い放った。

運八郎は、なんとも納得のいかぬ様子だったが、そのまま辞去した。

左金吾が、初めて加役に就いたおりにも、同じように平蔵に心得を聞きに来た、と誠一郎は言った。

そのときも、平蔵は好きにおやりなされればよい、と慇懃無礼に左金吾をいなした。格上の左金吾は、それ以上重ねて聞くわけにもいかず、大いに困惑した様子だったそうだ。

かりにも、平蔵よりはるかに高禄の旗本が、辞を低くして教えを請うたのだ。それを、けんもほろろに追い返すとは、いかにも無礼な振る舞いではないか。

左金吾は、あとで腹立ちまぎれにそうこぼして、平蔵をこき下ろしたといわれる。左金吾の場合、家柄が越中守の縁戚につながるところから、とかく権威を笠に着るきらいがあった。そのため、しばしば周囲の人びとに、うとまれることが多かった。

それもあって、小禄《しょうろく》の平蔵が左金吾を鼻であしらったことに、裏で快哉《かいさい》を叫ぶ者も少なくなかった。

とはいえ、悪い評判のない若手の運八郎に対しても、平蔵がそっけない応対をしたことで、少しく公辺《こうへん》の見方が変わった。

一方では、平蔵は好き嫌いで人を振り分ける、ということをしない。だれであろうと、分け隔てなく応対する公平な人物だ、と称賛する。

他方では、平蔵は相手の人柄に関わりなく、ただ家禄の多い旗本を嫌うだけの、すね者にすぎないとの声がある。

つまりはそういう、善悪両方の評判が立った。

誠一郎をはじめ、配下の与力同心も手先の者たちも、いっさい聞こえぬふりをした。むろん、そうした噂は当人の耳にも届いたはずだが、平蔵はまるで気にする様子がなかった。

誠一郎の話では、平蔵が初めて火盗改の加役に任じられたとき、そのころ本役だった堀帯刀《ほりたてわき》にただしたのは、御仕置伺の手続きの件だけだった。その余のことは、すべて自分の思うとおりに振る舞った、という。

小源太は、誠一郎を通じてそれを聞かされていたので、平蔵が運八郎をそっけなく扱ったのも、むべなるかなと思った。

ともかく、平蔵はそうしたみずからの方針を、配下の者たちによくよく言い含めた。

緊急に臨んで、平蔵や与力に相談できないときには、同心はおのれの判断に従って、対処せよ。たとえ、思ったとおりの結果にならなくとも、その者に責めを負わせることはない、というのだ。

小源太に関するかぎり、平蔵の方針はこれまでのところ、うまく働いている。上からの指示を待っていたら、盗っ人を取り逃がしたかもしれぬ瀬戸際に、何度かぶつかった。そのつど、迷いながらも自分の判断に従い、なんとか切り抜けてきたのだ。

「小源太。よく見ておれ。ぼうっとしているでないぞ」

突然平蔵に言われて、小源太はわれに返った。

「は。恐れ入ります」

あわてて返事をしながら、平蔵の目は横びたいにもついているのか、といぶかった。

二

お頼み申します、という声がする。

りんは顔を上げずに、目の隅で声のぬしをとらえた。

三十前後に見える小柄な女が、色の褪《あ》せた紫色の風呂敷を抱え、店先に立っている。

古物商〈壺天楽〉のあるじ、猪兵衛が奥の帳場から応じた。

「ご用がおありなら、遠慮なくおはいんなさいまし」

顔に深くしわを刻んだ、六十がらみの老人だ。小平治によれば、この猪兵衛はもとばってらの徳三、と呼ばれたけちな盗っ人だという。

りんは、平棚に載った古物をのぞき込みながら、さりげなく様子をうかがった。帳場の横に窓があるので、明かりなしでも店の中がよく見える。

細い縦縞の、地味な小袖の裾をさばきながら、女が店の中にはいって来た。質素な、というよりむしろつましい、といっていいほど地味な装いの女だが、その身ごなしから武家の妻女、とも思われた。

風呂敷包みはかなり重いとみえ、女は土間でそれを一度抱き直してから、帳場に近づいた。

頭を下げ、おずおずと言う。

「恐れ入ります。これが、いかほどになるものか、見ていただけませぬか」

口ぶりから、やはり町家《ちょうか》の女ではないことが、みてとれた。

しかし、その目立たぬたたずまいから、あまり暮らし向きのよい家ではない、と見当がつく。もしかすると、浪人者の妻女かもしれぬ。

猪兵衛が、帳面から目を上げて、女を見た。

「何をお持ちになりましたので」

「これでございます」

女は、手にした風呂敷包みを、上がりがまちの板の間に置いて、結び目をほどいた。

渋紙を広げると、中から高さ一尺二、三寸ほどの、黒い木像が出てくる。

りんはそれを、横目で見た。

一目で年代物と分かる、薬師《やくし》如来《にょらい》の立像だった。黒光りする、品のよい艶の具合からして、黒檀《こくたん》を彫ったものらしい。光背も何もない、しかし肉づきのよい、簡勁《かんけい》素朴な造りの立像だ。

猪兵衛は体をずらし、如来像を取り上げようとした。

しかし、思ったより重かったとみえて、一度膝をあらためた。小さく、息を詰めるような声を漏らし、慎重な手つきで如来像を取り上げる。

　まず、正面からじっくりと見つめ、次に手の中でゆっくりと回しながら、ためつすがめつ眺めた。横にして、台座の裏も確かめる。

　女が、ためらいがちに口を開いた。

「わたくしどもの家に、主人の曾祖父のころから伝わる、黒檀の如来像でございます。百五十年はたっている、と聞いております」

　猪兵衛は、もっともらしく、うなずいた。

「いかにも、そこそこの年数は、へておりましょう。それにしても、黒檀の如来像とは、珍しゅうございますな」

「主人も、そのように申しておりました」

　女の声が、少しはずんだようだ。

　猪兵衛が、眉根を寄せて言う。

「ただ、どこにも銘らしきものが、はいっておりませぬな。何か、由緒書きのようなものは、ついておりませなんだか」

　女は、頭を下げた。

「主人の父の代までは、何か書付のようなものがついていた、と聞いております。ただ、それも主人の代になりまして、紛失いたしました」

「ふうむ」

猪兵衛は、またもっともらしくうなって、如来像に目をもどした。

少しのあいだ、無言の時が流れる。

りんは、壁際の高い見世棚の前に移って、そこに飾られた簪《かんざし》の一つを手に取った。

黒い部分を、微妙に異なる二又の曲線に折り曲げた、おもしろい形をしている。頭の、黄色い部分に透かし彫りを施し、その上に花びら形の珊瑚《さんご》をあしらった、みごとな作りの簪だ。いかにも、値が張りそうに見える。

そのとき、女がちらりとこちらを見やる気配が、伝わってきた。

りんは簪に目を据え、気づかぬふりをした。

猪兵衛が言う。

「それで、お客さまはこの如来像にいかほど、お望みでございますか。無銘、由緒書きなしとなりますと、あまり高直《こうじき》をつけられましても、お受けいたしかねますが」

女は少し考え、ためらいがちに応じた。

「主人が申しますには、かなりの年代物ゆえ五両はくだるまい、とのことでございます」

黒檀にもせよ、五両とは吹っかけたものだ、とりんは内心苦笑した。

猪兵衛も、おおげさにのけぞってみせ、如来像を板の間にもどす。

「申し訳ございませんが、どうかほかをお当たりくださいまし。さような高直をお望みとなりますと、わたくしどもではお引き取りいたしかねますので」

　すると、女はその返事を見越していたように、すぐさま言った。

「いかほどならば、お引き取りいただけましょうか」

　女の方にも、駆け引きの気持ちがあるようだ。

　猪兵衛が、むずかしい顔をこしらえて、首をかしげる。

「それはちょっと、わたくしどもの口からは、申しかねます。そちらのお望みと、だいぶ開きがございますすゆえ」

　その返事にも、女は驚いた様子を見せなかった。

「ご遠慮なく、値をつけてくださいませ。わたくしどもは別に、暮らしに窮しているわけではございませぬ。主人から、これを売却した金子《きんす》で、わたくしの好きなものを買うように、と言われております。お気遣いは、ご無用でございます」

　りんも驚いたが、猪兵衛はもっと驚いたようだった。

　困った顔で、首筋を掻くようなしぐさをしたが、おもむろに口を開いた。

「それでは、遠慮なく値づけをさせていただきます。かような木像は、右から左へ売れるものではございませぬゆえ、高くはお引き取りできませぬ。黒檀、ということを勘定に入れまして、二分。いや」

　そこで言葉を切り、少し間をおいて続ける。

「せいぜい奮発いたしまして、三分ならば引き取らせていただきます」

　五両と三分では、大きな開きがある。

それを聞くなり、女はやにわにりんのそばへやって来て、挑むように言った。

「その簪を、お買いになるおつもりでございますか」

突然、話の流れが変わる唐突な問いに、りんは虚をつかれた。

あわてて、簪を棚にもどす。

「いいえ。ただ、見ていただけでございますよ」

実のところ、なかなか見栄えのする簪だったので、少し食指が動いていたのだ。

しかし、女の思い詰めたような顔にたじろぎ、つい引いてしまった。

女は、ほとんど押しのけるようにして、りんの前に立った。

「失礼いたします」

そう言いながら、手を伸ばしてりんが置いた簪を取り、猪兵衛のところへもどった。

「これは、いかほどでございますか」

猪兵衛は、とまどった顔でちらりとりんに目をくれ、あらためて女と簪を見比べた。

「それは、鼈甲《べっこう》と珊瑚の仕上げでございますから、いささか値が張ります。三分二朱でございます」

女は、ほうという顔つきでうなずき、頬に指先を当てて少し考えた。

思い切ったように言う。

「その如来像でございますが、三分二朱で受けていただけませぬか」

猪兵衛は顎を引き、もう一度如来像を見直した。

「二朱上乗せしてほしい、とおっしゃるので」

「はい。そういたしますと、その如来像とこの簪でちょうど釣り合う、と存じますが」

女が言うと、猪兵衛は分かったような分からぬような、妙な顔をした。

「つまり、お客さまはこの如来像とその簪を、同じ値で交換してほしいと、そうおっしゃいますので」

「さようでございます」

女の申し出に、りんはあっけにとられた。

猪兵衛も、とまどったらしい。

少しのあいだ、如来像と簪をじっくり見比べてから、愛想よく笑って言った。

「よろしゅうございます。その値で、お受けすることにいたします。ただし、これも商いでございますから、お互いに三分二朱で受取書を取り交わしたい、と存じますが」

女が、頭を下げる。

「ありがとう存じます。わたくしに、異存はございませぬ」

「お渡しする前に、その簪を磨いてさしあげましょう。新物《しんぶつ》同様、見違えるほど美しくなります」

りんは、何げなく見世棚の前を離れて、猪兵衛に声をかけた。

「どうも、おじゃまさま」

そう言い残して、店を出る。

神楽坂を横切り、はす向かいの茶屋にはいった。

店先の座台に、通りに向かって俵井小源太がすわり、少し離れた位置に深編笠をかぶったままの、長谷川平蔵の姿がある。

ほかの客は、侍の二人連れを避けるように、店の奥の座台に引っ込んでいる。

りんは、小源太の並びに腰を下ろし、親爺に甘酒を頼んだ。

小源太に、ささやきかける。

「あの女子《おなご》は、家伝とかいう黒檀の薬師如来像を、売りに来ただけでございます。町家ではなく、お武家のご妻女のように見えました」

甘酒がくるのを待ってから、女が如来像と簪を引き換えたことも含めて、店でのいきさつを手短に話す。

小源太は言った。

「武家の者としても、あの質素な装いでは足軽中間《ちゅうげん》か、浪人者の妻女だな」

「はい。そのように、見受けられました」

「それにしても、おまえが見ていた簪を横から取っていくとは、ふっと目に留まったというよりも、前から目をつけていたというふうに、受け取れるな」

「わたくしも、そう思いました。前にも、あの店にはいったことがあって、おあしがたまったら買おうと、目星をつけていたのでございましょう」

そのとき、女が店を出て来た。

それを待っていたように、平蔵が言う。

「おりん。あの女子のあとを、つけてみよ。念のため、住まいと素性を突きとめるのだ」

「承知いたしました」

りんは、甘酒を飲み残したまま、座台を立った。

三

女が、神楽坂をおりて行く。

りんは、そのあとを追った。

神田川にぶつかると、女は左に折れて土手を東に向かった。後ろからは見えないが、左腕を胸元に当ててるような格好で、前かがみにすたすたと歩いて行く。かなりの急ぎ足に見えた。

その足の運びに、やはり武家の女らしい趣がある。ただ、履物は草履ではなく、下駄だった。

俗に〈どんどん橋〉、と呼ばれる船河原橋《ふなかわらばし》に差しかかったとき、女はようやく歩みを緩めた。

人通りは、ほとんどない。

用心のため、りんは土手際の柳の木に体を寄せて、女の様子をうかがった。

女は、橋の中ほどまで下駄を鳴らして歩き、そこで足を止めた。欄干に身を寄せ、人通りがないのを確かめるように、ちらりと前後に目をくれる。

うつむいて、襟元から畳まれた風呂敷を、取り出した。

それを小さく広げ、あいだに挟んであった簪を、つまみ上げる。先刻、〈壺天楽〉で薬師如来像と取り替えた、例の簪だ。

女はそれを、優雅なしぐさで髷《まげ》の中ほどに差し込み、欄干から身を乗り出した。水面までは、けっこうな高さがあるはずだが、流れに映る自分の影を見る風情だった。

少しのあいだ、首をあちこちかしげながら水面を眺めていたが、ようやく納得したように身を起こし、簪を抜き取った。

それを、風呂敷の中にもどして、また歩き出す。

そのとき、風呂敷に挟んであったらしい、折り畳んだ紙がひらひらと、舞い落ちた。

女はそれに気づかず、さっさと橋を渡り切って、なおも東へ向かった。

りんは、とっさに女を呼び止めて、紙切れのことを教えようか、と思った。しかし、それではあとをつけて来た意味が、なくなってしまう。

橋を渡りながら、落ちた紙を拾い上げた。

歩きながら、目を通す。

受　取　書

一、珊瑚拵《こしら》へ鼈甲簪一点
代金三分二朱
右受取候者也

浅草福井町荘兵衛店《しょうべえだな》
塚本弥三郎《つかもとやさぶろう》様御内儀　しづ様

神楽坂肴町《さかなまち》
古物商壺天楽　猪兵衛

壬子《みずのえね》　十月四日

店で、猪兵衛が口にしていた、受取書に違いない。爪印《つめいん》まで押してある。

女は、思ったとおり武家の妻女らしく、浅草福井町に在住の塚本弥三郎の妻、しづと知れた。町屋住まいとなれば、夫はやはり浪人者だろう。

受取書をふところに収め、しづなる女のあとを追う。

素性が分かった以上、たとえどこかで女を見失っても、捜し出すことができる。もっとも女が、猪兵衛に嘘を名乗ったのでなければ、だが。

しづ、と称する女は同じ足取りで、なおも川沿いの道を東へ向かった。浅草福井町は、神田川を挟んだ両国広小路の、向かい側にある。この道筋なら、やはり自宅へもどるのだろう。

小半時ののち、しづは受取書に書いてあった、浅草福井町の裏店《うらだな》の木戸をはいった。

木戸口で子守をする、十くらいの女の子をつかまえ、店ぬしの名前を聞く。

すると、これも受取書にあったとおり、荘兵衛店とわかった。

りんは、女の子に一文銭を二つ与え、しづの素性を確かめた。

しづはやはり本名で、塚本弥三郎という浪人者の妻に、間違いなかった。平蔵のねらいがどこにあるにしろ、しづに取り立てて怪しいところがないことは、確かと思われた。

りんは、道を引き返した。

四

俵井小源太は、神楽坂をくだって行く中年増の女と、あとをつけるりんをじっと見送った。

長谷川平蔵が、やおら腰を上げる。

「店に行くぞ、小源太」

「は」

平蔵がいきなり、店に乗り込むと言い出すとは、思わなかった。

小源太は、あわててふところから小銭を取り出し、座台に置いた。

先に立って、通りを渡る。

敷居をまたいで、帳場にすわる猪兵衛こと徳三に、声をかけた。

「おやじ。じゃまをするぞ」

帳面づけをしていた徳三は、顔を上げて二人を認めると、あわてて腰を上げた。板の間に出て、頭を下げる。

「いらっしゃいまし。気がつきませんで、ご無礼をいたしました」

平蔵が、深編笠をかぶったまま、口を開いた。

「かまわぬ。少し、休ませてもらうぞ」

そう言いながら、腰の大刀を鞘ごと抜いて、上がりがまちに置く。

平蔵が、腰を下ろすのを待って、小源太もそれにならった。

帳場の横に、先刻例の女が持ち込んだと思われる、黒い薬師如来像が無造作に置いてある。

「少々、お待ちくださいまし。ただ今、お茶をおいれいたしますので」

徳三が、腰を上げようとするのを、平蔵は手を上げて押しとどめた。

「ああ、気を遣わずともよい。おまえさんは、この店を以前切り回していた亀右衛門の、幼なじみだそうだな」

前触れなしの問いに、徳三は一度動きを止めてから、そろそろとすわり直す。

「仰せのとおりでございます。てまえは、常州牛久の生まれで猪兵衛、と申します。お武家さまは、亀をご存じでございましたか」

「いや、知らぬ。ところで、如来像を見せてくれぬか」

「は」

また、唐突に注文をつけられて、徳三は面食らった顔をした。

小源太は、帳場の横に顎をしゃくった。

「そこに置いてある、如来像のことよ」

徳三は、如来像にちらりと目をくれ、愛想笑いを浮かべた。

「あの木像は、たった今仕入れたばかりでございまして、値づけもまだいたしておりませぬ。如来像をお探しならば、ほかにも何体か」

言いかけるのを、平蔵がさえぎる。

「買うとは、申しておらぬ。見せてほしいだけだ」

徳三は、とまどった顔で板の間をすさり、如来像を取った。

かなり重いとみえ、片膝立ちになって持ち上げると、怪しい足取りで運んで来る。

平蔵は小源太に、顎をしゃくった。

「持ってみよ」

小源太は、徳三から如来像を受け取った。

なるほど、見た目よりもかなり、重さがある。黒檀の一木彫《いちぼく》りが、これほどの目方になるとは、思わなかった。

「相当の重さでございます」

平蔵は、如来像をこねくりまわす小源太を、黙って見ていた。

おもむろに言う。

「どこかに継ぎ目がないか、よく調べてみよ」

小源太は、平蔵が何を考えているのか分かり、如来像に目を近づけた。

首や、腕のつけねをあらためてみたが、継ぎ目は見当たらない。今度は耳を近づけ、軽く振ってみる。音はしなかった。

ためしに、脚部を支える蓮華座《れんげざ》の縁に、手をかける。左右にねじると、かすかに動く気配がした。

徳三が、あわてたように言う。

「売りものでございますから、無理に台座を動かさぬように、お願いいたします」

小源太はかまわず、如来像を小脇に抱えて蓮華座をぐい、とねじった。すると、つながる部分がねじになっていたとみえ、台座が回ってすぽりと取れた。

底の方からのぞいてみると、蓮華座の下に油紙できちんとふさがれた、穴とおぼしきものが見つかった。

油紙を引き出して取りのぞくと、如来像の脚の部分をえぐった奥の空洞に、白い包みのようなものが、押し込んである。

それを、上からのぞき込んで、平蔵が言った。

「取り出してみよ」

まるで、初めから承知していたと言わぬばかりの、落ち着いた口調だった。

小源太は、空洞の中からその白い紙包みを、引き出した。

奉書紙にきちんとくるまれた、持ち重りのする小さな包みが三つ、転がり出てきた。

その手ざわりで、中身の見当がつく。

奉書紙を破って広げると、案の定きちんと帯を巻かれた小判が、姿を現した。一つの包みに十枚、合わせて三十両になる。

正徳《しょうとく》、元文《げんぶん》のものより一回り小さい、宝永《ほうえい》小判だった。裏に〈乾〉の字が、刻印してある。

小源太はそれを、平蔵に示した。

「いくら黒檀にもせよ、木像にしては少々重すぎる、と思いました。揺すっても分からなかったのは、詰めものがしてあったせいでございますな」

「うむ。向かいの茶屋から見ていて、おやじが如来像を妙に重そうに扱うゆえ、確かめてみたくなったのさ」

「お見通しでございましたか」

小源太が言うと、平蔵はそれに答えず、かたわらを見返った。

あっけに取られて、腰を抜かした体《てい》の徳三に、声をかける。

「これを、なんと申し開きするつもりだ、徳三」

徳三は、われに返ったように背筋を伸ばし、ぺたりと板の間に両手をついた。

「わ、わたくしは、猪兵衛でございますが」

「徳三でも猪兵衛でも、どちらでもかまわぬ。この小判を見て、何か言いたいことがあれば、申してみよ」

平蔵は詰問するでもなく、まるで世間話をするような口調で、徳三を促した。

徳三は、その場に這いつくばった。

「わたくしにも、わけが分かりませぬ。その如来像は先ほど、塚本さまと仰せられるお武家さまのご妻女から、鼈甲の簪と引き換えに仕入れたもの。像の内側に、さような大金がはいっているなどとは、夢にも知らぬことでございました」

小源太の目には、徳三が嘘を言っているようには、見えなかった。

小源太が、如来像をいじくり回しているあいだ、徳三は少しも不安の色を見せなかった。もし、中に金が仕込んであると知っていたら、平静ではいられなかったに違いない。

内側の空洞から、小判が出てきたときの驚きようも、尋常一様ではなかった。もし、あれが芝居なら団十郎も顔負けの役者、といわねばならぬ。

それは平蔵の目にも、明らかだったはずだ。

その証拠に、平蔵はそれ以上徳三を追及せず、口調を変えて言った。

「その、塚本と申す夫婦者の住まいを、聞いておるか。仕入れ帳に、記載するはずだが」

「仕入れ帳には、まだ書き込んでおりませぬが、ご妻女と取り交わした受取書が、ここにございます」

徳三は、震える手をふところに差し入れ、書付を引き出した。

小源太はそれを受け取り、ざっと目を走らせた。

平蔵に聞こえるように、ゆっくりと読み上げる。

「受け取り書。一、黒檀手彫り薬師如来像、一体。代金三分二朱、右、受け取りそうろうものなり。神楽坂肴町、古物商壺天楽、猪兵衛さまへ。浅草福井町、荘兵衛店、塚本弥三郎内、しづ、爪印。壬子、十月四日。以上でございます」

平蔵は深編笠を軽く持ち上げ、表通りに目を向けた。

そのままの格好で、徳三に声をかける。

「徳三。その方がかつて、けんびきの辰五郎《たつごろう》、米びつの門兵衛《もんべえ》ら盗っ人の一味に加わり、押し込みを働いたことは、分かっておる。しづなる女が、何ゆえ三十両を飲んだこの如来像を、その方の店に持ち込んだかを、ありていに白状いたせ」

徳三はまた身を縮め、板の間にひれ伏した。骨張った肩が、細かく震えている。

小源太は、そばから口を添えた。

「押し込みに際して、おまえが人に手を出さなかったことは、おれたちも承知している。神妙に白状すれば、お上にも情けというものがあるぜ。正直に言ってみねえ」

わざと言葉を崩して言うと、徳三は縮めた肩をぴくりとさせ、震える声で応じた。

「あなたさまがたは、どちらのお役人さまでございましょうか」

「火盗改よ。こちらのおかたは、ご支配の長谷川平蔵さまだ」

その名を聞くと、徳三はますます身を縮めた。

わずかな間をおいて、覚悟したようにしゃべり出す。

「まことに、恐れ多いことでございます。ありていに申し上げますゆえ、お聞きくださいませ」

五

ばってらの徳三は、十年前に足を洗った。

江戸を離れた京都で、ため込んだ盗品を売り物に、古物商を始めた。しかし、どれも気に入って盗み集めたものゆえ、売るのが惜しくてしかたがない。そのため、どうしても高値をつけることになり、なかなか売れなかった。

しまいに、一緒に暮らしていた女が労咳《ろうがい》を病んだため、店ごと商品を同業の者に売り払って、治療代を捻出するはめになった。ところが、店じまいをしたとたん、女がみまかってしまい、金が宙に浮いた。

やむなく、店を売ってこしらえた金と、手元に残しておいた貴重な古物を手に、また江戸へ舞いもどった。

骨董の目利きなどで、ほそぼそと暮らすうちに、神楽坂の古物商〈壺天楽〉が、空き店になっているのを見つけた。前のあるじ亀右衛門とは、盗っ人のころ贓品《ぞうひん》を持ち込んだりして、なじみがあった。

そこで幼なじみと偽り、その後釜にはいったのだった。

一月ほど前に芝口《しばぐち》で、かつて一緒に仕事をしたことのある、せせりの辨介《べんすけ》という盗っ人に、声をかけられた。

組んだ当時、辨介はまだ駆け出しにすぎなかったが、度胸があるのと血を見るのをいとわぬことで、仲間うちでは一目置かれる存在だった。

それが、今ではすっかり大物の盗っ人になり、その噂は徳三の耳にも届いていた。むろん、あまりいい噂ではなかった。

徳三が、〈壺天楽〉を買い取って堅気になったと聞くと、辨介はひどく残念がった。まだ隠居する年ではない、また押し込みの手伝いをしてくれたら、いくらでも古物を盗ませてやる、と持ちかけた。

徳三は、もう気力も体も続かなくなったからと、その誘いをかたくなに断わった。

しかし辨介は、ああだこうだとしつこく、説得を続けた。しまいには、近いうちに支度金を届けるからと、勝手に決めてそのまま姿を消した。

「その後、辨介から何もつなぎがはいりませんので、てっきりあきらめたものと思っておりました。しかしながら、ただ今その如来像から出た金子を見まして、辨介からの支度金に違いない、と気がついたのでございます」

徳三はそう言って、また肩を震わせた。

長谷川平蔵は口を閉じたままで、深編笠を揺らしもしなかった。

しかたなく、俵井小源太は口を開いた。

「そうとも、限らぬのではないか。その、塚本なにがしという浪人者が、それと知らずに如来像をしづに託して、売ろうとしただけかもしれんぞ。先祖代々の品に、こっそり金子が隠されていた例も、ないではないからな」

徳三が、小判を包んであった奉書紙を、手に取る。

「この紙は、まだ新しゅうございます。古いものなら、たとえ日の当たらぬ場所にあっても、多少は黄ばみましょう」

そのとおりだ。

小源太は、平蔵を見た。

「されば、そのしづと申す女子も辨介の一味、ということでございましょうか」

「あるいは、塚本弥三郎が辨介の一味の者で、何も知らぬしづをつなぎに使った、とも考えられる」

日が陰ってきたらしく、店の中が薄暗くなった。

徳三が、燭台を引き寄せて、明かりをつける。

それから、やおら膝をあらためた。

「ただ今申し上げたことに、嘘偽りはございませぬ。足を洗ったは、改心したという次第ではなく、ただのてまえの身勝手。盗っ人の罪は、いかようにも償いをいたします。どうか、お縄にしてくださいまし」

そう言って、合わせた手首を差し出す。

平蔵が、深編笠を揺らした。

「徳三。その方、何歳になる」

徳三は手を下ろし、とまどったように顎を引く。

「恥ずかしながら、去年還暦を迎えましてございます」

「そうか。ならば、さほどおまえの裁きを、急ぐこともあるまい。これから申しつけることを、よく聞くがよい」

「はい」

徳三が頭を下げると、平蔵は続けた。

「ほかでもない。この三十両が支度金ならば、近いうちに辨介が仕事のつなぎを、つけてこよう。そのときは断わらずに、助《す》け手《て》を引き受けるのだ」

徳三は不審げに、顔を上げた。

「と、仰せられますと？」

小源太は、そばから言った。

「つまりは、仲間にはいるふりをせよ、との仰せだ」

得心がいったように、徳三がうなずく。

「それでは、辨介の仕事の日にちと刻限、押し込み先が分かりしだい、お知らせすればよろしいので」

平蔵が、含み笑いをする。

「そのとおりよ。察しがよいな」

小源太は、口を挟んだ。

「辨介がつなぎをつけに来たとき、二つ返事で助け手を引き受けてはならんぞ。しばらくは言を左右にして、気を持たせるようにするのだ」

「承知いたしました」

「われらも、辨介か手下の者が姿を現すまで、この店を見張ることにする。何かあれば、声をかけてくれ。それまで、おまえはふだんどおりに、商いを続けるのだ」

「かしこまりました」

徳三はまた、その場にひれ伏した。

店を出て、役宅へ向かう。

水戸屋敷の前を過ぎ、水道橋際に差しかかったとき、小源太は反対側からやって来る、りんの姿に気づいた。

「おりんでございます。いささかもどりが、早いような気がいたしますが」

「おりんは、足が速い。浅草福井町まで、しづをつけてもどって来たとすれば、こんなものだろうよ」

りんは、すれ違う二人にちらとも目もくれず、さっさと行き過ぎた。

平蔵と小源太は役宅へ向かうのをやめ、昌平橋《しょうへいばし》の手前の左側にある〈うち田〉、という一膳飯屋にはいった。

衝立《ついたて》で仕切られた、板の間に上がる。

目の前に、頼んだ酒と肴の丸干しが並んだとき、りんがはいって来た。

平蔵が、互いにこれまでのいきさつを話すよう、二人を促す。

小源太から先に、話を始めた。

如来像から、三十両が転がり出てきたと知って、りんも驚きを隠さなかった。

逆にりんから、しづがまっすぐ浅草福井町にもどったと聞き、小源太はいくらか拍子抜けがした。

りんは、しづが落とした徳三の受取書を、平蔵と小源太に見せた。

それは、先刻徳三が示したしづの受取書と、そっくり首尾が照応していた。どこにも、不審な点はない。

小源太は、首をひねった。

「簪と、如来像の交換は分かりますが、あの三十両の意味が分かりませぬ。やはり辨介からの、支度金でございましょうか」

「今ここで、それを考えても始まらぬ。徳三からの、沙汰を待とう」

平蔵はのんびりと言い、あとは酒を飲むことに専念した。

小源太はなおも首をひねったが、いい答えは浮かばなかった。

六

小平治が荷をかつぎ、木戸から通りへ出て来る。

俵井小源太は、先に立って町屋の路地を抜け、御蔵前《おくらまえ》通りを越えた。ほどなく、大川端の土手に出る。すでに日暮れが迫り、人通りは少ない。

あとを追って来た小平治は、土手の石台の上に荷を下ろした。

川面に目を向けた、小源太のすぐ近くに腰を下ろして、キセルを取り出す。

小平治は、筆や墨、扇子、蠟燭《ろうそく》、おもちゃなど、あまりかさばらぬ雑貨を商う、振り売りに身をやつしていた。

浅草福井町の、荘兵衛店の路地にもぐり込んで、塚本弥三郎の身辺を探ってきたところだった。

小源太は、暮れなずむ向こう岸の土手道を眺めながら、小平治の話を聞いた。

弥三郎は、さる田舎大名の江戸詰めの武士だったが、不始末があって浪々《ろうろう》の身となり、妻のしづとともにこの長屋に、住み着いたらしい。

ふだんは、近所の子女や大店の丁稚《でっち》などに、読み書き算盤《そろばん》を教えるのが仕事だ、という。しづも、近所の繕いものや洗い張りをこなし、生計《たっき》の足しにしているそうだ。

つましいことはつましいが、貧乏暮らしというほどでないことは、着ているものやふだんの様子で、察しがつく。近所の評判も、悪くない。

ただ弥三郎は、たまに金回りのいいときがあって、隣人や近所の子供たちに酒、菓子を振る舞うという。陰では、郊外の無住の荒れ寺で開かれる、ご法度の博打場《ばくちば》に顔を出している、との噂もあるようだ。

このところ、小源太と小平治は他の同心たちの手を借りながら、弥三郎夫婦を見張っている。〈壺天楽〉の方は、今永仁兵衛《いまながにへえ》と別の手先たちに、任せきりだった。今のところ、どちらも変わった動きがない。

ここ半月ほど、火盗改がこぞって出張るほどの騒ぎがなく、見張りを続ける余裕があるのが、幸いだった。

「このたびはどうも、お殿さまのお眼鏡違いじゃ、ござんせんかね」

小平治が煙を吐いて言い、小源太も小さくうなずいた。

「眼鏡違いなら、それでいいのよ。逆に眼鏡どおりなら、世の中が騒がしくなるからな」

日が暮れるころには、役宅へもどることにしよう。

小平治を促し、もと来た道を御蔵前通りの方へ、引き返す。もう一度、荘兵衛店の様子を見よう、と思った。

暮れ六つの、捨て鐘が鳴り出す。

通りにもどったとき、浅草橋の方から歩いて来る男の姿が、目にはいった。

すでに何度も目にした、しづの夫弥三郎だった。

弥三郎は、いつも月代《さかやき》をきれいにそり上げ、黒の小袖に袴を着けている。浪人の身でありながら、いずれかの家中の下士《かし》といっても、通用するいでたちだ。

小源太は、小平治を見返った。

「おれもちょっと、中の様子を見て来る。おまえは、木戸の外で待っていろ」

そう言い残し、弥三郎のあとを追って大通りから、福井町にはいる。

これといった当てはないが、何か動きがあるかもしれぬと思うと、ほうっておけない気分になった。

夕闇が迫っている。

弥三郎が、荘兵衛店の木戸をくぐるのを見届け、十数えるあいだ待った。

それから、小源太も路地を進んで木戸の中にはいり、奥へ向かった。

急にあたりが暗くなったので、前方の様子を見定めるのに、わずかな遅れが生じた。

二間ほど先に、弥三郎の背中が黒ぐろと立ちはだかり、その肩越しにしづの白っぽい顔が、ぼんやりと浮かんでいる。

はっとしたとたん、目が合ったしづの口から、悲鳴のような声が漏れた。

「あ、あなた。この男、この男でございます」

小源太は前にも進めず、かといってあとにも引けず、その場に立ち尽くした。

くるりと向き直った弥三郎が、薄闇の中できらりと目を光らせる。

「きさまか、しづにつきまとっている、不心得者は」

そうどなるなり、いきなり腰の大刀を抜き放って、大上段に振りかぶった。

「ま、待たれよ。それがしは、ただ」

思わぬなりゆきに、あわてて言いかける小源太を、弥三郎が刀を頭上に振りかざし、鋭い目でにらみつける。

そのままの姿勢で、じりっと詰め寄った。

「先ごろから、どこへ行くにもつきまとう連中がいると、しづから聞いているわ。何ゆえの所業だ。返答によっては、叩っ切るぞ」

尋常でない殺気を感じて、小源太はほとんど無意識に腰の刀に、左手をかけた。

「待たれよ、と申すに。これには、わけがある」

「女を追い回すわけは、一つしかあるまい。亭主持ちに執心するとは、不届きなやつ。斬り捨てても、どこからも苦情は出ぬぞ」

小源太は焦り、右手を上げて弥三郎を押しとどめた。

こんなところで、斬り合いをするわけにはいかぬ。

「誓って、そのような次第ではない。これは、それがしの、いや、お上の勤めに関わること。刀を引かれよ」

それを聞くと、弥三郎はますますいきり立った。

そのとき、小平治が騒ぎを聞きつけたとみえ、背後から声をかけてくる。

「だんな、どうなすったんで」

「どうもこうもない。いきなり、抜刀してきたのだ」

小源太が応じると同時に、しづが弥三郎の背後で叫ぶ。

「その町人も、わたくしをつけ回した、一人でございます。おかげで、まことに往生いたしました。どうか、ご用心くださいませ」

弥三郎は、ちゃっと音を立てて、大刀を握り直した。

「心配いたすな、しづ。おまえは、裏木戸から逃げて、番屋へ走れ。町役人を、呼んでくるのだ」

言うが早いか、弥三郎は振りかぶった大刀を勢《いきお》い猛《もう》に、小源太めがけて振りおろした。

小源太はすばやく飛びのき、かろうじてその太刀先をかわした。

しづが、どぶ板の上を走り去る下駄の音が、妙にはっきりと耳を打つ。

弥三郎が返す刀で、小源太のわきに尻餅をついた小平治に、斬りつけようとする。

小源太は、とっさに脇差を引き抜き、無我夢中で弥三郎の横腹に突っ込んだ。息を継ぐ暇《いとま》とてない、一瞬の出来事だった。

弥三郎が叫び声を上げ、小源太の方に向き直る。

小源太は脇差から手を離し、弥三郎の大刀を持った腕に、死に物狂いでしがみついた。

七

長谷川平蔵は、俵井小源太の盃を満たした。

「まあ、一杯飲め。さぞ、後味が悪かったであろうな」

「頂戴いたします」

小源太は盃をあけ、ふうと息をついた。

あの、荘兵衛店での騒ぎがあってから、三日後。

小源太と小平治、りんの三人は、平蔵のお声がかりで不忍池《しのばずのいけ》の〈清澄楼《せいちょうろう》〉に、顔をそろえていた。ここで働く、手先の美於《みお》が手配してくれたのだ。

横腹を刺された塚本弥三郎は、命に別状こそなかったものの、自由に寝起きできるまでに、二回り（二週間）はかかると医者に言われた。

小源太の背後で、弥三郎の太刀筋を目にした小平治は、その恐ろしさを語った。

「いや、そりゃあもう、天狗が空から飛びおりて来たような、すさまじい太刀筋でござんした。てっきり、俵井のだんなが斬られなすった、と思いやしたぜ」

「おれがやられていたら、おまえも命がなかっただろうな」

小源太がからかうと、小平治は首をすくめた。

「くわばら、くわばら。あんな修羅場は、二度とごめんでござんすよ」

りんが言う。

「それにしても、おしづはそれきりどこかへ、姿を消してしまったとか。まことでございますか」

小源太は、平蔵を見た。

「さようでございます。しづは、裏木戸から逃げ出したきり、番屋にも行かず、いまだにもどっておりませぬ。もどれば荘兵衛から、すぐに知らせがあるはずでございますが、その気配もまったくないようで」

そう言って、からになった平蔵の盃に、酒をつぐ。

そのあいだに、りんが口を挟んだ。

「〈壺天楽〉の徳三からも、音沙汰がございません。せせりの辨介から、まだ何も言ってこないようでございます」

小源太も、それを受けて言う。

「あの三十両は、念のため徳三の手元に、置いたままでございます。辨介のやつめ、そろそろ動き出しても、よさそうなころと思いますが」

辨介については、ひそかにその消息を探り出すよう、手先に指示してある。

平蔵は、大根の煮つけを口に入れ、うまそうに食った。

おもむろに言う。

「こたびの出来事は、裏があるようでないかもしれぬし、ないようであるかもしれぬ。まずは、しづがなぜ消息を絶ったのかを、突きとめねばならぬな」

「弥三郎は、しづのあずかり知らぬところで、せせりの辨介一味のために、働いていたのではございませんか。弥三郎が、何も知らぬしづを徳三の店へ行かせて、如来像に仕込んだ金を渡した、と考えればつじつまが合いましょう」

小源太が応じると、りんもうなずいて言う。

「ときどき、弥三郎の金回りがよくなるのは、博打ではなく盗みの分け前ではないかと、そんな気がいたします」

小平治は、首をかしげた。

「しかし、だんな。あっしは、だんなの後ろで聞いていやしたが、あのご浪人はおしづに焚きつけられて、だんなに刀を向けたようにみえやしたぜ。おしづは、だんなやあっしにつけ回されて往生した、と言ったじゃござんせんか」

小源太は、少し考えた。

「ああ、確かにそう言ったな、しづは」

それから、平蔵に目を移す。

「それについて、弥三郎はなんと申しているのでございましょう。柳井さまが、まだ寝たきりの弥三郎から、話を聞いておられるはずでございますが」

平蔵は、酒を飲み干した。

「しづから、妙な男たちにのべつつけ回されて、閉口するとだけ聞かされていたそうだ。それで、おまえたちが姿を見せたとき、しづにけしかけられて、かっとなったらしい。当人の弁によれば、ふだんは穏やかでおとなしい気質だが、いったん怒ると自分でも手がつけられなくなる、という。主家を追い出されたのも、気の合わぬ上役と喧嘩に及んで、斬りつけたためらしい」

それで、小源太は納得した。

血相を変えたあの怒り方は、確かに尋常ではなかった。

とはいえ、それでよくしづと仲よく、やっていけたものだ。

平蔵が続ける。

「念のために聞くが、おまえたちがあとをつけたり、見張ったりするときに、しづに気づかれるような、へまをした覚えがあるか」

小源太と小平治は、顔を見合わせた。

小平治が言う。

「お言葉ではござんすが、だんなもあっしらもこうした仕事にゃあ、年季がへえってありやす。世間知らずの、ご新造《しんぞ》なんぞに気づかれるようなへまは、いたしやせん」

そのとおりだと思い、小源太もうなずく。

平蔵の目が、鋭く光った。

「それはおれも、分かっている。しかし、しづがただの世間知らずの新造でない、と考えてみればどうだ。たとえば」

そこで、言いさす。

小源太は、膝を乗り出した。

「たとえば、なんでございますか」

「たとえば、弥三郎のあずかり知らぬところで、しづがせせりの辨介と関わっている、としたらどうなる。おまえたちの動きを見抜くくらい、朝飯前かもしれぬではないか」

平蔵の言に、小源太は虚をつかれて絶句した。

小平治もりんも、言葉を失っている。

平蔵は続けた。

「もしかしたら、こたびの一件はすべてしづが仕組んだ、大芝居かもしれぬぞ。おれたちが、〈壺天楽〉を交替で見張っていたことも、如来像に仕込んだ金を見つけることも、すべてしづの読みのうちにはいっていた、としたらどうする」

りんが、あっけにとられた顔で、すわり直す。

「まさかお殿さまは、受取書を落としてわたしに拾わせたのも、おしづが仕組んだ筋書きのうち、とお考えでございますか」

平蔵は、さもおかしそうに笑い、後ろの柱にもたれた。

「そうかもしれぬし、ただじょうずの手から水が漏れた、というだけのことかもしれぬ。それはいずれ、しづが見つかったときに、はっきりするだろうよ」

部屋がしんとなり、庭の木々を渡る初冬の風がざわざわと、音を立てた。

それから、さらに三日後。

新大橋の少し下流、小名木川《おなぎがわ》の河口にかかる万年橋のたもとに、女の水死体が流れ着いた。

検死の結果、死体は武州浪人塚本弥三郎の妻、しづと判明した。

八

十一月初旬の夜半。

塚本弥三郎の妻、しづの水死体が万年橋の際《きわ》に流れ着いてから、すでに二十日が過ぎていた。

俵井小源太が、役宅の宿直《とのい》部屋で茶を飲んでいると、障子の外から声がかかった。

「俵井さま。和助《わすけ》でございますが」

「おう、なんだ」

眠気を振り払って、威勢よく返事をする。

障子が開き、門番の和助が顔をのぞかせた。

「ただ今、銀松《ぎんまつ》がおもてにやってまいりまして、俵井さまにお目にかかりたい、と申しております」

眠気が吹っ飛ぶ。

「そうか。用向きを言ったか」

「急ぎのご用で、すぐに〈こもりく〉へお運びいただきたい、とのことでございます。

銀松は、くぐり戸の外で、待っております」

聞き終わるより早く、小源太は立ち上がって大小を取り上げた。

「分かった。仁兵衛に、すぐ宿直を交替するよう、伝えてくれ」

「かしこまりました」

この日は、同役の今永仁兵衛と九つ時から一時ごとに、交替で宿直を勤めることになっていた。まだ、八つの鐘は鳴っていないが、しかたがない。

和助が、奥へ向かうのを見届けて、平土間からおもてに出る。

相方の門番米吉《よねきち》が、くぐり戸をあけてくれた。冷たい風に、着流しの裾を激しくあおられて、思わず身をすくめる。

十間ほど離れたところで、提灯《ちょうちん》の明かりが小さく揺れた。その中に、銀松の姿が浮かび上がる。

そばに行くと、銀松は提灯を下ろした。

「夜分遅く、恐れ入りやす」

「なに、かまわん。知らせがきたか」

「へい。徳三が自分で、出向いてまいりやした。店の離れで、待たせておりやす」

「よし、行こう」

銀松が、先に立って歩き始め、小源太もあとに続く。

本所の役宅に近い、深川南六間堀町《みなみろつけんぼりちょう》の小料理屋〈こもりく〉は、長谷川平蔵組の与力同心、手先たちがしばしば密談のために使う、なじみの店だ。銀松の兄で、はやり病で死んだ金松《きんまつ》のやもめ、こごみが店を切り回している。

銀松は、もともと流しの掏摸《すり》だった。

それが、五年ほど前に小源太の同役、佐古村玄馬《さこむらげんば》に抜きを仕掛けて小源太に押さえられ、初めて縄目を受けた。

そのあげく、玄馬の巧みな口説きに乗せられ、火盗改の手先になってしまった。それからは、こごみの下で料理人をこなしながら、手先の仕事を務めている。

小源太は、銀松の提灯の明かりを目当てに、五、六間後ろからついて行った。夜更けではあるが、というより夜更けならばなおのこと、二人一緒に歩いているところを、見られたくない。

店に着くと、銀松は小源太を奥の小部屋へ案内し、自分はいなくなった。

古物商、〈壺天楽〉のあるじ猪兵衛こと、ばってらの徳三が小源太を見て、その場に平伏する。

「俵井さま。かような、夜のよなかにお呼び立ていたしまして、まことに申し訳ございませぬ」

紺無地の布子《ぬのこ》を着た、五尺に満たぬ徳三の小柄な体が、ひときわ小さく見えた。

「かまわぬ。用向きは、分かっている」

そう言いながら、小源太は徳三の向かいに、腰を下ろした。

続けて言う。

「せせりの辨介から、つなぎがあったのだな」

やっと徳三が、頭を上げた。

「さようでございます。この暮れ六つ過ぎ、ようやく忘れかけたころに、つなぎをつけてまいりました」

「やはり、そうか。おれたちが、見張りを引き上げさせるのを、待っていたのかもしれんな」

しづの水死体が上がったあとも、十日ほど〈壺天楽〉を見張っていたが、辨介からのつなぎはなかった。

あるいは、感づかれたかもしれぬとの判断から、手先を店の周囲から引き上げさせた。

もし、つなぎがあった場合は徳三の方から、〈こもりく〉に知らせに来るように、と申しつけてあったのだ。

徳三は、前に置かれた湯飲みを取り、茶を一口飲んだ。

「すぐに、お知らせしようと思ったのでございますが、仲間の者が見張っているやもしれず、九つの鐘が鳴るまで待ちまして、裏口から抜け出た次第でございます」

「それでよいのだ。いくら用心しても、しすぎということはないからな」

小源太は、盆に伏せてあった湯飲みを返し、急須の茶をついだ。

冷えた茶を飲み、あらためて聞く。

「それで、なんと言ってきたのだ、辨介は」

徳三は、ふところに手を入れた。

「暮れ六つの鐘が鳴り終わってほどなく、十ばかりの子供が店先にこの書付を、投げ入れてまいりましたので」

折り畳んだ紙切れを抜き出し、小源太の前に滑らせる。

広げて見た。

明夕七つ　にほんはしほりえ町
おやじはし西つめ　ふな宿ふな久へ
ひとりにて　ごそくらふ　ありたし
せういんならば　明朝五つ　軒さきに
白てぬくいを　吊るすへし
もし　吊るさぬばやいは　おつて

きつとあいさつ　いたすへし
やくし如来を　返すくらいにては
すまぬと知るへし　辨

稚拙だが、読みやすい字で、そう書いてあった。

ところどころ濁点が抜け、仮名遣いもまちまちだ。〈せういん〉は承引《しょういん》、〈ごそくらふ〉はご足労《そくろう》だろう。

うんと言わなければ、それなりの挨拶をするとの脅し文句が、妙に押しつけがましい。

薬師如来うんぬんは、木像の中に隠されたあの三十両が、やはり支度金だったことを、物語っていよう。

小源太は、徳三に目をもどした。

「ちなみに、この書付を投げ込んだ子供は、どうした」

「呼び止めましたが、そのまま逃げ去りましてございます。おそらく辨介か、手下に頼まれただけでございましょう」

小銭を与えでもして、使いをさせたのだろう。たとえつかまえたとしても、辨介までたどることはできまい。

徳三は、恐るおそるという口ぶりで、あとを続けた。

「いかがすれば、よろしいのでございましょう。もし断われば、何か仕返しをされそうな気がいたします。火でもつけられましたら、わたくしどもの店だけではすまず、おおごとにもなりかねませぬ」

　徳三の言うとおりで、小源太も長くは考えなかった。

　書付を返して言う。

「明日の朝、日がのぼらぬうちに店の軒先に、白手ぬぐいを吊るしておけ。その上で、書付のとおり夕七つに、この〈ふな久《きゅう》〉へ出向くのだ」

　徳三は、書付をふところにしまって、小さく首を傾けた。

「辨介は、わたくしに何をさせよう、というのでございましょう」

「むろん、押し込みの手伝いをさせよう、という魂胆だろう。おまえの得意の、掛け金はずしや雨戸はずしで、先陣を切らせるつもりよ。錠前の焼き切りなど、朝飯前とみたぞ」

「恐れながら、それは昔の話でございます。わたくしは、かれこれ十年も、仕事をいたしておりませぬ。勘も衰えております。辨介も、すぐには役に立たぬことくらい、承知しているはずでございます」

　それにも、一理ある。

「確かに、辨介もきのうのきょうで、いきなり仕事をさせることは、あるまい。とりあえずあすは、おまえがまだ使いものになるかどうか、試すだけかもしれぬ」

「試されましても、わたくしはすっかり腕がにぶっておりますし、急には」

徳三が言いかけるのを、小源太はさえぎった。

「いずれにしても、今夜のうちに少しでも手指の動きを、よくしておけ。どうでも、辨介の一味に、もぐり込むのだ。そうすれば、殺されたおしづが辨介と、どのように関わっていたかも、明らかになるだろう」

「あすの夕刻、〈ふな久〉で辨介一味を一網打尽にする、というわけにまいりませぬか」

「それは、無理だな。つかまえたところで、これまでの押し込みの証拠がなければ、罪に問うことはできぬ。そもそも、おれたちが網を張っていると分かれば、少なくとも辨介は〈ふな久〉に、姿を現すまい」

徳三が、襟元を押さえる。

「この書付は、証拠になりませぬか」

「その文面では、なんの証拠にもならん。盗っ人は、押し込みの仕場《しば》でしかと身柄を押さえ、申し開きのできぬようにするより、手立てがないのだ」

徳三は襟元を整え、眉根を寄せてうつむいた。

「わたくし一人では、いささか心細うございます」

「心配するな。捕り方は差し向けぬが、銀松をはじめ手先たちに〈ふな久〉を、見張らせる。おまえに、危害が及ぶことはないから、安心して行け。〈ふな久〉で、話がどんなふうに転がったか、あとでゆっくり聞かせてもらう」

不安を隠すように、徳三は小さな笑みを浮かべて、頭を下げた。

「承知いたしました。よろしくお願いいたします」

九

翌朝五つ半、役宅の茶室。

「親父橋の船宿とは、妙な場所を選んだものよな」

長谷川平蔵が、独り言のように言った。

柳井誠一郎も、首をかしげる。

「日本橋川の川筋ならば、一石橋《いっこくばし》、江戸橋、八丁堀、霊岸島《れいがんじま》あたりに、いくらでも船宿があるはず」

俵井小源太は、口を開いた。

「親父橋は、江戸橋から大川の方へ二町ほどくだった、左手の長い掘割にかかっております。とっつきに思案橋、その一つ奥が親父橋でございます」

誠一郎がうなずく。

「小源太の申すとおり、そこは新材木町と堀江町に挟まれた、掘割でございます。それゆえ、奥行きは四、五町もございますが、先は行き止まりになっております。したがって、船を中へ漕ぎ入れても、出口がございませぬ」

「うむ。漕ぎ入れても、逃げるときはまた思案橋をくぐって、日本橋川へ抜けるしかないわけだな」

ばってらの徳三が、未明に軒先へ白手ぬぐいを吊るしたことは、すでに確かめられている。むろん、せせりの辨介の手の者も前後して、それを見極めに来たに違いない。

小源太は、平蔵がたててくれた茶を、飲み干した。

「辨介が、さような不便な場所を選んだとすれば、〈ふな久〉へじかには乗りつけますまい。思案橋界隈《かいわい》に船を待たせて、陸《おか》をやって来るのではございませぬか」

平蔵は、みずからたてた茶を一口飲み、続けてずずっと飲み干した。

「はなから船を使わず、徒《かち》で来るやもしれぬな」

「どちらにせよ、さような場所を徳三に指示したとなれば、われらに目をつけられたのを知らぬ、ということでございましょうか」

小源太の問いに、誠一郎が応じる。

「これまでのいきさつからして、徳三がわれらと通じているやもしれぬ、との疑いは抱いていよう。そうでなくとも、そこそこの盗賊ならば危ない橋は、渡らぬものだ。どこか別に、逃げ道を用意しているに、違いあるまい」

平蔵は茶碗を置き、腕組みをした。

「そのような場所を選んだのは、捕り手の側も張り込むのがむずかしかろう、と考えたからではないか。思ったより、かしこい盗っ人かもしれぬぞ」

茶室の中が、しんとなる。

やがて、また平蔵が口を開いた。

「辨介にすれば、その場で火盗改にとがめられても、証拠がなければ罪に問えぬ、と承知していよう。われらとて、証拠もなしに牢問いにかけるわけには、いくまいて。徳三が、辨介と会ってどのような話になるのか、それを聞いた上で手を打つとしよう。捕り手を差し向けるのは、控えることにいたせ」

そこで言葉を切り、小源太に目をむける。

「小源太。おまえが指図して、手先の者たちだけをしかるべく、配置するがよい。たとえ、一味のあとをつけるにしても、あまり無理をするでない。あくまで、押し込みの仕場を押さえるのが、本筋だからな」

「はは」

小源太は、にじり口の障子に向かって、呼びかけた。

「歌吉《うたきち》。友次郎《ともじろう》。殿のお言葉を、しかと聞いたか」

「へい」

「はい」

返事が二つ、重なった。

「おまえたちのほかに銀松、りん、韋駄天《いだてん》、そのほか体のあいた者を、昼過ぎから親父橋の〈ふな久〉へ、差し向けるのだ。掘割の両側は町屋のはずだが、目立たぬようにくれぐれも、気をつけろ」

「へい」

歌吉の返事に、誠一郎が口を添える。

「話が終わって、徳三が〈ふな久〉を出たら、韋駄天を一人見張りに残して、あとは〈こもりく〉にもどるがよい」

「へい」

「はい」

歌吉、友次郎がそれぞれ、返事をする。

二人が、立ち去る気配を待つようにして、平蔵は小源太を見た。

「ところで、弥三郎の具合はどうだ」

小源太に、脇腹を刺された塚本弥三郎は、しばらく床についていたが、十月下旬になってようやく、起き上がれるようになったという。

小源太は、下を向いて答えた。

「傷の方は、うまくふさがったようでございますが、しづが死んだと知ってからは、ひどく落ち込んでおります。なぜ、あのような仕儀にあいなったものか、まったく見当がつかぬようでございます」

平蔵が続ける。

「弥三郎は、しづが〈壺天楽〉へ持ち込んだ、あの薬師如来像にも心当たりがない、とのことだそうだな」

「はい。塚本家伝来どころか、さような如来像が身近にあったことすら、承知しておらぬと申しております。まして、内側の空洞に大金がはいっていたなど、思いもよらぬことだそうで」

誠一郎が、むずかしい顔をする。

「してみると、ますますしづの役回りがなんであったのか、分からなくなりますな」

それは小源太も、同じだった。

このたびの騒ぎで、しづがどのような役回りを務めたのか、まるで見当がつかない。

小源太らが、なぜしづを付け回したかについては、すでに弥三郎に明かしてある。

弥三郎も、すべて納得したわけではなさそうだが、少なくとも小源太らへの疑いが、思い過ごしであったことは、分かったようだ。小源太に刺されたのも、やむをえぬなりゆきだった、と水に流してくれた。

ともかく、それでしづが死んだことの慰《なぐさ》めになる、とは思えなかった。

平蔵が言う。

「しづが死んだ今となっては、何がまことかだれにも分かるまい。弥三郎とて、実のことを話している、とは限らぬ。しづが弥三郎の言いつけで、如来像を〈壺天楽〉に持ち込んだ、という見方も消えたわけではないぞ」

そう指摘されて、小源太は頭が混乱した。

平蔵の言をまたずとも、筋道を立てようとすればいくとおりにも、立てることができそうだ。

誠一郎も同じ思いとみえて、困惑した顔で小源太に言った。

「ともかく、徳三が〈ふな久〉へ行くのを、見守るしかあるまい。〈ふな久〉が、一味に抱き込まれている恐れもあるが、刻限に合わせて店に手先のだれかを、送り込んでみるのも一法だ。気取られぬように、手配してくれ」

「かしこまりました」

「それから、〈壺天楽〉で徳三の帰りを待ち受ける役は、おれが務める。おまえは、〈ふな久〉の近くに詰めて、手先の差配をせよ。念のため、姿を変えるのだぞ」

「承知いたしました」

小源太は、急いで茶室を出た。

十

友次郎は、掘割に沿って新材木町の町屋を、親父橋に向かった。

あと四半時もすれば、夕七つの鐘が鳴るだろう。

右手の、堀端の蔵地に立ち並ぶ蔵のあいだから、向こう岸をうかがう。

親父橋の西側に、船宿が一軒見えた。

腰高障子に書かれた字が、〈ふな久〉と読める。古くからのしきたりに従って、軒先に編笠がぶら下がっている。今はすたれたが、昔はひと目をはばかる客のために、編笠を貸し出す習いがあったのだ。

店の前の土手に階段が刻まれ、船着き場に猪牙船《ちょきぶね》が一艘だけ、つないである。何艘あるか知らないが、あとはみんな出払っているようだ。

友次郎は、ことさらゆっくりした足取りで、親父橋に近づいた。掘割とはいえ、差し渡し十間を超える、細長い橋だ。

渡りながら、掘割の奥をさりげなく、見返った。

蔵地の切れ目に、少し間をおいて釣り人が二人、糸を垂れている。そのうちの一人は、遊び人ふうに髷を結い直し、縞模様の着物に着替えた、俵井小源太だ。

友次郎は橋を渡りきり、〈ふな久〉の障子をあけた。

「いらっしゃいまし」

帳場から顔を上げたのは、四十がらみの太った女将《おかみ》だった。

友次郎は、愛想よく言った。

「わたしは、市谷船河原町の織物問屋で、巴屋五兵衛《ともえやごへえ》という者だが、深川へ猪牙を出してもらえないかね。深川といっても、おなじみの洲崎《すさき》の方じゃないよ。海沿いの、大島町の方なんだが」

「おやまあ、それはどうも、おあいにくさまでございます。猪牙船は、一艘だけ残っておりますが、船頭がみな出払っておりまして」

それは、百も承知だ。

「旦那にでも、お願いできないかね」

女将が眉根を寄せる。

「うちの亭主は、駆け出しの幇間《ほうかん》くらいは務まりますが、まるで船が漕げないのでございますよ。今も、お客さまのご所望で吉原の方へ、お供しておりますようなわけで」

船宿は、おおむねそのような遊び人の亭主が多く、女将が商売を切り回すのがふつうなのだ。

「そうかい。まあ、急ぐ用でもないから、船頭さんがもどるまで、待たせてもらいましょう」

女将は、両手をもみながら、土間におりて来た。

「それが、先客のみなさまはそろって吉原へお出かけで、おもどりは明日の朝になる、と存じます。間違って、今夜もどられるといたしましても、だいぶ遅くなりましょう。船頭も、それまでお客さまを待つことになりますので、きょうはお使いいただけない、と存じますが」

一息にそうしゃべり立てて、ぐいとうなずいてみせる。

友次郎は、自分の目にも大店の番頭格に見えるほど、押し出しがよい。そのせいか、女将の物言いは早口ながら、ばかていねいだった。

「そうかい。とはいってても何かの拍子に、もどって来ないものでもなかろう。だめでもともと、一時ほど酒でも飲んで、待つことにしよう。二階を貸してもらえるかね」

女将が困った顔をする。

「これがまた、あいにくとお二階は今夜中貸し切りで、ふさがっておりまして、はい。まことに、あいすみません」

半時ほど前、辨介一味と思われる三人の男が、中にはいるのを見ていたから、そのことも承知の上だ。

友次郎は、わざとおおげさに、驚いてみせた。

「おや、貸し切りとは豪儀だねえ。それじゃ、そこの帳場の横の小座敷でいいから、使わせてもらえないかね。もちろん、ただでとは言わないよ」

「そうおっしゃいましても、火鉢にまだ火がはいっておりませんし」

女将は言いかけたが、友次郎が紙入れから一分金をつまみ出すと、にわかに相好を崩した。

「はいはい、よろしゅうございますよ。ただ今、お熱いのをつけますから、お待ちくださいまし。お食事をご所望《しょもう》なら、近くに仕出しをする料理屋もございますし、お取り寄せいたします」

「とりあえず、お酒だけつけておくれ。ところでおまえさん、名前はなんというのかね」

「はい、わたくしども〈ふな久〉の家内で、しまと申します。どうぞ、お見知りおきを」

「おお、そうかい。こちらこそ、よろしく頼みますよ、おしまさん」

愛想よく挨拶を返して、階段を挟んだ反対側の小座敷に上がり、座卓の前にすわる。

しまと名乗った女将が、すぐに火鉢に火を入れてくれたのは、ありがたかった。ほどなく、酒も上がってきた。

最初の一杯を、女将の酌であけたあとは、手酌で飲む。

そのあいだに、今でも編笠を借りたがる客がいるのかとか、女将とらちもない雑談を交わして、時を稼いだ。

やがて、七つの捨て鐘が鳴り始めた。

本鐘が鳴り出すと同時に、表の障子が静かに開いた。

紺無地の布子を着た、小柄な老爺が恐るおそるといった感じで、中をのぞく。

帳場から、女将が声をかけた。

「いらっしゃいまし」

盃を傾けながら、友次郎は横目遣いに老爺の様子を、うかがい見た。

これが、〈壺天楽〉の猪兵衛こと、ばってらの徳三だろう。髪に白いものが目立ち、いかにも古道具屋のおやじ、という風情だ。

「こちらで、知り合いと待ち合わせをした、徳三と申しますが」

徳三がおずおずと言うと、女将は愛想よく笑ってかたわらの階段を、手で示した。

「はい、徳三さんでございますね。うかがっております。そこから、お二階へどうぞ、お上がりくださいまし」

「ありがとう存じます」

徳三は、障子を閉めて土間を横切り、上がりがまちに近づいた。草履を脱いで上がり、階段に足を掛ける。ゆっくりと二階にのぼりながら、ちらりと友次郎を見た。

友次郎は、徳三の目を斜めに見返し、すばやく二度瞬《また》きした。あらかじめ、目配せを取り決めたわけではないが、徳三もその道の仕事をしてきた男ゆえ、意が通じたとみえる。同じように、二度瞬きを返してきた。

どうやら、火盗改の手先と察したらしい。

友次郎は、時を稼ぐために女将に合図し、新たに注文した。

「仕出しはいいから、おしまさんが何かつまみを作ってくれると、ありがたいんだがね」

歌吉は、銀松に声をかけた。

「そろそろ、行ってみるか」

銀松がうなずく。

「そうしようぜ。どうやら、船では来ねえようだからな」

昼間のうちに、掘割の奥には船がないことを、確かめてある。〈ふな久〉の猪牙船も、一艘以外は早めに出払ってしまい、今夜はもどって来ないだろう。

すでに、夕七つの鐘が鳴ってから、四半時はたつ。それまで、思案橋の方へ曲がり込む船は、一艘もなかった。

銀松は櫓《ろ》を操って、日本橋川に沿った蔵地の陰から、思案橋の方へ漕ぎ出した。一町半ほど下流に、〈鎧《よろい》の渡《わたし》〉の渡し場が見える。

掏摸の腕は別として、銀松には巧みに船を漕ぐ得意わざがあり、こういうときに役に立つのだ。

川を二十間ほどくだり、思案橋につながる水路に、漕ぎ入れた。ほかに、船影はない。

思案橋を抜けて、緩やかに左へ曲がる。すると、その先にかかる親父橋が、目にはいった。

それをくぐった、少し先の蔵地の手前に、〈ふな久〉の船着き場がある。猪牙船が、一艘だけ見える。さらにその先、三十間ほど離れた向かいの堀端に、釣り糸を垂れる小源太の姿があった。

銀松は、親父橋の橋桁のたもとに船を寄せ、櫓を休めた。

「連中はもう、中へはいっただろうな、歌吉」

「ああ。友次郎の姿も見えねえから、あいつも中にいるはずだ。おおかた、店の女でもからかいながら、様子をうかがってるに違いねえ」

友次郎のことだから、疑いを招くようなへまはしないだろう。

しだいに夕闇が迫り、はやくも町屋にちらほらと、灯がともり始める。

小源太が、釣竿を上げて道具を片付け、腰を上げるのが見えた。夜釣りならともかく、いつまでも釣りを続けるわけにもいくまい。

太めの竿袋を抱え、おそらくからっぽの魚籠《びく》をさげて、掘割の奥へ向かう。竿袋には、十手《じって》と刀をひそませているはずだ。

歌吉は、銀松に言った。

「おれも陸にあがって、様子を見る。おめえは、また思案橋の外へ漕ぎもどって、万が一連中が猪牙船を出すようなら、あとを追ってくれ。おれのことは、気にかけねえでいいから」

「分かった」

橋桁を伝って、〈ふな久〉とは反対側の土手に上がり、漕ぎもどって行く銀松の船を、目で追う。

向き直ると、蔵地を出て掘割の奥へ向かう、小源太の後ろ姿が見えた。

逆に奥の方から、女がやって来る。りんだった。

ふだんは、だるまに結っている髪を、おとなしい町家風にまとめている。

小源太のそばまで来ると、りんはわざとらしいしぐさで、何やら声をかけた。

足を止め、少しのあいだ立ち話をした二人は、たまたま目にはいったという様子で、すぐそばの一膳飯屋に、はいって行った。

その店は、寒さが募るこの季節にも似ず、いつも腰高障子を広くあけたままで、商売をする。歌吉も、何度かそこで飲んだことがあり、中の造りは覚えていた。

十一月になると、土間に炭をかんかんに起こした、大きな火鉢がでんと置かれる。それを囲むかたちで、小ぶりの座台がいくつも並ぶ。奥の方から、おでんのうまそうなにおいが漂い、それが入り口から外へ流れ出て、客を呼び込むという仕掛けだった。

店の前は、蔵と蔵のあいだで土手が開けており、〈ふな久〉が目の内にはいるはずだ。小源太とりんは、そこから見張る考えだろう。

〈ふな久〉の、二階の障子は明かりを映しているが、人の影は見えない。

掘割の東側には、芝居小屋を控えた葺屋町《ふきやちょう》、堺町《さかいちょう》がある。お上の触れで、小屋は夕七つ半にしまうのが、決まりだった。しかし、それを守る小屋はなく、はねるのはおおむね、暮れ六つだ。

その刻限を迎えると、このあたりは小屋を出た客たちで、人通りが多くなる。

見張る方からすれば、その方が目立たなくて好都合だが、それは〈ふな久〉の二階で密談中の、辨介一味にとっても同じだろう。

歌吉は、思案橋の方へ少しもどって、蔵と蔵のあいだの路地にはいった。

堀端に腰を下ろし、見張りを始める。

十一

二階で、襖《ふすま》の開く音がした。

男の声が、下へ呼びかけてくる。

「すまねえが、ちろりをあと三本ばかり、あっためてくれねえか。それと、さっき頼んだ仕出しは、まだかい。ぼちぼち、半時近くもたつが」

しまは、すぐに腰を上げた。

「はい、ただ今。仕出しもおっつけ、やって来ると存じます。もう少々、お待ちくださいまし」

そう返事をして、すぐに燗の用意を始める。

二階の客が仕出しを頼んだのは、暮れ六つの鐘が鳴り終わるころだった。芝居小屋のせいで、仕出し屋はいつも立て込んでいるが、それにしても出前が遅い。

階段の向こうの小座敷では、巴屋五兵衛と名乗った男が、相変わらず一人でちびりちびりと、酒を飲んでいる。

いつまで待っても、猪牙船がもどって来る見通しはないのに、少しも退屈した様子がない。よほど暇つぶしに、慣れているのだろう。

酒の支度ができたころ、表の障子ががらりとあいた。

「おまっとさんでございい。平野屋《ひらのや》でござんす」

ねじり鉢巻きに、印半纏《しるしばんてん》の若い男が縦長の岡持ちを二つ、運び入れて来た。仕出し屋の、平野屋の出前持ち、多助《たすけ》だ。

「ご苦労さん。遅かったじゃないか、きょうは」

「本日は、ちょいと取り込みがございやして、あいすみません」

ぺこぺこする多助に、しまはてきぱきと指図した。

「わたしがお酒を運ぶから、あとをついて来ておくれな」

「へい」

しまは、盆にちろりと新しい盃を載せて、階段を上がった。多助が岡持ちを二つ両手にさげ、あとをのぼって来る。

襖をあけると、あとから来た徳三を加えて四人の男が、四角い形に座をこしらえていた。

「お待ちどおさまでございました」

「おう、遅かったじゃねえか」

苦情を言われて、出前が謝るのを聞きながら、しまは新しいちろりを一つずつ、男たちの脇に置いた。からになったちろりを、あいた盆にもどす。

そのあいだに、出前が二段になった岡持ちから、料理を一つずつ前に据えていった。

いちばん年配に見える徳三が、しまに声をかけてくる。

「おかみさん。手水場《ちょうずば》は二階にあるかね」

「はい。廊下を左に行った、突き当たりにございます」

徳三が出て行くと、窓側の燭台を背にした四十がらみの男が、猫なで声で言う。

「ちょいとねえさん。べんすけの兄貴に、酌をしてやってくれねえかい」

べんすけ、と呼ばれた男がさっそく盃を取り上げ、しまに突き出す。

「これはどうも、気がつきませんで、ご無礼いたしました」

しまは、いそいそと男の横に膝をつき、ちろりを取り上げた。

べんすけが、酌を受ける。どうやらこの男が、一座の兄貴格らしい。頬のそげた、目のきつい男だ。髭の剃りあとが濃い。

やくざではなさそうだが、堅気の商人という風情でもない。あとの二人も、年はそれぞれ違うにせよ、素性は似たようなものだろう。

べんすけの背後に、この男たちが来たときに持ち込んだ、大きな風呂敷包みが置いてある。角が、ところどころとがっているのを見ると、刃物か何かが隠してあるのだろう。

なんとなく、剣呑《けんのん》な連中に思えた。

残る二人にも、酌をしてやる。

し終わったとき、徳三が手水場からもどって来た。

徳三だけが、そこにいる三人と肌合いが違い、どこかなじまぬものがある。

べんすけが言った。

「徳三どんにも、酌をしてやってくれ」

しまは、徳三の席に移った。

「どうぞ、お一つ」

「すみませんね、女将さん」

徳三は軽く頭を下げ、しまの酌を受けた。

それを、一口でぐいとあけてしまうと、袖の内に手を突っ込んで、小さな紙包みを取り出す。

「はい。これは、ほんの気持ちだよ」

差し出されて、しまは頭を下げた。

「すみませんね、お気遣いをいただいて」

胸元へ収めようとすると、しまを見る徳三の目がすばやく二度、下へ動いた。

しまは、膝の上へ目を落としたが、何もこぼれたりしていない。意味が分からず、もう一度、頭を下げる。

「それでは、どうぞごゆっくり」

そう言って、膝を起こしたとき、べんすけが口を開いた。

「待ちねえ。今のはなんでえ、徳三どん」

徳三が頬を引き締め、べんすけを見返す。

「ほんの、心付けでござんすよ」

べんすけは、妙にうたぐり深い顔で、しまを見た。

しまは、居心地が悪くなるほど見つめられ、思わず唾をのんだ。

別に、こちらから催促したわけではないし、あまり気分がよくない。

べんすけが、ふっと頰を緩める。

「分かったよ、ねえさん。もらっておきねえ」

「ありがとう存じます」

しまは、ほっとして頭を下げ、部屋を出た。

いつの間にか、背筋が濡れているのを覚える。いやみな男だ。

階段をおり、帳場にもどった。ようやく、気持ちが落ち着いて、ため息を漏らす。

襟元から紙包みを取り出し、ていねいに広げてみた。

中から、一分金がこぼれ出る。同時に、膝の上にぽとりと落ちたのは、折り畳んだ別の紙切れだった。

片側に、急いで書かれたようにのたくった、汚い字が見える。

　　したのだんなへ

そう読めた。

紙切れを広げると、内側にまた同じ手の乱れた字で、別の文言が書いてある。

こんやうしあたらしはしさらさや

小声で読んでみたが、なんのことか分からず、いっとき考え込んだ。

にわかに、徳三が心付けをくれたとき、目を下へ二度動かしたことを、思い出す。

しまはそっと、階段越しに小座敷を見た。

巴屋五兵衛はあきずに、盃を傾けている。まるでそれが、ここへ来たただ一つの用向き、といったたたずまいだ。

したのだんな、とは五兵衛のことかもしれない。

しまは土間におり、小座敷へ回った。

小声で言う。

「巴屋さん。ちょっとお尋ねいたしますが、旦那は先ほどの徳三さんというお年寄りと、お知り合いじゃございませんか」

五兵衛は、ちょっととまどった顔をしたものの、ためらいがちにうなずいた。

「ああ、よく分かったね。まあ徳三さんとは、まんざら知らない仲でもないんだ。ただ徳三さんは、わたしが深川の色里へ行くと思って、見て見ぬふりをしたんだろうよ」

しまはためらったものの、思い切って手にした紙包みを、五兵衛に差し出した。

「たった今二階で、徳三さんからいただいたお心付けの中に、妙なものがはいっていましたのさ」

五兵衛はそれを受け取り、包みを開いた。

一分金を取りのけ、字の書かれた紙切れを開いて、中を読む。

「それをくださるとき、徳三さんは目の玉を下へ二度、動かしたのでございますよ。いかにも、巴屋の旦那に渡してほしいと、そう言わぬばかりに。したのだんな、というのは旦那のことじゃ、ございませんか」

五兵衛はすぐに、紙切れをふところに入れた。

「ああ、これはわたしにあてた、注文書のようなものだ。素人衆には分からぬように、わざと符丁を遣ったのさ。おまえさん、おしまさんだったね。ありがとうよ、これは遠慮なく、取っておきなさい」

そう言いながら、手にした一分金を返してよこす。

「まあ、そんな」

そう応じたものの、しまはすぐにそれを受け取って、襟元に収めた。

五兵衛が、さらに声をひそめて言う。

「このことは、だれにも言っちゃいけないよ。あたしらの商いの、障《さわ》りになるからね」

しまは、心得顔でうなずいた。

「承知しておりますよ、巴屋さん。上のお客さまは、徳三さんのほかはみんな目つきの悪い、怪しい連中でございましてね。わたしも、早く引き上げてくれないものかと、そう思っております」

「そうだといいがね」

五兵衛は膝をあらため、ふところから紙入れを出して、言葉を継ぐ。

「さてと、いつまでもこうしては、いられない。そろそろ、おつもりにするよ。これで足りるかね、おしまさん」

そう言って、紙入れから新たに一分金を三つつまみ出し、しまの手に載せる。

「あらまあ、こんなにしていただいては、ばちが当たります」

「遠慮しないで、取っておきなさい。ただし巾着みたいに、口を閉じているようにな」

「心得ております とも。それじゃ、遠慮なく頂戴いたします」

しまが頭を下げると、五兵衛はあたふたというほどではないが、かなり急いだ様子で店を出て行った。

歌吉は、すっかり日の落ちた掘割の通りへ、友次郎が出て来るのを見た。

友次郎は、〈ふな久〉の二階を振り仰いでから、体をかがめて足音を忍ばせるように、橋を渡って来た。

歌吉は、蔵のあいだから通りにもどり、反対側へ向かおうとする友次郎を、低い声で呼び止めた。

振り向いた友次郎が、急ぎ足で寄って来る。芝居小屋がはねたあと、ひとしきり人が流れて来たものの、今はそれも収まっている。

歌吉は、〈ふな久〉から見えない蔵の陰に、友次郎を引き込んだ。

「どうしたんだ、そんなにあわてて」

「二階へ上がった徳三が、押し込みの日時を店の女将に託して、おれによこしたんだ」

友次郎の言葉に、歌吉は驚いた。

「ほんとか。そんなすきが、あったのか」

「ほんの短い、走り書きだが」

紙切れを取り出し、広げてみせる。

「こんやうしあたらしはしさらさや。どういう意味だ、これは」

「分からねえ」

「それにしても、よくこんなものを書く暇があったな」

「途中でだれかが、手水へ行く気配がした。あれが徳三なら、そのときに書いたのかもしれぬ。ともかく俵井さまに、すぐにお見せしようぜ。どちらにいなさる」

歌吉は、掘割の奥を指した。

「この先の一膳飯屋で、おりんと一緒に見張っていなさる」

「よし、おれが旦那に、知らせてくる。おまえは、このあたりで見張りを続けてくれ」

「おうとも。ここはおれに、任せておきな」

十二

長谷川平蔵は、紙切れを睨んだまま、低くつぶやく。

「これは、こんや、うし、あたらしばし、さらさや、と読むのだろうな」

「わたくしも、そのように読み解きました」

俵井小源太が応じると、柳井誠一郎もうなずいた。

「つまり今夜、丑《うし》の刻限に新シ橋《あたらばし》の更紗屋《さらさや》に押し込む、ということでございましょう」

平蔵が、眉根を寄せる。

「この文言からは、確かにそう読み取れるな。しかし、新シ橋は外桜田と神田と、二つあったはず。どちらであろうな」

小源太は、膝を乗り出した。

「神田川にかかる、新シ橋の河岸の上の通りに、更紗屋という唐物《からもの》問屋がございます。唐物を扱っておりまして、さほどの大店とは申せませぬが、もうけが大きくかなり貯め込んでいる、との噂。狙われても、不思議はございませぬ」

「そうか。それならば、神田の新シ橋に、間違いあるまいな」

「しかしながら、いささかうなずけぬことも、ございます。長いあいだ、仕事を離れていた徳三に、辨介がいきなりその日に助け手をさせるなど、考えられましょうか」

小源太の言に、平蔵は含み笑いをした。

「おまえはゆうべ、徳三に夜のうちに手指を鍛えておけと、そのようにけしかけたとか申したな。徳三め、それを真に受けて一晩習練したあげく、〈ふな久〉で辨介にその腕を、披露してみせたのではないか」

誠一郎が、納得のいかぬ顔をする。

「かりに、そうだといたしましても、確かに小源太の申すとおり、いきなり仕事をさせるというのは、腑に落ちませぬ。押し込みには、それなりに周到な下ごしらえが、欠かせぬもの。あらかじめ更紗屋へ、引き込み役でも送り込んでいれば、別でございますが」

言葉を選びながら、そう言った。

平蔵が、腕を組む。

「ともかく、徳三も辨介にきょうの今夜と言われれば、店へもどってわれらに告げるいとまはない。それでせっぱつまって、かような賭けに出たのであろう」

誠一郎は、口元を引き締めた。

「とは申せ、船宿の女将にさような走り書きを託すなど、大胆というよりただの無謀。まさかその場で、下にいる男に渡してくれなどと、注文をつけられるはずもなし。むしろ女将が、徳三の言づての相手を下にいる友次郎と、よく察したものでございます」

それを受けて、小源太も口を開いた。

「どちらにしても、女将が辨介らに告げ口をするか、脅されて口を割るなどすれば、一巻の終わりでございます。徳三が、そこまで気の回らぬ男とは、考えられませぬが」

平蔵はまた少し考え、小源太に尋ねた。

「これを渡された友次郎は、徳三のことをなんと言っているのだ」

小源太は、背筋を伸ばした。

「船宿に現れた徳三が、瞬きで合図した友次郎に、すぐさま瞬きを返してきた、と申しております。どうやら、自分を火盗改の手先と見抜いたようだ、とのことでございます。徳三ももとは盗っ人の端くれ、それくらいの勘が働いても、おかしくはない、と」

平蔵は、また考えに沈んだ。今度は、前よりもだいぶ長い。

じゃまをすまいと、小源太は黙っていた。誠一郎も同じ思いらしく、口をつぐんだままでいる。

やがて、平蔵が口を開いた。

「今、〈ふな久〉を見張っているのは、だれとだれだ」

「歌吉と友次郎に、おりんでございます。加えて、銀松も思案橋の外に、猪牙をとめております」

「ほかの者は、いかがいたした」

「小平治と韋駄天、勘次《かんじ》も詰めておりましたが、その後連中が出て来る気配もないため、役宅へ引き上げさせました」

「それでは、今一度韋駄天を歌吉たちのところへ、使いに出せ。辨介一味が、支度のためにどこかへ移るか、〈ふな久〉を出た足で更紗屋へ押し込むつもりか、そのあたりを見極めさせるのだ。それによって、捕り手をいつごろどこへ差し向けるか、決めねばならぬ」

「かしこまりました」

立とうとすると、平蔵は口元を緩めて言った。

「おまえの町人髷も、なかなか似合うではないか。これからも、たびたび化けてみよ」

誠一郎が笑い、小源太は苦笑した。

「これも、仕事と思えばこそ、でございます」

そう言い残して、茶室を飛び出す。


五つの鐘が、鳴り始めた。

しまはあくびを漏らし、階段を斜めに見上げた。

四半時ほど前、二階で角力《すもう》でも取るような、重い音が響いた。ほんの、煙草《たばこ》を一服するほどの短い間で、それきりまた静かになった。こそりとも音がしない。まさか、眠ったわけでもあるまい。

吉原へ繰り出した客たちは、供についた幇間がわりの亭主ともども、どうせ今夜はもどって来ない。

二階の客も、泊まるなら泊まるで、はっきりしてほしい。そうすればこちらも、安心して寝られるというものだ。

追加の注文を聞くふりをして、二階の様子を見に上がろうか。

そう思ったとき、上で襖の開く音がして、だれかが出て来た。しまは、あわてて商《あきな》い帳《ちょう》を、帳場台に広げた。

階段に足音が響く。

見上げると、例のべんすけと呼ばれた男が、おりて来るところだった。

急いで立ち上がり、べんすけを迎える。

「何かほかに、ご注文はございませんか」

階段をおりたべんすけが、帳場へ回って来た。なめるように、しまの体を見回す。

問いには答えず、べんすけは階段の方へ、顎をしゃくった。

「さっきまで、あっちの小座敷に、客がいなかったか」

ぎくりとしたが、おくびにも出さずに応じる。

「はい、お一人おられましたが、とうにお帰りになりました」

「なんの用で来たんだ。船頭は、出払ってるはずだぞ」

「はい。そのように申し上げたのでございますが、もどるかもしれないから待つとおっしゃいまして、しばらく御酒《ごしゅ》を飲んでおられました。そのあげく、待ちくたびれて六つ半ほどに、お引き上げになりましたので」

べんすけが、帳場台の上に目を移す。

そこには、先刻徳三から受け取った紙包みがあり、巴屋五兵衛からもらったのと合わせて、一分金が四つ載っていた。

べんすけは、口元をゆがめて言った。

「ほう。徳三は、ただの祝儀に一両もはずんだ、ということか」

しまは、あわてた。

「いえ、徳三さんからは一分だけで、あとは小座敷にいらしたお客さまのお勘定と、お心付けでございます」

「どっちにしても、張り込んだもんじゃねえか、徳三は。たかが船宿の女将に、一分金の心付けとはなあ」

しまはむっとしたが、なんとか笑顔で応じた。

「わたくしも、いただきすぎだと思いましたが、お話し中にお返しに上がるのも」

言い終わらぬうちに、べんすけが指を突きつけてきたので、しまは喉を詰まらせた。

「この紙包みの中に、何か文言を書きつけた紙切れが、はいっていなかったか」

べんすけににらまれ、身がすくんでしまう。

「い、いえ、そのようなものは」

あとが続かなかった。

「嘘を言うんじゃねえ。上で徳三が、一分金と一緒に紙切れを入れた、と白状したぜ。

おめえも、そいつを読んだはずだ。なんと書いてあったか、言ってみろ。でたらめを言いやがると、痛い目をみるぞ」

五兵衛の顔が、ちらりと浮かんだ。

しかし、べんすけの恐ろしい顔には、勝てなかった。

「は、はい。何かと思って、広げて見ましたら、こんやうしあたらしはしとかなんとか、よく分からないことが、書きつけてございました」

べんすけが、にやりと笑う。

「おめえはその紙切れを、小座敷の客に渡しやがったな」

しまは、ぎくりとした。

そこまで知っているからには、徳三が洗いざらい、しゃべってしまったに違いない。

五兵衛には口止めされたが、これでは黙っていてもしかたがない。そらとぼけて、この男に痛めつけられるのは、まっぴらごめんだ。

「はい、お渡しいたしました。紙切れにそうしてくれと、書き添えてございましたので」

一息に言ってのけると、胸の内がすっきりした。

べんすけが、ぐいと顎《あご》をつかんでくる。

「よし。このことは、だれにもしゃべるんじゃねえぞ。徳三のように、なりたくなかったらな」

顎をつかまれたまま、しまは身を固くした。

先刻、二階から響いてきた、重い音を思い出す。あれはもしかして、徳三が何かされた物音ではないか。

それ以上は、考えたくなかった。

べんすけは、少しのあいだしまをにらみつけていたが、ようやく顎を放した。

袖口に手を入れ、しまに何かを渡してよこす。

受け取ってみると、それは小判が三枚だった。

「こ、これは」

「これから荷物を一つ、表の猪牙船で運び出す。なあに、病人が一人出たのよ。そいつを医者のところへ、運ぶだけのことさ。蒲団《ふとん》を一枚、使わしてもらうぜ。それも、勘定の内だ。かまわねえだろうな」

「かまいませんとも」

しまが請け合うと、べんすけはにわかに顔を近づけ、すごみをきかせた。

「もう一度、言うぜ。もし、よけいなことをしゃべりやがったら、無事じゃあすまねえ。分かったか」

「分かりました」

返事をして、小判を胸元に収める。

ただの荷物にせよ急病人にせよ、どこか外へ運び出してくれるなら、それでいい。

べんすけは、しまを階段を背にする位置に移らせ、向き合って立った。しまを見たまま、二階へ声をかける。

「おい。用意ができたら、運び下ろせ」

二階から返事があり、廊下に足音が響いた。

階段を、何か運び下ろして来る気配が、背後に伝わる。しまは、べんすけに見据えられたまま、身をすくめていた。

何も見たくないし、聞きたくもない。

べんすけが、しまを見つめて言う。

「猪牙船は、大川のどこかに乗り捨てる。腹に屋号がはいってるから、いずれもどってくるだろうよ」

しまは、黙ってうなずいた。

べんすけは続けた。

「病人が、血を吐きやがってな。いちおう拭《ふ》いておいたが、畳がまだ汚れているかもしれねえ。後始末を頼むぜ」

思わず、唾をのむ。

「承知いたしました」

二階からおりた二人が、何か重いものを運びながら、土間を横切る物音がした。障子戸が開き、閉じる気配。

じりじりしながら、時が過ぎるのを待つ。

やがて、べんすけがしまを見据えたまま、土間の方へすさった。後ろ向きに、足で探って草履をはくと、身をひるがえして出口へ向かう。

障子に手をかけ、振り向いて言った。

「じゃまをしたな。今夜はこのまま、一歩も外へ出るんじゃねえぞ」

べんすけが出て行くと、しまははだしのまま土間へ駆けおり、障子の尻に心張り棒をかった。

そのまま土間に、へなへなとくずおれる。


銀松は、思案橋のたもとに船をもやったまま、手持ちぶさたに暗い空を眺めていた。

そのとき、土手の上にかすかな足音が響き、だれかが駆けて来る気配がした。

銀松は体を起こし、土手を見上げた。草むらを、滑るように駆けおりて来たのは、歌吉だった。

「おう、どうした、歌吉」

声をかけると、歌吉は船の艫《とも》につかまって体を止め、早口にささやいた。

「野郎が二人、蒲団包みを猪牙船に乗せて、こっちへくだる様子だ。どこへ行くか、見届けてくれ」

「分かった。おめえはどうする」

「おれは、友次郎やおりんともう少し、様子をみる。船宿にまだ一人、残っていやがるのよ」

歌吉はそう言い残し、また土手をよじのぼって行った。

銀松は急いで櫓を取り上げ、日本橋川の方へ漕ぎ出した。

上手の側の、葦の陰に船を寄せる。猪牙船は、十中八九下手へ向かうはずだ。

月初めの新月の時期なので、川面を照らすのは星明かりしかない。その上、雲が空をおおい始めてきたため、見つかる心配はない。

ほどなく、かすかに水を掻く櫓の音が、水面を流れてきた。闇に黒ぐろと、船影が浮かび上がる。すでに、暗さに目が慣れているので、艫で櫓を操る男と舳先《へさき》にすわる男が、しっかりと見えた。

二人のあいだに、黒っぽい荷物のようなものが、積んである。歌吉の言った、蒲団包みだろう。

銀松は静かに櫓を操り、葦のあいだから船を出した。

日本橋川を、大川に向かってくだる猪牙船を、追いかける。気づかれぬように、二十間ほどあいだをおき、できるだけ岸辺に近いところを進んだ。

逆に猪牙船は、川の中ほどに近いところまで漕ぎ出し、流れに乗ってかなりの速さで、くだって行く。

〈鎧の渡〉を横切り、霊岸島の新堀を通り過ぎると、左側に永代橋《えいたいばし》を控えた大川に出る。

猪牙船は、永代橋を背に大川をくだり始めた。正面には石川島が、黒ぐろと横たわっている。

どこまで行くのか、と銀松はいぶかった。

そのとき、斜め前方を行く猪牙船のあたりで、水音がした。銀松は、櫓から手を放してうずくまり、暗い水面を透かして見た。

猪牙船の、中ほどに積まれていた蒲団包みが、見えなくなっていた。川の中へ、投げ込まれたのだ、と分かる。

猪牙船はそのまま、船足を上げて大川の左岸を目指し、どんどん遠ざかって行く。

銀松は、蒲団包みが投げ込まれたあたりに漕ぎ寄せ、水面をのぞき込んだ。波紋は、流れによってかき消され、蒲団包みもどこへ沈んだか、分からなかった。


ようやく、気力を取りもどしたしまは、恐るおそる二階へ上がって、襖をあけた。

行灯《あんどん》が、ついたままになっており、だれもいない。

あけ放たれた押し入れから、蒲団が一枚抜かれたのが、すぐに分かる。三人が持ち込んだ、風呂敷包みも消えていた。

食べ散らかした、料理のあいだに座蒲団が四枚、ばらばらに散ったままだ。

その一枚をどけてみると、下の畳が赤黒く汚れている。しまは喉を鳴らし、座蒲団をもどした。

徳三の姿が見えないことで、やはり胸騒ぎのとおりになった、と察しがつく。

そのとき、下で表の障子戸を叩く、高い音がした。

「おしまさん、あけてくれ。巴屋だ、巴屋の五兵衛だ。ここをあけてくれないか」

しまは、立ちすくんだ。

十三

その夜、四つ半時。

さして広くない、〈こもりく〉の離れに柳井誠一郎、俵井小源太以下手先が何人も、集まっていた。これほど多くの者が、この離れに一度に寄り合うことは、めったにない。だれもが、浮かぬ顔つきだった。

小源太も、手持ち無沙汰に渋茶をすすりながら、やり切れぬ思いでいた。

歌吉と銀松が上げた沙汰によれば、ばってらの徳三はせせりの辨介一味に殺され、大川に投げ込まれたらしい、という。

今のところ、〈ふな久〉からかつぎ出された蒲団包みに、徳三の死体がはいっていたかどうか、さだかではない。歌吉も、猪牙船から投げ込まれるのを見た銀松も、そこまでは確かめていないのだ。

そのあと〈ふな久〉から、残ったもう一人の男が出て来たので、友次郎とりんがあとをつけた。

男は提灯を持たず、親父橋を渡って東へ二町ほど歩いて、一つ目の角を右へ折れた。月明かりもなく、友次郎もりんもあとを追うのに、難儀した。

男は、銀座と大名屋敷に挟まれた道を抜け、左手の町屋の前も素通りして、突き当たりの堀まで行った。

友次郎とりんが物陰から見ていると、男はそのまま石垣を伝って道から堀へ、姿を消した。

二人は、あわてて堀端へ忍び寄り、闇を透かして見た。

すると、南へ延びる堀の中を漕ぎ去る、小船の影が見えた。どうやら、男はあらかじめ石垣の下に、猪牙船をつなぎ留めておいたらしい。

幅が狭く、武家屋敷の裏手を抜けるだけの堀で、両側に通り道はない。急いで、あとを追う道筋を探し回ったものの、暗いのと土地に不案内なのとが重なって、あきらめざるをえなかった。

その後、〈ふな久〉へ引き返した友次郎が、女将のしまを問いただしたところ、徳三が二階でやられた形跡がある、という。畳に、血の跡が見つかったとのことで、それは友次郎も確かめている。

ただ、死骸が見つからぬ以上は死んだ、と決めつけるわけにはいかない。生きている見込みが、ないとはいえないのだ。

小源太としても、いちるの望みをかけたかった。

かりにも、徳三をおとりに辨介を捕らえようとした、自分たちのもくろみが裏目に出と分かれば、はなはだ後味の悪いことになる。

誠一郎が、重い口を開いた。

「友次郎。〈ふな久〉のおしまは、徳三の言づてをおまえに渡したと、辨介に吐いてしまったのか」

友次郎は、体を縮めた。

「わたくしが、固く口止めしたこともございまして、おしまもはじめは何も漏らさなかった、と言い張りました。しかし、こちらがお上の御用だと明かしますと、恐れ入って辨介に何もかもしゃべった、と白状いたしました。逆に辨介から、そのことをだれにも言うなと脅されて、板挟みになったようでございます」

「辨介が二階からおりて、無理やりおしまの口を割らせたときには、もう徳三はやられていたのか」

「少なくともおしまは、そう思ったと申しております」

友次郎の返事に、誠一郎は顎をなでた。

「すると、今暁丑の時に更紗屋へ捕り手を回しても、むだになるだろうな。押し込みの企てを、われらに知られたと分かったからには、辨介一味は現れまい。おそらく、日時と場所を変えて、出直すだろう」

歌吉が、口を開いた。

「あっしは、せいぜい日を変えるだけだ、と思いやす。押し込みには、それなりの金と時間をかけて、用意をするのが建前でござんす。その手間を、むだにはできやせんぜ。引き込みを入れてあるなら、三月や半年仕事を延ばしても、差し障りはござんせんよ」

少しのあいだ、沈黙が流れる。

誠一郎が、口調をあらためて言った。

「ところで、せせりの辨介なる盗っ人のことを、耳にした者がいるか。おれは知らなかったし、小源太も聞いたことがない、と言っているが」

小源太も、うなずいてみせる。

手先の者たちも、互いに顔を見合わせるだけで、だれも何も言わない。

小源太は、小平治に聞いた。

「おまえはどうだ、小平治。こたびのきっかけは、おまえが浅草で徳三を見かけたことから、始まったのだ。たとえ噂でも、せせりの辨介の名前を、聞いたことはないのか」

小平治が、耳たぶを引っ張る。

「名前は耳にしておりやすが、どこでどんなふうに仕事をしたかについちゃ、よく知らねえんで」

ふと思いついて、小源太は誠一郎を見た。

「柳井さま。加役をこの五月、御免になった松平左金吾さまのお取り扱いで、いまだ落着しておらぬ押し込みが、二件ございましたな。いずれも昨年の冬、織物問屋の加茂屋《かもや》と、油問屋の上州屋《じょうしゅうや》。ともに、中ほどの大きさの、問屋でございます。九月より、新たに加役を仰せつかった太田運八郎さまが、あとを引き継いで探索中でございますが、いまだにらちが明かぬご様子。あるいはこれら二件が、辨介の仕事やもしれませぬ」

誠一郎がうなずく。

「それは、おれも考えた。ほかにも、辨介の仕事でまだそれと知れぬものが、あるやもしれぬ。どちらにしても、ただ一つの手掛かりだった徳三が、辨介に始末されてしまったとすれば、もはや手の打ちようがないな」

歌吉が膝に手をつき、力なく首を垂れる。

「あっしらが、何人もかかって〈ふな久〉を見張りながら、徳三をみすみす始末されるやら、辨介たちにまんまと逃げられるやらで、まったくもって面目次第もござんせん」

友次郎や銀松、りんなど、その場にいた手先たちが、そろって頭を下げる。

小源太は、口を開いた。

「いや、おまえたちだけのせいではない。おれも辨介を、甘く見ていたようだ。いきなり徳三を、その夜の押し込みに使うなどとは、考えてもいなかった。徳三も、さぞあわてたことだろう。それを、よく友次郎に言づてをしようなどと、思いついたものよ」

友次郎が、頭を下げたまま言う。

「わたくしも、ほかにやりようがあったのではないか、と悔やんでおります」

「まあ、それを言うな、友次郎」

小源太がなぐさめると、誠一郎があとを引き取った。

「なまじ、〈ふな久〉には手をつけなんだ方が、よかったかもしれぬ。〈ふな久〉から、辨介一味のあとをたどって行けば、いずれは更紗屋で押し込みの仕場を、押さえることができたのだ」

そう言ってから、銀松の方を見た。

「銀松。夜が明けたら、御番所の手を借りて大川の下流を、探索させることにする。蒲団包みが、どのあたりに投げ込まれたかを、探索方に教えてやってくれ」

「のみ込みやした」

「大川ゆえ、見つけ出すのはむずかしいだろうが、万年橋のたもとに流れ着いた、おしづの例もあるからな」

その言葉は、独り言に近かった。


役宅へもどった小源太は、誠一郎とともに平蔵に呼ばれて、深夜の茶室に行った。

平蔵は、小源太からそれまでのいきさつを聞き取り、さすがにむずかしい顔になった。

「そうか。徳三は、かわいそうなことをしたものよな。かたきを討つためにも、これはどうあっても辨介を、お縄にせねばなるまいて」

小源太も、神妙に応じる。

「徳三は、なまじわれらに手を貸そうとしたことで、命を縮めてしまいました。いずれ、わたくしの手でかならず辨介を、引っ捕らえてごらんにいれます」

それを聞くと、平蔵はにわかに膝を崩して、あぐらをかいた。

「いずれ、ではない。少しばかり、話を聞いてくれぬか。おまえたちの考えも、聞かせてもらいたい。もっと、そばに寄れ」

十四

新シ橋の際に、三艘の猪牙船をつなぎ留める。

二艘は自分たち用で、一艘は盗み出した銭箱や財物《ざいもつ》を、積み込むためだ。

せせりの辨介は、三人の手下を引き連れて、土手を上がった。そのあたりに、人っ子一人いないことは、すでに確かめてある。背後の神田川の対岸には、柳原の土手が夜目にも黒く、長く延びていた。

河岸に面した道を横切り、一本裏手の通りにはいる。そこを左に折れ、足音を立てぬように、北へ進んだ。

星明かりの下に、やはり人影はない。捕り手たちがひそんでいれば、かならずその気配が漂うものだが、それはいっさい感じられなかった。

暁八つの鐘がなってから、そろそろ半時になる。決めた刻限より、わざと押し込みを遅らせたのは、様子を探るためだった。これだけ用心すれば、間違いはないだろう。こぢんまりした店だから、押し込む人手も少なくてすむ。

更紗屋の裏門に来ると、いっとき様子をうかがった。やはり、不審な気配はない。

手下の勇吉《ゆうきち》が、頰かむりの下で、目を光らせる。

「ほんとうに、だいじょうぶだろうな、おかしら」

勇吉はいちばんの古株だが、気が荒い上にすぐ手を出す癖があり、それが難点だった。度胸がいいので、いざというときには頼りになるが、手際よく仕事をしようとするときは、その気性がじゃまになる。

「心配しなくていい。おれの算段に、狂いはない」

ことさら穏やかに応じ、門と塀を見比べる。

塀は高く、忍び返しがついている。

むろん、そうした剣吞な仕掛けを、わざわざ乗り越えるつもりは、はなからない。閉じた、両開きの扉のあいだから梃子《てこ》を差し入れ、カンヌキをはずす方が、はるかに手っ取り早い。だからこそ、そのための梃子を自分で工夫し、こしらえたのだ。

カンヌキがはずれると、辨介は音のしないように片側の扉を押しあけ、三人の手下に顎をしゃくった。

静かに裏庭にはいる。

植え込みがあちこちに散らばり、そのあいだに小さな池らしきものが、のぞいている。

「母屋の端に、手水場があるはずだ。そいつを探せ。手水場にいちばん近い雨戸を、おれがこじあける」

「へい」

手下どもが、小さく返事をしたとき、唐突に右手の石灯籠の陰から、声がかかった。

「待っていたぞ、せせりの辨介」

手下どもが、いっせいにあとずさりして、身構える。

突然のことに、辨介もさすがに肝を冷やして、動きを止めた。

勇吉だけがすぐに、気を取り直したように背筋を伸ばし、恐れるふうもなく石灯籠に、呼びかける。

「だれでえ、そこにいるのは」

石灯籠の陰から、宗十郎《そうじゅうろう》頭巾をかぶった人影が、ずいと出て来た。

「火盗改の、長谷川平蔵だ」

それを聞いて、辨介は驚くよりも呆然として、その場に固まった。今夜、この刻限に待ち伏せされることはない、と信じていたのだ。

それが、もろくも打ち砕かれてしまい、さすがに足が震える。

長谷川平蔵、と名乗った男が続けた。

「せせりの辨介。神妙にお縄を頂戴すれば、怪我をせずにすむぞ」

名乗りを聞いて、同じくひるんだように見えた勇吉が、強気に言い返す。

「なぜ火盗改が、ここにいやがるんだ。おれたちが、今夜ここに押し込むことはねえと、分かっていたはずだぞ」

「あいにく、分かっていなかったから、出向いて来たのだ」

平蔵が、落ち着いた口調で言い返すと、勇吉はまた虚勢を張った。

「おめえたちは、あの徳三の言づてを見てここへ出向いた、というわけじゃあるめえ」

「いかにもな。ついでながら、われらがあの言づてを見たことを、おまえたちもまた知ったであろう」

「そのとおりよ。それだけじゃねえ。おれたちが知ったってことを、おめえたちもまた知ったはずだぜ」

「うむ、知ったとも」

「だとしたら、わざわざおれたちがつかまりに、ここへのこのこやって来るとは、思わねえはずだぞ」

男が低く笑う。

「おれは、念を入れるたちでな」

勇吉が、何か言い返そうとするのを、辨介は止めた。

男に向かって言う。

「どうやら裏の裏の、そのまた裏をかかれたようだな、平蔵どん」

「そういうことになるな。そのからくりで、おまえたちも今夜の仕事をやめるだろうと、われらがそう判断するはずと考えたなら、少々甘すぎるぞ。だいぶ、手の込んだ仕掛けを施したようだが、あいにくわれらにはむずかしすぎて、通用しなかった。これが問うに落ちず、語るに落ちるというやつさ」

辨介は、唇の裏を噛み締めた。

平蔵に一泡吹かせようと、苦心して罠を仕掛けたつもりだったが、どうやら見抜かれてしまったようだ。

しづを使って、火盗改が見張りを立てたりあとをつけたりして、内偵を進める動きを確かめたまでは、よかったのだ。しかし、そのことまでも読まれてしまうとは、思い設けなかった。

この更紗屋に、平蔵がたった一人で出向いたとは、考えられぬ。しかし、内にも外にも大勢の捕り手が出張った、という様子はない。こちらに気づかれることを恐れて、あえて数を押さえたのかもしれぬ。

だとすれば、血路を開くことも、できなくはないだろう。

「一つだけ、教えてもらいたい。長谷川平蔵は、めったのことで盗っ人に素顔を見せぬ、と聞いた。見せるとすれば、その盗っ人を獄門に送るか、二度と娑婆へもどれぬ遠島に処すか、どちらかに決めたときだという話だ。それは、まことか」

「まことだ」

「ならば、ここへ頭巾で顔を隠して出張ったのは、何ゆえだ。まさか、おれたちを獄門へ送るつもりがない、というわけでもあるまい」

　平蔵が答えるまで、少し間があった。

「おまえたちの、これまでの罪状がつまびらかでないからよ。一年ほど前に起きた、二件の押し込みがまだ落着しておらず、それとの関わりも調べねばならぬ。これまで、押し込み先で人をあやめたり、傷つけたりした形跡がないゆえ、獄門へ送るかどうかもまだ分からぬ」

　辨介は笑った。

「そんな甘言を、聞く耳は持たぬ。今どき、十両盗めば首が飛ぶことくらい、三歳の童子でも知っていよう。おためごかしは、いいかげんにするがいい。こっちも、覚悟はできている」

　少し間をおき、平蔵が口を開く。

「では、何ゆえわれらにかような、手の込んだ罠を仕掛けたか、そいつを聞かせてくれ」

「言うもおろかだが、火盗改に煮え湯を飲まされた、大勢の盗っ人たちになり代わり、おれがおまえさんの鼻を明かして、冥途《めいど》の土産にしようと思ったまでのこと。その狙いはしくじったが、もしおまえさんの顔を拝むことができたら、もう思い残すことはない。ひとつ、その頭巾を取っちゃあくれまいか」

「取らぬでもないが、こちらもひとつ聞きたいことがある。おしづをあやめて、大川へほうり込んだのは、おまえのしわざか」

辨介が答える前に、勇吉が声を上げた。

「あのあまを始末したのは、このおれさまだ。貧乏浪人の女房だと思えばこそ、おかしらが目をかけてやったのに、火盗改を引っかけるだいじな仕掛けに、尻込みしやがった」

辨介は、それを制した。

「やめるんだ、勇吉」

「いや、やめねえ。あのあま、亭主をけしかけて火盗改と斬り合いをさせるわ、亭主におれたちのことを打ち明けて、自訴するなどと言い出すわで、手に負えなくなった。だからおれが、あの世へ送ってやったのよ」

辨介は、平蔵に言った。

「その責めは、こいつを止められなかった、おれにある。こいつが獄門行きなら、おれも同罪だよ、平蔵どん」

「いさぎよいではないか、辨介。その覚悟ができているなら、おれも約束どおり頭巾を取るぞ」

平蔵はそう言って、顔と頭をおおう頭巾をくるくるとほどき、投げ捨てた。

闇に目が慣れたとはいえ、星明かりだけではよく見えぬ。

辨介は一歩踏み出して、相手の顔をのぞき込んだ。

町人髷を見て、ほとんどのけぞる。

「お、おまえさんは」

そこで、声が途切れた。

相手が応じる。

「おう、あいにくだったな、辨介」

暗がりにぼんやりと浮かんだのは、なぜか町人髷に髪を結った、平蔵ならぬ配下の同心の顔だった。

「おまえさんは、俵井小源太」

「そうだ、俵井小源太だ」

「へ、平蔵どんは、ど、どこに」

辨介が言いかけたとき、勇吉がいきなり長脇差を抜いた。

「この野郎」

わめきながら、小源太に向かって斬りつける。

「待て、勇吉」

辨介が呼ばわったとたん、同じ石灯籠の陰から飛び出した大きな影が、闇にきらりと白刃をひらめかせて、勇吉の刃をはね上げた。

宙に舞った長脇差が、地に落ちきらぬうちに大きな影が刃先を返し、勇吉の胴をなぎ払う。

勇吉が一声叫んで、大きくのけぞった。

背後にいた、二人の手下が悲鳴を漏らして、その場にへたり込む。

辨介は、唇をきつく結んだ。

これまで、だれも手をつけられずにいた長谷川平蔵に、一泡吹かせて隠退しようとの大博打は、みごと失敗に終わった。

もはや、逃れるすべはない。

辨介は、とっさに勇吉が落とした長脇差を、取り上げた。

刃の峰に右手をそえて、みずからの首筋を掻き切る。

血の噴き出る音が、聞こえたような気がした。

十五

無傷の手下が二人、捕り手に引き立てられて、裏門を出る。

捕り手の一人が、俵井小源太に火を入れた龕灯《がんどう》を、手渡した。

長谷川平蔵が言う。

「勇吉、と呼ばれた男を、照らしてみよ」

小源太は、男に明かりを向けた。

男は、胴なかを真一文字に斬り裂かれて、植え込みの上に仰向《あおむ》けざまに、もたれ込んでいた。頬かむりが取れ、大きく見開かれた目が、暗い空をにらんでいる。

寒さに体が震えて、くしゃみが出そうになった。

それをこらえ、小源太は平蔵と並んで凝然と立つ、塚本弥三郎の大きな体に、目を向けた。

平蔵が、妻の仇を討たせると言って、弥三郎に更紗屋へ同行するよう、小源太に声をかけさせたのだ。更紗屋と、弥三郎の住む浅草福井町は、十町と離れていない。

腹の傷が、まだ十分に癒えていなかったが、弥三郎は妻の仇を討てるならばと、喜んで同行に応じた。

石灯籠の陰に隠れながら、小源太の口からしづが一味に加わっていた、と聞かされたときの驚きは、ひとかたならぬものがあっただろう。

それが証拠に、仇を討ちながらも弥三郎の様子に、満足の色も安堵の色もなかった。

弥三郎が、だれにともなく言う。

「拙者は、ご法度の博打にのめり込んだせいで、たびたび朝帰りをいたしました。今思えば、その留守のあいだにしづが何をしていたか、まったく承知しておりませなんだ。今さらとはいえ、面目ないことでござった。この者たちと、しづがどのように関わっていたのか、もはや知るすべもござるまい」

大きな体に似ぬ、消え入るような口調だった。

「そのあたりの消息は、残された二人の手下の口から、明らかになるでござろう」

小源太が慰めると、弥三郎は闇に肩を落とした。

平蔵が言う。

「せせりの辨介を、照らしてみよ」

小源太は、枯れ葉の積もった地面に倒れ伏す、辨介に明かりを向けた。

辨介は、みごとに耳の下をかっさばき、息絶えていた。

平蔵が、辨介の上体を引き起こし、鼻の下の結び目をほどいて、頬かむりを取り去る。

その下から現れたのは、思ったとおりばってらの徳三の、死に顔だった。

「こやつも、死ぬまで泥棒根性が抜けなかった、ということでございますな」

小柄な徳三が、〈ふな久〉の二階からこっそり抜け出るのは、むずかしいことではなかったはずだ。

女将のしまが、辨介だと思い込んでいた男は、勇吉のなりすましだったに違いない。

大川に投げ込まれた、蒲団包みの中身も石ころかがらくたで、死体などはいっていなかったのだ。

「一度足を洗って、京都で古物商をやっていたというのは、まことかもしれぬ。ただ、一緒にいた女に死なれて、久しぶりに江戸へ舞いもどったとき、眠っていた虫が騒ぎ出したのだろう。今さら、ばってらの徳三と名乗るのもはばかられて、せせりの辨介と名前を変えたに違いない」

「〈壺天楽〉の三十両も、〈ふな久〉での言づてのやりとりも、すべてわれらをだますための、お芝居だったとは驚き入ります。よくも、知恵が回ったもの。いや、回りすぎた、というべきでございましょうな」

「なに、おれたちを買いかぶりすぎた、というだけのことよ」

小源太は、年老いた盗っ人の最期に、いささかのあわれを催した。

「徳三は相変わらず骨董ものに、目がなかったのでございましょうか」

「そうであろうな。しかし、それでは手下が集まらぬはず。こたびも三人しか、いなかったではないか」

「勇吉は、かなり荒っぽい男のように見えましたが、これまで落着せずにいた二件の押し込みでは、だれも手にかけておりませぬ。この者たちの仕事だとしても、徳三が、と申しますか、辨介が勇吉の手綱を引き締めていた、ということでございましょうか」

捕り手が、戸板とむしろを二枚ずつ、運び入れてくる。

死体が運び出されると、平蔵は小源太に声をかけた。

「この一件の後始末は、更紗屋とうまく話をつけてくれ。おれは役宅にもどって、誠一郎と一緒に〈こもりく〉へ回る」

小源太は、咳払いをした。

「〈こもりく〉には、まだ手先が何人か、控えておりますが」

「承知しておる。話がついたら、おまえも来るがよい。こんな明け方に、こごみは迷惑していようがな」

平蔵は、そう言い残して弥三郎を促し、裏門から出て行った。

小源太は思い切り、くしゃみをした。

旧恩

一

寒風が吹き荒れる。

霜月の風は、すでに身を切るように冷たい。

今永仁兵衛《いまながにへえ》は、袖で鼻と口をおおって、巻き上がる砂ぼこりを防いだ。一瞬目を細めたものの、すぐにまた見開く。市中忍び回りの勤めがら、たとえ寸時の間といえども、周囲の動きを見逃すわけにいかない。

そのままの格好で、五、六間前を歩く長谷川平蔵《はせがわへいぞう》を見る。

平蔵は、立ち止まって深編笠ごと体を前に傾け、突風をしのいでいた。

このところ雨が降らず、市中はどこもかしこも乾ききっており、両国西広小路の砂ぼこりも、尋常ではない。こんな日に、火つけでもあろうものなら、おおごとになるのは必定だ。気を抜くことはできない。

平蔵の、さらに少し前を歩く大店《おおだな》のあるじか、大番頭らしき恰幅のいい男が足を止め、羽織の左袖で顔をおおう。右手には、赤と藍の市松模様の四角い紙包みを、ぶらさげている。人も知る、本郷の老舗《しにせ》の菓子舗〈市松屋〉の、菓子折りと見た。

男は、うつむいてじっとしたまま、風をやり過ごす構えだった。羽織の裾《すそ》が、ばたばたとひるがえる。

次の瞬間、その男がおおっと声を発して、後ろへよろめいた。

間なしに、吹き荒れる風の音をついて、女の声が聞こえる。

「どうぞ、お許しくださいまし。この風で、つい不調法をいたしました」

向かい側から来た女が、風にあおられて足元を乱し、男にぶつかったようだ。

着物の裾前をしっかり押さえ、何度も男に頭を下げる女の姿を、仁兵衛は見るともなく見た。

化粧気のない、近ごろ見かけぬ古風な髪形をした、三十前後の大年増《おおどしま》だ。

風にあおられ、ほつれた鬢《びん》が二筋、三筋なびいている。

恰幅のいい男は、よろけた足を踏み締めると、鷹揚に言葉を返した。

「お互いさまだよ、気にしなさんな」

上げた袖で風をよけながら、また前かがみに歩き始める。

女は、その後ろ姿にもう一度頭を下げ、向き直った。

平蔵のそばを、背を丸めるようにしてすり抜け、仁兵衛の方にやって来る。

二間ほどに近づいたとき、仁兵衛とばったり目が合った。

とたんに、女の足が止まる。

仁兵衛は、かまわずそのまま歩き続けて、女の脇を通り過ぎようとした。

女が足を止めたまま、まじまじと顔を見つめてくる。それにつられて、仁兵衛も女を見返した。

女の目が、物問いたげに光る。

あるいは見知った女かと、仁兵衛はとっさに記憶をたどったが、思い出せなかった。

なんとなくばつが悪くなり、すれ違いざまに声をかける。

「よそ見をしていると、またたれかにぶつかるぞ」

女はあわてて目を伏せ、今度は仁兵衛に頭を下げた。

「どうも、ご無礼をいたしました」

仁兵衛は肩を揺すり、菓子折りを持った男と平蔵のあとから、人通りの少なくなった広小路を、両国橋へ向かった。

そのとき、背後から羽織の袖を引かれた。

振り向くと、髪を櫛巻きに結った可久《かく》が、風にあらがいながら言った。

「今の女、菓子折りを持った男から、何かすり取ったよ」

驚いて、女の後ろ姿を、目で追う。

「ほんとうか」

「あたしの目に、狂いはないよ。始末をつけたらあとを追うから、殿さまにそう言っといておくれ」

可久は、きびすを返そうとした。

「しかし、まだ見回りの途中だぞ。掏摸くらい、町方の連中に任せておけ」

仁兵衛が言い終わらぬうちに、可久はかまわず女のあとを小走りに、追い始めた。呼び止める間もなかった。

やむなく仁兵衛は、また周囲に目を配りながら、平蔵のあとを追った。掏摸をつかまえるのも、仕事といえば仕事のうちだが、こういう風烈《ふうれつ》の日は別だ。

両国橋の手前まで来たとき、橋の番小屋の障子ががたがたと開いて、年寄りの番人が顔をのぞかせた。

それに気づいたごとく、前を歩いていた恰幅のいい男が、番人に近づいて手を上げる。

番人が挨拶すると、男は右手にさげた菓子折りを差し出し、何か言った。

番人は、いかにも恐れ入った様子で、菓子折りを受け取った。二言三言立ち話をして、また橋の方へ歩き出す男に、繰り返し頭を下げる。

それから、広場の様子をひとわたり見回し、番小屋にもどった。

恰幅のいい男が、橋を渡り始める。

平蔵は、橋のたもとに立てられた、高札の前で足を止めた。深編笠を、わずかに上げて文言を読むか、読むふりをしている。

仁兵衛も、平蔵に並んで高札を見上げ、小声で言った。

「可久が申しますには、今し方すぐ前を行く男にぶつかった女が、何かすり取ったように見えたとかで、あとを追ってまいりました」

「そうか。おれにも、そう見えた」

するると、気づかなかったのは、自分だけか。

仁兵衛は少し、顔がほてった。

「この風烈ゆえ、掏摸の方は町方に任せておけ、と申したのでございますが、聞かずに行ってしまいました」

平蔵は、間をおいて言った。

「掏摸とにらんで、見逃すわけにもいくまい。うまくさばくだろうよ」

「は」

短く応じると、平蔵が口調を変えて続ける。

「それよりあの女、おまえとすれ違うときに足を止めて、つくづく顔を見ていたようだな」

虚をつかれて、一瞬口ごもった。

「は、いかにも。まさか、それに気がついておられたとは、存じませなんだ」

あのとき、寸時とはいえ平蔵から目を離したのは、事実だった。

「おまえの、存じ寄りの女子《おなご》か」

「それがその、わたくしももしやと思いまして、記憶をたどったのでございますが、やはり見覚えのない女子でございました」

「ふむ。すると、おまえの男ぶりに見とれた、ということか」

仁兵衛はくさった。

「ご冗談を。知り合いかだれかと、見間違えたのでございましょう」

平蔵は含み笑いをして、また口調をあらためた。

「先刻の男も、紙入れなり巾着《きんちゃく》なりすられたと分かれば、騒ぎだすころだ。あるいは、引き返して来るやもしれぬな」

「ちなみに、菓子折りを渡したところを見れば、あの男は先刻の番小屋の番人と、顔なじみのようでございます。どこの何者か、聞いてまいりましょうか」

「うむ。そうしておけば、あとの始末がつけやすい。聞いてまいれ」

「は」

仁兵衛は番小屋に行き、障子をあけて中にはいった。

長腰掛けにすわり、菓子折りを開いていた老爺が、あわてて立ち上がる。

仁兵衛は、腰の後ろに差した十手《じって》をちらりとのぞかせ、老爺に言った。

「御用の筋で、聞きたいことがある。おまえは、さっきその菓子折りをくれた男と、顔なじみのようだな」

老爺は喉を動かし、腰をかがめて応じた。

「へい、よく存じ上げておりやす」

「名はなんと申す」

「磯吉《いそきち》と申しやす。半年前から、ここで働いておりやす」

つい苦笑が出る。

「おまえの名ではない。相手の男の名だ」

磯吉と名乗った老爺は、ばつが悪そうに肩をすくめた。

「恐れ入りやす。あのおかたは、橋を渡った東詰めの本所藤代町《ふじしろちょう》の、布袋屋《ほていや》藤右衛門《とうえもん》さんで。小間物問屋を、しておられやす」

藤代町といえば、東広小路の北側の堀を挟んで並ぶ、大川沿いの町だ。

「おまえは、藤右衛門と親しくしているのか」

磯吉が、めっそうもないという顔で、手を振る。

「親しいなんて、ばちが当たりまさあ。あちらさまは、れっきとした大店の旦那でござんすよ。ときどきここへ立ち寄られては、わしらのような者に手土産をくださる、ごりっぱなおかたで」

「そうか。じゃまをしたな」

仁兵衛は、番小屋を出た。

平蔵のそばにもどる。

話を聞くと、平蔵はすぐに言った。

「おれは布袋屋に行って、藤右衛門が掏摸にあったかどうか、尋ねてくる」

まさかと思い、仁兵衛は平蔵を見た。

「そこまでされずとも、よろしゅうございましょう。そろそろ、可久がもどって来ると存じますが」

「もどって来たら、薬研堀《やげんぼり》のとっつきの、なんとかいう一膳飯屋で、待っておれ」

「〈やげん〉でございますか」

「そう、〈やげん〉だ」

その店なら、何度かはいったことがある。奈良茶飯で知られた飯屋だ。

平蔵は返事を待たずに、ゆっくりと橋へ向かった。

その後ろ姿を見送って、背後の西広小路に向き直る。

先刻まで吹き荒れた烈風が、いつの間にか弱まっていた。広場には、まだ砂ぼこりの余塵が残っていたが、人の流れもいくらかもどって来たようだ。

そのとき、夕七つの捨て鐘が、鳴り始めた。

仁兵衛は、鐘の数を数えながら広場を見回し、西側へ目を向けた。

おりしも、浅草御門の方から町屋を曲がって来る、二人の女の姿が見えた。

遠目にも、その身なりから一人は可久、もう一人は例の布袋屋にぶつかった女、と分かる。可久は、女より半歩遅れで歩いているが、その格好から女が逃げないように、帯の後ろに手をかけている、と察しがついた。

どうやら、可久の見立てが当たったらしく、つかまえて来たとみえる。

仁兵衛は、しだいに近づいて来る可久が、自分に目を留めるのを確かめ、背を向けた。

大川沿いの道を南へくだり、薬研堀に出る。

可久と女が、橋のたもとに姿を現すのを待って、堀に面した〈やげん〉にはいった。

そこで待てば、おっつけ平蔵が藤右衛門を連れて、もどって来るだろう。

あちこちに、客がすわる座台のあいだを縫って、奥の板の間に上がる。

燭台に火を入れた小女《こおんな》に、土間との境に衝立《ついたて》を立て回すように、小声で指図した。とりあえず、茶だけ頼む。

ほどなく、可久と女が店にはいる気配がした。

仁兵衛は、板の間に上がって来た女を、真向かいにすわらせた。

二人の横手に、可久がすわる。

女は、最初にちらりと仁兵衛を見たきり、目を合わせようとしない。先ほど広場で、まじまじと見つめてきたのが、嘘のようだった。

仁兵衛は、女に尋ねた。

「おまえ、名はなんというのだ」

うつむいたまま、女が応じる。

「うめの、と申します」

細い声だが、はっきりした口調だった。

「住まいはどこだ」

「神田佐久間町一丁目の、裏長屋でございます。儀右衛門店と申します」

「亭主はいるのか」

「七年前に婿取りをいたしましたが、三年前にみまかりましてございます」

「子供は」

「おりませぬ」

「親兄弟は」

「両親も二年前に、みまかりました。姉が一人おりますが、十年ほど前神隠しにあったきり、行き方が知れませぬ」

あまりに、すらすらとよどみなく答えるので、仁兵衛は逆に言葉に詰まった。そもそも女は、なぜここへ連れて来られたのか、聞こうともしない。

仁兵衛は、さりげなく女の身なりを、値踏みした。

こざっぱりしているものの、上物とはいえぬ木綿の着物。

ほとんど、化粧のあとが見られぬ、青白い顔。簪《かんざし》もしていない。鬢のほつれは、どうにかなでつけているが、髪には砂ぼこりがついたままだ。

小女が茶を運んで来た。

一口飲み、あらためて言う。

「口のきき方からすると、おまえは武家の出にも聞こえるが、違うのか」

「とんでもないことでございます。ただの、商家の生まれにすぎませぬ」

見当がはずれて、仁兵衛は少し顎を引いた。

「そうか。しかし、ただの小商《こあきな》いではあるまい」

うめの、と名乗った女はたじろいだように、仁兵衛を見た。

しかし、すぐにまた目を落とす。

「恐れ入ります。両親が健在でおりましたときは、日本橋本船町《ほんふなちょう》で大浦屋と申す、唐物《からもの》問屋を営んでおりました。さりながら、両親の死後屋台が傾きましたため、店じまいをいたしましてございます」

その店には、聞き覚えがあった。

大浦屋は唐物、阿蘭陀《オランダ》物など渡り物を手広く扱う問屋だったが、ひそかに切支丹のクルスや、まりや像を扱ったとの噂が漏れ出て、公儀の手がはいった。

取り調べの結果、長崎からの仕入れ物に紛れ込んでいただけで、あずかり知らぬこととの弁明が考慮されたらしく、重追放闕所《じゆうついほうけつしよ》の申し渡しですんだ。

しかし、その痛手からあるじ夫婦が首をくくった、とのことだった。

さらにその一年前、連れ合いとも死別したとなれば、まさに不幸を絵に描いたような、厳しい人生と思われた。

仁兵衛は、その一件について深く触れるのを避け、話を変えた。

「それで、今はどうやって身過ぎ世過ぎを、しているのだ」

「さいわい、商いをいたしておりましたころのお得意さまから、仕立て物や繕い物などの仕事を、回していただいております。また、料理や着付け、読み書きなども、いささかたしなみますゆえ、出入り先で何かと重宝されております。女一人暮らす分には、不自由いたしておりませぬ」

　もう一口、茶を飲む。

　その毅然とした話しぶりから、うめのの生い立ちやこれまでの暮らしぶりが、そこはかとなくうかがわれた。子供のころから、厳しくしつけられたに違いない。

　うめのが、顔を上げて言う。

「ところで、このお尋ねは、どういうことでございましょう。わたくしに何か、お疑いをかけておられるようでございますが、そのわけをお聞かせくださいまし」

　仁兵衛は、いくらかためらいながら、名を告げた。

「おれは、御先手《おさきて》弓組《ゆみぐみ》の御用を勤める、今永仁兵衛だ」

　それを聞いて、うめのはわずかに目を動かしたが、ひるんだ様子はない。

二

　今永仁兵衛は、可久に顎をしゃくった。

「これは、おれの手伝いをしている女で、名はお可久という。おまえもおとなしく、お可久に引き立てられて来たからには、そのわけが分かっているだろうが」

　うめのは唇を引き締め、可久に目を向けた。

「いいえ、分かりませぬ。先刻広小路で、あの殿がたにぶつかりましたのは、あくまでひどい風のせいでございます。お可久さんとやらは、わたくしが掏摸を働いたとお疑いのようでございますが、まるで身に覚えのないこと。わけを、お聞かせくださいまし」

それまで黙っていた可久が、きつい目でうめのを見返す。

「あんたが、あくまでしらを切るなら、言わせてもらうよ。さっき、浅草御門から浅草橋を渡る途中、あんたは欄干越しに巾着のようなものを、神田川に投げ捨てただろう。風が強くて、すぐにどこかへ飛んで行っちまったから、もう見つかるまいがね。中身を抜いたら、巾着にはもう用がない。それで川の中へ、捨てたに違いないのさ」

うめのが、きっとなって可久をにらむ。

「それだけのことで、わたくしをここまで引っ張って来られた、と」

「そうさ。あんたが、何も言わずにあたしと一緒に来たのは、掏摸がばれて観念したからだろう」

「観念とはまた、聞こえぬことを。わたくしは、ただ濡《ぬ》れ衣《ぎぬ》をはらすために、ついてまいったにすぎませぬ。そもそも、あなたが巾着とおっしゃったのは、わたくしの化粧袋でございます。橋を渡るとき、顔に土くれが飛んでまいりましたので、ちり紙を抜こうと袖から取り出したとき、風にさらわれましたのさ」

ていねいな口調が、少しきつくなった。

可久が、せせら笑う。

「おや、そうかい。それなら、体をあらためさせてもらおうじゃないか。万が一、腰巻きの中から小判でも出てきたら、どう言い訳するんだろうね。ふだんから持ち歩いてる、とでも言い抜けるつもりかい」

そう詰め寄られても、うめのはいっこうに動じる気配がない。

つと胸元に指を差し入れ、紫色の袱紗《ふくさ》を取り出す。それを、おもむろに膝に広げると、小判が一枚現れた。

「はばかりながら、本日はこのように小判を一枚、身につけております。これは半時ほど前、横山町一丁目の呉服問屋、大和屋さんから頂戴した三月《みつき》分の、仕立て代金でございます。すり取ったものではございませぬ。お疑いなら、大和屋さんにお尋ねくださいまし」

よどみのない言い分に、偽りがこもっているようには聞こえず、仁兵衛はいささか途方に暮れた。

さすがの可久も、それ以上言いつのることができぬ風情で、不満げに口をつぐんだ。

うめのが、小判を包んで胸元にもどしたとき、小女が衝立の陰から顔をのぞかせて、仁兵衛に声をかけた。

「お店の外でお侍さまが、今永さまというおかたを呼んでほしい、とおっしゃっておられますが、お客さまでは」

「ああ、おれのことだ」

短く答えて、仁兵衛は腰を上げた。なんとなく、救われた気分になる。

急いで、込み合う土間から外に出ると、堀端に立つ長谷川平蔵の姿が見えた。

そばに行って、深編笠に声をかける。

「いかがでございましたか」

平蔵は、おもむろに言った。

「あの男、布袋屋藤右衛門に、間違いなかった。女と、ぶつかったことは覚えていたが、何もすられてはおらぬとのことだ。羅紗《らしゃ》の紙入れを、見せてくれた。確かに金も、はいっていた」

やはり、可久の思い違いか、と思う。

平蔵が続ける。

「可久は、もどったか」

「はい。あの女を一緒に、引っ張ってまいりました」

深編笠が、かすかに揺れた。

「あの女、すったことを認めたのか」

「いえ、濡れ衣だと申しております。ただ、可久によればあの女、浅草橋を渡りながら巾着を、投げ捨てたとのこと。それで、引っ張って来たのでございます」

「巾着とな」

「はい。ただし、女はそれを巾着ではない、自分の化粧袋を取り出そうとして、風にさらわれたのだ、と申し立てております」

可久が、体をあらためようとしたところ、みずから小判を取り出して、出入りの店からもらった仕立て代だ、と述べたことも伝える。

「口ぶりや顔色からして、偽りを申しているようには、見えませなんだ」

平蔵は、腕を組んだ。

「そのくせ、おとなしく引っ張られて来るとは、いささか解せぬな」

「当人は、濡れ衣を晴らすためについて来た、と申しております。布袋屋が、何もすられておらぬとあれば、お可久の見立て違いと存じます。無罪放免にいたしましょう」

そうは言ったものの、平蔵も同じ見立てをしたのを思い出し、仁兵衛は首をすくめた。

平蔵は腕を解き、深編笠を揺らした。

「そういたせ。ただし、住所姓名は聞いておけ」

「それはすでに、聞いております」

「よし。手間を取らせたわびに、茶飯でも食わせてやれ」

言い捨てて、平蔵はきびすを返した。

その後ろ姿を見送り、仁兵衛は店に引き返した。

板の間にもどると、まるで頃合いを計ったように小女が、茶飯の膳を次つぎに三つ、運んで来た。

あまりの手際のよさに、煙草を吸いつけている可久に、目を向ける。

可久は口からキセルを離し、のほほんとした顔で言った。

「手間を取らせたおわびに、茶飯でもごちそうしようと思ってさ」

まさに、平蔵と同じせりふだったので、つい笑ってしまう。

膳が並ぶと、可久は一服しただけのキセルを、灰吹きに叩きつけた。

仁兵衛は、うめのに言った。

「悪かったな、妙な疑いをかけちまって。遠慮なく、やってくれ」

「ありがとう存じます。お疑いになるのは、お勤めがらごもっともなこと。ありがたく、頂戴いたします」

うめのは、悪びれる様子も見せず、膳に向かって頭を下げると、箸を取り上げた。豆腐汁から、口をつける。

仁兵衛もそれにならい、さりげなく続けた。

「身に覚えもないのに、よくお可久に引っ張られて来たな。十手を持っているわけでもなし、振り切って行ってもよかったのに」

うめのは箸を置き、仁兵衛を見た。

「ついてまいりましたのは、今永さまのお連れとお見受けしたからでございます」

離れて歩いていたのに、それに気づくとは、と驚く。

「よく分かったな、あの砂ぼこりの中で」

「足取りで、分かります。お可久さんと今永さま、そして今永さまの前を歩まれるお武家さま。ひどい風にもかかわらず、いずれも同じ足の運びでございました」

顔には出さなかったが、仁兵衛は半ばあっけにとられて、可久を盗み見た。

可久も、内心驚いたに違いないが、茶飯を食べることに専念している。

うめのに、目をもどす。

「何ゆえ、そうしたことに、通じているのだ」

「商家の者は、お客さまのお履物やおみ足に、人一倍目を配るものでございます。人さまの気質気性、その日のご気分など、みなお足元に表れます。知る者同士が、同じお考えでお歩きになるときは、自然と足並みがそろうものでございます」

うめのはそう言ってのけ、箸を取り上げた。

仁兵衛は、感心したというより半信半疑で、煮豆を口に入れた。

ふと思い出して、うめのに問う。

「そういえば、先刻突風の中をすれ違ったとき、おまえは足を止めておれの顔を、つくづくと見たな。顔に何か、ついていたか」

すぐには答えず、うめのは茶飯を豆腐汁で喉へ流し込むと、また箸を置いて仁兵衛を見た。

「お顔に、書いてございました。鶴松《つるまつ》さん、と」

一瞬、仁兵衛は時が逆に巡ったような気がして、つまんだ煮豆を膳に落とした。

うめのの顔を、まじまじと見直す。

「おまえ、なぜおれの幼名を、知っているのだ」

うめのはほほ笑み、仁兵衛をまっすぐに見返した。

「やはり、鶴松さんでございましたね」

「確かに、幼名は鶴松だった」

仁兵衛は、わけが分からぬまま、繰り返した。

「お子さまのころ、切支丹坂に近い小日向《こひなた》の御先手組大縄地《おおなわち》に、お住まいだったのではございませぬか」

「おう、いかにもその大縄地に、住んでいた」

ますます驚く。

仁兵衛は九歳のとき、すでに隠居した父親夫婦が今も住む、本郷の大縄地に移転した。

しかし、生まれてからそれまでのあいだ、確かに小日向で暮らしていたのだ。

「鶴松さんは、近くにあった称名寺《しょうみょうじ》というお寺の境内で、よくお遊びになりましたね」

首筋がぞくりとして、つい生唾をのむ。

「そんなことまで、どうして知っているのだ」

それに答えず、うめのは続けた。

「称名寺の前を、神田上水の白堀《しらほり》が流れておりました。覚えておられますか」

白堀は、板などで蓋をしていない、むき出しの流れだ。

「覚えている。目の前に、短い橋がかかっていた」

そう応じながら、なぜかわきの下に汗がにじみ出るような、いやな感じがした。

「鶴松さんはその橋を行き来して、ほかの子供衆とよく剣戟《けんげき》ごっこを、しておられましたね」

仁兵衛は食欲が失せ、膳に箸を置いた。

可久は、われ関せずという風情で、茶飯をせっせと食べ続ける。

「確かに、そのような記憶がある。おまえもそのころ、あのあたりに住まっていたのか」

「はい。本法寺《ほんぽうじ》の西側に、三千五百石の旗本寄合肝煎《よりあいきもいり》、秋草主膳《あきくさしゅぜん》さまのお屋敷がございます。わたくしは、そこへ十七の年から二年と三月ほど、ご奉公に上がっておりました」

商家の娘が、行儀作法を身につけるために、武家に奉公に上がるのは、珍しいことではない。うめのの言葉遣いや、所作がきちんとしているのも、それでうなずけた。

「おまえは今年、いくつになった」

「三十二でございます」

だとすれば、仁兵衛より九歳年上ということになる。

「わたくしがご奉公に上がった年、鶴松さんはまだ七つか八つだった、と存じます。称名寺前の橋の上で、年かさの大柄なお子さまを相手に、剣戟ごっこをしておられました。そのおり、鶴松さんは鍔《つば》ぜり合いに負け、強く押されて橋から白堀へ、落ちたのでございます」

仁兵衛は、親指と人差し指で目頭を押さえ、記憶をたどった。

おぼろげながら、確かにそんな出来事があったのを、思い出す。

そうだ。年上の相手に押しもどされ、低い欄干に腰を打ちつけたはずみに、背中から堀に落ちたのだった。

今思えば、白堀は一間か一間半ほどの幅だったが、かなり流れが速かった気がする。雨か何かのせいで、増水していたのかもしれぬ。

仁兵衛は手をおろし、目を閉じたまま腕を組んだ。

「言われてみれば、橋から白堀に落ちた覚えがある。今でもそうだが、おれは泳ぎが不得手だった。ぐるぐる回りながら、流されて行ったのだ。たぶん水を飲んで、喪心したに違いない。気がついてみると、土手に寝かされていた。だれかが、助け上げてくれたのだ。あとで分かったことだが、どこも怪我をしておらなんだのに、なぜかそのとき顔や首のまわりが、血だらけだった。それだけは、はっきり覚えている」

話すうちに、しだいにそのおりの記憶が、よみがえってくる。あれは確かに、恐ろしい体験だった。

うめのが背筋を伸ばし、一息に言ってのける。

「わたくしはたまたま、秋草の奥さまのお使いで近くを通りかかり、鶴松さんが白堀に落ちるのを、目にいたしました。それで、あとさきも考えずに水の中へ飛び込み、流れて来る鶴松さんをつかまえて、土手の上に引き上げたのでございます」

仁兵衛は呆然として、うめのを見返した。

しどろもどろに言う。

「すると、あのとき、おれを助け上げてくれたのは、おまえだったのか」

「はい。先ほど、広小路でお見かけしたときに、すぐに気がつきました。面立ちに、幼いころの面影が残っておられますし、何より右眉の上の星形の傷が、歴《れっ》とした証拠。お年を召しても、消えるものではございませぬ」

仁兵衛は、その傷に指を触れた。

それは、赤子のころ火鉢の上にかぶさり、逆さまに置いてあった五徳の足に、額をぶつけてできた傷だ、と母親に聞かされた。初めは赤黒かった傷が、年をへるにつれて薄い赤に変わり、いつの間にか星の形になったのだった。

茶飯を食べ終わり、手持ち無沙汰に煮豆をつついていた可久が、おもしろくもないという顔で、煙草を吸い始める。

しばらく黙ったあと、仁兵衛は口を開いた。

「あとで、どこかの女子がおれを助けてくれた、と聞かされた記憶がある。そのとき、どこのだれと教えられたかもしれぬが、もう思い出せぬ。どこかの家へ、母親と礼を言いに行った気もするが、はっきりとは覚えておらぬ」

「幼いころの出来事ゆえ、無理もないことでございます。それに、ほどなく鶴松さんのご一家は、組屋敷を移られてしまいましたので、ご記憶から消えたのでございましょう」

じっと、うめのを見つめる。

「お可久に、おとなしく引っ張って来られたのは、その話をしたかったからか」

うめのは、かすかにほほえんだ。

「仰《おお》せのとおりでございます。久しぶりにお見かけして、なつかしさのあまり昔話をしたくなり、黙ってお可久さんについてまいりました」

可久が、わざとらしいほど乱暴なしぐさで、灰吹きにキセルを叩きつける。

「もっともらしい話だけれど、だれかに聞かされたひとの手柄話を、自分のことにしたんじゃないのかい」

そのいかにも意地悪な口上にも、うめのは眉ひとつ動かさなかった。

「助け上げられたあと、鶴松さんは怪我もしていないのに、顔や首のまわりが血だらけだったと、そう仰せでございましたね」

「うむ。それだけは、はっきり覚えている」

「そのときの血は、わたくしのものだったのでございますよ。飛び込んだおりに、水の中の棒杭に強く当たって、少々傷を負いました。その血が、鶴松さんを抱き上げたときに、お顔や首についたのでございます」

可久が、せせら笑う。

「いいかげんなことを、お言いでないよ。だれか、証人でもいるのかい」

「お可久。少し、口を慎むがいいぞ」

仁兵衛がたしなめると、可久はぷいと横を向いて、口まねをした。

「少し、口を慎むがいいぞ。はいはい、口を巾着にしておりますとも」

仁兵衛はうめのに、苦笑してみせた。

「気にするな。口はきついが、悪気はないのだ」

うめのは、左手で右の袖を肩までたくし上げ、二の腕の内側を見せた。

白い肌に、幅一寸ほどのえぐれた傷痕が、ついている。

「これがそのときの、なごりでございます」

ちらりと見ただけで、仁兵衛はすぐに目をそらした。

「分かった。おまえの話を、疑うつもりはない。恥ずかしながら、おれの方はおまえの顔を、思い出せぬ。ともかく、あらためてそのときの礼を、言わせてもらう」

そう言って、頭を下げる。

うめのは袖をおろし、あわてて言った。

「おつむりをお上げくださいまし、今永さま。わたくしはただ、昔話をさせていただいただけのこと、お礼などご無用でございます」

呼び方が、鶴松さんから今永さまにもどったことに気づき、仁兵衛も膝をあらためる。

「おれは今、御先手弓組から加役を仰せつかって、市中見回りの勤めをしている。困ったことが起きたら、本郷新町屋西側の大縄地にある今永の家を、訪ねてくれ」

するとそれまで黙っていた可久が、また口を開いた。

「それより本所の、長谷川平蔵さまのお役宅に来た方が、話が早いよ」

うめのが、虚をつかれた様子で、可久を見る。

「長谷川平蔵さま」

「そうさ。火付盗賊改方の、長谷川平蔵さまさ。鶴松さんは、長谷川さまの下で召捕廻《めしとりまわ》り方《がた》の同心を、お勤めなんだよ」

仁兵衛は、いらざることを言う可久を、思いきりにらみつけた。

そうでなくとも、鶴松さんとは、皮肉がきつすぎるではないか。

しかし、可久はどこ吹く風とばかり、平然と煙草をふかしている。

うめのは、いかにも恐れ多いというふうに、頭を下げた。

「これは、とんだお見それをいたしました。知らぬこととは申せ、ご無礼なことばかり申し上げて、まことに相すみませぬ。昔のご縁に免じて、どうかお許しくださいまし」

仁兵衛は、ぶっきらぼうに応じた。

「今、可久が申したことは、他言無用だ。十手持ちは、ただでさえ煙たがられるからな」

うめのが、心得顔でうなずく。

「承知いたしております」

「では、茶飯を片付けてしまおう。おまえも、遠慮なくやってくれ」

そう言って、仁兵衛は箸を取り上げた。

食事を終えたあと、仁兵衛はうめのを住まいまで、送ることにした。

自分から、申し出たわけではない。可久に送って行くようにと、しつこく勧められたからだった。

すでに暮れ六つに近く、暗くなってからの女の一人歩きは、物騒だ。道みち、おしゃべりでもしながら行けば、まだまだ昔話が出てくるだろう、と言われた。

うめの自身も、送られるのを遠慮する様子を、見せなかった。そこで仁兵衛も、可久の勧めに従ったのだ。

それに、うめのが実際に神田佐久間町の、儀右衛門店とやらに住んでいるかどうかも、確かめることができる。

可久と両国橋のたもとで別れ、仁兵衛はうめのと連れ立って暮れ方の広小路を、浅草橋へ向かった。

三

師走のついたち。

今永仁兵衛は、大川から引かれた掘割にかかる、駒留橋《こまどめばし》の下にひそませた小船に、うずくまっていた。左側の、高い土手の上は両国橋東詰めの広小路で、右側はやはり高い石垣になっており、真上は本所藤代町の布袋屋の裏庭だ。

新月の夜で、雪が降り出しそうな雲行きのため、星明かりもほとんどない。見通しが悪く、わずかに半町ほど先を流れる大川の水面が、思い出したように光るだけだ。

とはいえ、そこから船が乗り入れて来れば、見逃す恐れはない。

同役の俵井小源太《たわらいこげんた》、佐古村玄馬《さこむらげんば》と捕り手たちは布袋屋に近い、町屋の路地や物陰にひそんでいる。

寒さに震えながら、仁兵衛は冷や汗が出るのを感じた。


三日前の夜。

手先の勘次《かんじ》が、御用の向きがあるのでお目にかかりたい、と仁兵衛に呼び出しをかけてきた。

いつもの、役宅に近い一膳飯屋〈めぬきや〉の二階に行くと、勘次と一緒に可久が待っていた。

可久によると、先日薬研堀で奈良茶飯を食べ、仁兵衛がうめのを送って行ったあと、浅草へ回って勘次をつかまえた、という。勘次は手妻師《てづまし》で、ふだんは浅草界隈の夜店で子連れの親に、無邪気なタネ本を売っている。

可久は勘次に、仁兵衛がうめのを送って行ったいきさつを話し、翌日から佐久間町の儀右衛門店へ回って、うめのを見張るように因果を含めた。あとをつける場合に備えて、同じ手先の斧八《おのはち》にも手を借りるよう、念を押したという。

次の日から、勘次は儀右衛門店の木戸が見える四つ辻に、手妻師の小道具を載せた箱車を出した。子供相手に手妻を見せながら、木戸の出入りに目を配った。

今時はやらない、三輪髷《みつわまげ》を結った大年増だと可久に教えられたので、目当ての女はすぐに分かった。怪しまれぬよう、斧八とときどき見張りを交替した。

うめのは、たまに近所へ買い物に行くくらいで、めったに家を出なかった。出るとすれば、注文を受けたらしい仕立て物などを、方々の商家や武家屋敷に届けに行くくらいで、別に不審な動きはなかった。

可久が、うめのを見張るわけを言わなかったので、勘次も斧八もしだいにあきてきた。

それが、前日になって木戸を出て来たうめのが、突然勘次の箱車にやって来ると、折り畳んだ紙をタネ本の上に落とし、こう言った。

「今永仁兵衛さまに、これをお渡しくださいまし」

うめのは、自分が見張られていることに、気づいたらしい。

話が終わると、勘次はふところからその紙を取り出し、仁兵衛に見せた。

紙には流麗な手跡《しゅせき》で、こうしたためてあった。

新月や
はらみ女の

その下に、梅の花が一輪、描かれていた。

仁兵衛は、可久が自分に断わりもなく、うめのを見張ったことを、一応はとがめた。

「あたしはね、ああいう行ないすました女を、信用しないのさ。だいいち、旦那に言われたことだけやってたんじゃ、手先の勤めが果たせないだろう」

そう言い返されると、一言もなかった。

役宅へもどった仁兵衛は、そのいきさつをすべて事細かに、長谷川平蔵に告げた。

うめのの発句《ほっく》を見ると、平蔵はしばらく待つように言い置いて、茶室に姿を消した。

半時近く待たされたあと、茶室に呼び入れられた。仁兵衛の上役、与力の安吉九郎《やすよしくろう》右衛門《えもん》も、同席していた。

平蔵が、仁兵衛に茶を一服たててから、前置きなしに言う。

「今度の新月は、師走のついたちだ。その夜、本所藤代町の布袋屋藤右衛門の店に、捕り手を差し向ける。おまえは、裏手の堀の奥に船を回して、そこで待ち伏せをするのだ」

唐突な指示に、仁兵衛はわけが分からず、九郎右衛門を見た。

九郎右衛門は目を伏せ、爪をしらべるようなしぐさをしている。

平蔵に目をもどし、聞き返した。

「布袋屋に押し込みでもある、とのお考えでございますか。もしや、この発句とも川柳ともつかぬ一句に、何か含みがございますので」

「うめのは、寄合肝煎の秋草主膳の屋敷に、奉公していたと申したな」

「はい。そのように聞いております」

「あの御仁は、風流で知られたお人だ。発句にせよ狂歌にせよ、ともかく文字をよくする風流人、と聞く。うめのも、その薫陶を受けたに違いない」

「はあ」

仁兵衛は、あいまいにうなずいたが、平蔵が何を言おうとしているのか、かいもく見当がつかなかった。

平蔵は、むずかしい顔をこしらえて、続けた。

「明日の朝、うめのの住まいを訪ねてみよ。おそらく、今夜のうちに姿を消したであろうがな」

平蔵の言うとおり、翌日儀右衛門店に足を運んだ仁兵衛は、うめのが身の回りのものと位牌だけ持って、姿を消したことを知った。

そろそろ、暁八つの鐘が鳴ろうか、というころ。

堀の入り口に、ひたひたと寄せる波の音が、にわかに大きくなった。大川から一つ、二つと小さな船影が、堀に乗り入れて来る。

果たして、平蔵の言ったとおりのことが、起こったのだ。

船は、大川と駒留橋の中ほどで停まり、何やら作業を始めた。慣れているのか、ほとんど物音もしなければ、人声も聞こえない。

今しも、船が停まった石垣の真上の、布袋屋の裏庭から金具が石垣に当たる、かすかな音がおりてきた。

それをきっかけに、半時ほどのあいだ船から裏庭へ、大小の荷物が次から次へと、静かに引き上げられていった。

その作業が、ほぼ終わるのを見届けてから、仁兵衛は石垣伝いに垂れ下がった綱を、ぐいと二度強く引いた。その合図は、物陰で綱の端を握り締める小源太の手に、伝わるはずだ。

時をおかず、上の方から大戸を叩きこわすすさまじい音が、闇をついて始まった。

船で、荷物を運んで来た連中が驚きの声を発し、大川の方へ漕ぎ出して行く。

しかしそこには、すでに捕り手たちが川面に船端を並べ、手ぐすね引いて待ち構えていた。

＊

一段落した、その日の明け方。

仁兵衛は九郎右衛門とともに、平蔵の茶室に呼ばれた。

「ご苦労であったな、仁兵衛」

ねぎらいの言葉をかけられ、仁兵衛はその場に平伏した。

「恐れ入ります」

とはいえ、もう一つ納得できぬわだかまりがあり、すなおに喜べなかった。

その気持ちを代弁するように、九郎右衛門が口を開く。

「しかしながら、殿。こたびの始末について、お尋ねいたしたきことがございます。布袋屋が、裏で盗っ人を働いていたことを、いかにして突きとめられましたので」

「それは、仁兵衛の命の恩人、うめののおかげだ。つまりは、うめのからつなぎを受けた仁兵衛の手柄、といってもよいであろうな」

「つなぎと申しますと、うめのとやらが仁兵衛によこした、例の発句のことでございますか」

「そうだ」

九郎右衛門が、仁兵衛を見る。

仁兵衛は紙入れを出し、挟んでおいたうめのの発句を取り出した。

「新月や、はらみ女の、袋入り。わたくしにはなんのことか、さっぱり分かりませぬが」

九郎右衛門も、首をひねる。

「この句はいったい、何を言おうとしているのでございますか」

平蔵は、含み笑いをした。

「聞くところによると、下じもではならんだ女のことを、布袋と呼ぶそうな。むろん、腹がふくれているからであろう。そのことを、思い出したのよ」

仁兵衛は九郎右衛門と、顔を見合わせた。

九郎右衛門がうなずき、平蔵に目をもどす。

「なるほど。それで布袋屋のこと、と見当をつけられたのでございますな」

「そうだ。袋入りは、布袋のかついだ袋に盗品がはいる、ということさ」

仁兵衛は、思わず膝を打った。

「それが新月の日、というわけでございますか」

「うむ。なかなか、うがった発句ではないか。うめのはよほど、秋草に鍛えられたのであろうな」

九郎右衛門が、腕を組んで考え込む。

「しかしながら、分からぬことだらけでございますな。うめのとやらは、いかに落ちぶれたとはいえ、武家へ奉公に上がるほどの大店の出。婿に早死にされ、両親にも自害されるなど、辛酸をなめてきたのは確かでございますが、よりによって盗っ人の手伝いをするとは、いかがなものでございましょうな」

平蔵は、表情を引き締めた。

「それは、うめのに聞いてみなければ、分からぬ。あるいは、大浦屋を再興するための元手を、ためようとしたのかもしれぬ。しかし、盗っ人の手先を務めるくらいでは、それもかなうまいに」

「これで足を洗う気になれば、いくらか救われもいたしますが」

「かといって、探索を打ち切るわけにはいかぬぞ、仁兵衛」

突然、弾が飛んできたので、仁兵衛はまた平伏した。

「はは」

布袋屋藤右衛門こと、橋詰の橋五郎《はしごろう》なる盗っ人が白状したところによれば、うめのは出入りする大店の内情を探って、店内や奥向きの間取りの絵図面を作り、橋五郎に差し出す役を務めていた、という。その受け渡しには、間違っても互いの関わりを知られぬよう、用心に用心を重ねたらしい。

両国広小路で、うめのが布袋屋にぶつかったとき、可久が掏摸だとにらんだのはあながち、早とちりではなかった。

平蔵の見立てでは、あのときうめのは布袋屋にぶつかりざま、逆にふところへ押し込み先の絵図面を、すべり込ませたのだという。それは、うめのがかねて出入りしていた、箱崎町の茶問屋駿河屋《するがや》の、絵図面だった。

それをもとに、橋五郎一味は前夜その駿河屋に、押し込んだというわけだ。

橋五郎が、血を見るのをいとわぬ大悪党ではなく、一人も死人や怪我人が出なかったのは、不幸中のさいわいというべきだろう。絵図面のおかげで、一味は要領よく邸内を探索し、金目のものだけ盗み出して、引き上げたのだった。

橋詰の橋五郎は、その呼び名のとおり大きな橋の近くに、いくつか拠点の店を持っていた。江戸市中ばかりでなく、拠点は近郊にもあるようだ。

そうした場所で、長いあいだ地道に商いを続けながら、時に応じて盗みを働く。押し込み先も、橋に近い店を選ぶのが、常だった。押し込む相手、逃げ込む場所が水に近いところなら、船を操って容易に行き来ができる、という考えと思われた。

石垣に守られた、布袋屋の地下の広い穴蔵には、押し込みで奪った相当数の盗品、金銭がため込まれていた。

これまで、一味がどれほどの押し込みを働いたかは、おいおい調べがつくだろう。

九郎右衛門が言う。

「それにしてもうめのは、なぜにわかに仁兵衛に押し込みの一件を、漏らす気になったのでございましょうな」

「おそらくは、旧恩を返したくなったのであろうな」

平蔵の返事に、仁兵衛は驚いた。

「しかし、殿。旧恩を受けたのは、溺れるところをうめのに助けられた、わたくしの方でございます」

「おお、さもあろう。とはいえ、久しぶりにおまえの顔を見て、若かった時分のおのれの心ばえを、思い出したに違いあるまい。身を捨てても、溺れる子供の命を救おうとした、ひたむきな心ばえをな」

「は」

仁兵衛は、虚をつかれた思いで、唇を引き締めた。

うめのの、背筋のぴんと伸びた身ごなし、よどみのないきれいな言葉遣いが、よみがえってくる。

もし、どこかでふたたび巡り合うことがあれば、少しは情けをかけようと思う。罪は罪としても、人足寄場《にんそくよせば》送りくらいですませてやりたい。


本郷の大縄地へもどろうと、仁兵衛は役宅を出て歩き出した。

すると、四つ辻の角の天水桶にもたれて立つ、可久の姿が目にはいった。朝日をまともに浴び、まぶしげに目を細めている。

「こたびは、ご苦労だったな、お可久」

声をかけると、可久は天水桶から背を起こした。

「どういたしまして。ともかく、掏摸でもないのを掏摸と見間違うなんて、あたしもやきが回ったものさ」

「あれは、しかたあるまい。抜き取るのと、差し入れるのとを見分けるのは、容易なことではないからな」

「それを見分けられるのは、殿さまくらいのものだろうね」

よく見ると、可久もさすがに疲れた顔をしている。

「おまえ、こんなところで、何をしているのだ。ねぐらへもどって、眠った方がいいぞ」

「旦那と、飲みに行こうと思ってさ。このあいだは、だいぶいじめちまったからね」

「ばかを申せ。こんな時刻に、酒を飲める店など、どこにもあるまい」

「ばかを申せ。それなら、今夜でもいいさ。〈めぬきや〉で、飲もうじゃないか」

可久の口まねには、すっかり慣れてしまった。

「分かった。それまでおれも、一休みする。おまえはこれから、どうするのだ」

「〈めぬきや〉に行くよ。二階に、泊めてもらうつもりさ」

仁兵衛は苦笑した。

「分かった。おれが行くまで、たっぷり寝るがいい」

可久は、四つ辻を〈めぬきや〉のある、深川富川町の方へ歩き出した。

首だけ振り向けて言う。

「約束だよ、鶴松さん」

陰徳

一

美於《みお》は、空を見上げた。

雲行きがあやしく、風もかなり強い。

もしかすると雨か、へたをすると雪になるのでは、という気がした。師走初めの、寒さが募るこの時期では、その恐れも十分にある。

長丁場になりそうなので、店を出るとき水を入れた小さな竹筒を、帯に挟んだ。

急いだため、編笠を持たずに出て来たが、空模様が変わってしまった。やむなく、たもとの中にあった白絣《しろがすり》の、薄いかぶり衣《ぎぬ》で髪をくるんだ。そんなものでは、ほこりをよけるのがせいぜいで、雨や雪にでもなったら、ほとんど役に立たない。

よりによって、〈清澄楼《せいちょうろう》〉がいちばん忙しくなる夕七つ過ぎに、俵井小源太《たわらいこげんた》が小者《こもの》を使いによこし、急な沙汰を告げてきた。

即刻、向島の寺島村法泉寺《ほうせんじ》の門前町へ行って、甚兵衛《じんべえ》の茶店で伊原進十郎《いはらしんじゅうろう》と会え、との沙汰だった。小者によると、進十郎が茶店の小女《こおんな》を使って小源太に、大急ぎで手先をよこしてくれ、と請うてきたらしい。

ほかの手先たちは、それぞれ別の仕事で出払っており、すぐにつなぎがつくのは美於だけ、ということのようだった。

いやも応もない。

美於は、取るものもとりあえず店を出て、寺島村へ向かった次第だった。

〈清澄楼〉のあるじ富右衛門《とみえもん》は、長谷川平蔵《はせがわへいぞう》に因果を含められているので、美於にいつなんどきお呼びがかかっても、何も言わずに送り出してくれる。

不忍池のほとりにある店からは、浅草を抜けて大川にかかる吾妻橋を越え、川沿いにのぼれば小梅村、須崎村をへて寺島村にいたる。

寺島村は、大川の東側にある村で、対岸には浅草橋場町がある。

橋場の渡しも含めて、上流にいくつかある渡し場からも行けるが、この空模様では渡し止め、ということもありうる。そんな巡り合わせになると、時をむだにしてしまう。

それより、多少は時がかかっても吾妻橋を渡る方が、確かな道筋だ。当てにならない船より、足で歩くに越したことはない。

ただ、寺島村まではゆうに一里を越える道のりで、おそらく五十町近くもあるだろう。女の足では、どう急いでも半時ほどはかかる。何用かは知らぬが、かりに間に合わなかった場合は、どうしたものかと不安だった。

そもそも、進十郎は今は召捕廻り方ではなく、内詰めの書役同心《かきやくどうしん》の一人にすぎない。少なくとも表向きは、手先とじかに関わりを持つ用向きなど、ないはずだ。

だろう。
ただ進十郎は、小源太より三つか四つ年長だから、何か頼まれたら小源太も断れない

内詰めとはいえ、街なかであやしい者を見かけたり、不審な気配に気づいたりしたときは、火盗改の同心として見過ごすわけにいくまい。

息を切らして、小走りに道を急ぎながら、美於は進十郎のことを考えた。

進十郎は、口数の少ない無愛想な男だ、と聞いている。御用向きが違うため、口をきいたこともなければ、顔を合わせることもめったにない。

役宅で、二度か三度見かけたことがあるが、やせた小柄な三十代後半の男で、一年ほど前に妻を失ったばかりだ、という。

ただ進十郎には、一度見たら忘れられない、目印がある。それは、左目を黒い革の目隠しで、そっくりおおっていることだ。

五年前の天明七年秋、長谷川平蔵が初めて火盗改に任ぜられ、七月《ななつき》に及ぶ加役を勤めたおり。

進十郎は、捕物の際に忍びにたけた盗賊に、星形の手裏剣を投げつけられた。それが、まともに左目に刺さって、つぶされたらしい。そのために、召捕廻り方から内詰めの書役に、役替えになったのだそうだ。当時は、剣術の腕もかなりのものだった、という。

むろん、美於はそのころのことを知らず、だいぶあとに小源太から聞かされたのだ。

吾妻橋を渡るころから、風がさらに強く吹き始めた。寺島村にはいり、美於が法泉寺

の門前町に着いたときには、ちらほらと雪がちらつき始めた。

風がその雪を巻き込み、まともに体に吹きつけてくる。

門前町で聞くと、甚兵衛の茶店は山門のすぐ斜め前にある、と分かった。

中にはいるより早く、美於を見た茶店の小女が、葭簀《よしず》の陰からあわてて飛び出し、転がるようにやって来た。

声をはずませて言う。

「俵井さまの、お使いでございますか」

美於は足を止めて、そうだと応じた。

これが、進十郎の使いで小源太を訪ねた、小女だろう。

小女は、風ではためく袖口を押さえながら、法泉寺の屋根越しに西の方を、指さした。

「伊原さまから、お使いのかたが見えたらすぐに、寺島の渡しに来るように伝えよ、とことづかりました」

橋場の渡しを、こちら側では寺島の渡し、というらしい。

「どれくらい前のことだえ」

「ほんの、煙草を二、三服するほどの間でございます。法泉寺の門前を抜けて、右手に大きな沼の見える道を、まっすぐ行けば渡し場に出ます」

「伊原さまは、急いでおられる様子だったかえ」

「はい。法泉寺から出て来た、小柄なお年寄りのあとを追って行かれました。ぎりぎりまで、お待ちになっておられましたが」

「ありがとうよ」

美於は、小女に四文銭を二枚やって、身をひるがえした。

門前を抜け、往還を突っ切って、大川の土手《どて》へ向かう。

左側には田地が広がり、右側には小女が言ったとおり、広い沼地があった。もとは大川と、つながっていたのだろう。

行く手に目を向けると、道は大川に沿って右へ大きく曲がり、その途中に風を受けてひるがえる、赤い幟《のぼり》らしきものが見えた。船着き場の目印らしい。

ふと気がつくと、まだ一町以上離れた曲がりはなの手前に、人影が二つ見えた。すでに日暮れが近く、それに風の中を雪が舞う天気のせいで、はっきりとは分からない。

人影は、男と女のようだ。男も女も、道端にしゃがみ込んだ姿だった。風に激しく吹かれ、着物がひるがえっている。女の方ははっきりしないが、男の方は黒い小袖を着流しにした、侍らしいいたたずまいだ。

立とうとする侍を、女がしきりに引き留めている、というように見える。何か話をしている様子だが、やりとりは耳に届かなかった。女が侍に、何か訴えている風情だ。

法泉寺から、ほとんど走りっぱなしだった美於は、先を急ごうにも息が切れてしまい、足が思うように動かなかった。

そのとき、渡し場の方から出船を告げる鐘の音が、かんかんと聞こえてくる。

とたんに、侍がはじかれたように、立ち上がった。

同時に、駆けて来る美於に気づいたらしく、右手を上げて叫ぶ。

「この女子《おなご》を、みてやってくれ。よいか、頼んだぞ」

侍の顔の一部に、黒いものが貼りついているのを見て、美於はそれがすぐに目隠しだ、と気がついた。進十郎に違いなかった。

美於は、息が切れて返事ができず、了解したことを伝えようと、手を振り返した。

それが分かったらしく、進十郎はたちまち身をひるがえして、渡し場の方へ猛然と駆け出す。

女が、倒れたままそれを呼び止めようとして、何か叫ぶ声が耳に届いた。

「お待ち、お待ちくださいまし」

かすかながら、そう聞こえた。

しかし、進十郎はそれに耳を貸そうともせず、裾《すそ》をひるがえして走り去る。

美於は、その背に呼びかけようとしたが、みるみる姿が小さくなるのを見て、あきらめた。進十郎は、渡し船に乗ろうとして、急いでいるようだ。

茶店の小女の話では、進十郎は小柄な年寄りのあとを追った、ということだった。

その年寄りを引き留めるのか、それとも同じ渡し船に乗るつもりなのか。そもそも、この荒れ模様では船頭が船を出すかどうか、あやしいものだ。

ようやく、女が道にすわり込んでいる場所まで、たどり着いた。

進十郎が、この女を頼むと言い置いて行った以上、ほうっておくわけにはいかない。むろんそのために、手先を呼びつけたのではないはずだ。おそらく、事が緊急に及んだことから、やむなく考えを変えたのだろう。

うずくまった女は、紬《つむぎ》らしい濃紫の袷《あわせ》を着た、中年増だった。美於の足音を聞きつけたらしく、眉間にしわを寄せて顔を上げる。

美於は駆け寄り、そばにかがみ込んだ。

「どうなさいましたか。おかげんでも、悪いのでございますか」

女が、ぎゅっと目をつぶる。

「は、はい。脇腹の、後ろが、き、急に、差し込みまして」

切れぎれに言って、後ろ脇を左手で押さえた。

美於は、その上に手を重ねてみた。女の手は、氷のように冷えている。

雪が降りかかるのも知らぬげに、女はうつむいたまま右手を上げて、渡し場の方を指した。

「そ、それより、あの、あのお侍さまを、お止め、お止めくださいまし」

苦しい息の下から、必死になって言葉を絞り出す。

美於が目を向けると、進十郎はすでに渡し場の近くに達しており、もはや声の届かぬところまで、離れてしまった。

「お侍さまは、もう渡し場にお着きになりました。そんなことより、風も雪も強くなってきましたし、こんなところにすわり込んでは、いられませんよ」

あたりを見回すと、左手に広がる田んぼのあぜ道のとっつきに、板張りの掘っ建て小屋があった。

「あそこに、雪をしのげそうな、小屋がございます。手をお貸ししますから、あの小屋までまいりましょう」

「あ、あの、お侍さまを」

なおも言い続ける女を、美於は無理やり引き起こしにかかった。

脇腹の後ろを押さえたまま、女がふらふらと立ち上がる。体の下から、小さな花模様の手提げ袋と、杖が現れた。

美於は、それらを左手に持ち、右手で女を支えて、あぜ道の方に導いた。

美於の腕にすがりながらも、女はまだ未練がましく何度も、渡し場に目を向けた。

傾いた開き戸を引いて、掘っ建て小屋の中に導き入れる。雑然と、農具が置かれた土間に、積んだ藁《わら》の上に広げられた、むしろがあった。

そこへ、女をすわらせる。

女は美於を見て、深ぶかと体を折った。

「どちらさまか存じませぬが、まことにありがとうございました。本日、この先の木母寺《もくぼじ》の梅若塚《うめわかづか》にまいりまして、寺島の渡しからもどろうといたしましたところ、持病の腎の痛みが起こったのでございます。このまま、しばらく休んでいれば楽になる、と存じます。お手数をかけて、申し訳ございませぬ」

武家の妻女ではなさそうだが、装いも口のきき方もきちんとしたもので、大店《おおだな》の内儀のように見える。

女は、美於の手から手提げ袋を受け取り、中から折り畳んだ紙包みを、つまみ出した。薬だと見当をつけた美於は、帯のあいだから竹筒を抜き取り、蓋を取った。

「これでお薬を、お飲みなさいませ」

「ありがとうございます」

女は、差し出された竹筒を受け取り、紙包みの薬を飲んだ。

竹筒を返し、あらためて頭を下げる。

「申し遅れましたが、わたくしは浅草田原町《たわらまち》の料理屋〈鈴善《すずぜん》〉の家内で、あやのと申します。お見知りおきくださいまし」

美於は虚をつかれ、ちょっと顎《あご》を引いた。

「おやまあ、〈鈴善〉のおかみさんでございましたか」

女は、いくらか恥ずかしげに、まばたきした。

「はい。わたくしどもの店を、ご存じでいらっしゃいますか」

「はい。いいえ、うかがったことはございませんが、お店の名前はよく存じております。浅草でも一、二を争う料理屋でございますから」

「恐れ入ります。して、そちらさまは」

聞き返されて、美於はためらった。

「わたくしは、不忍池の近くの居酒屋で通《かよ》い（給仕）を勤める、美於と申します」

正直に〈清澄楼〉といえば、〈鈴善〉のおかみにはすぐに知れてしまうので、近くの居酒屋〈しのばず〉で働く、同じ手先のりんの素性を借りる。

あやのと名乗った女は、痛みを忘れたように顔を上げて、美於の袖にすがった。

「あなたは、もしやお美於さんは、先ほどのお侍さまと、お知り合いなのではございませんか。お二人のお口ぶりから、そのように拝察いたしましたが」

やりとりを聞かれたのでは、否むわけにもいくまい。

「はい。存じ上げております」

「どちらのご家中の、どなたさまでいらっしゃいますか。あるいは、ご公儀のお勤めでございましたら、どちらのお役目でございましょうか。どうか、お教えくださいまし」

先刻、進十郎を呼び止めようとしたときと、同じくらい差し迫った口調だった。

「おかみさんは、あのかたのお名前やお役向きを、ご存じないのでございますか」

「はい、あいにくと」

あれほど、切羽詰まった様子で呼びかけたあやのが、進十郎の名前も素性も知らないことに、美於は意外の念を覚えた。

いったい、あやのと進十郎のあいだに、どのような関わりがあるのだろう。

答えていいものかどうか、美於は迷った。

いきさつも知らずに、進十郎の素性を軽がるしく明かせば、いろいろな意味で差し障りが生じる恐れがある。かりに進十郎が、あやのと何か悶着でも起こしたとすれば、火盗改という勤め向きにも、不都合が生じるだろう。

強い風が吹いて、小屋がごとごとと音を立てて、左右に揺れる。

美於は息を整え、きっぱりと言った。

「それは、ご本人さまの了解を得ないかぎり、申し上げるわけにまいりません。お教えしても、差し支えのないことが分かれば、別でございますが」

あやのは、痛みを忘れたように背筋を起こし、形のよい唇を引き締めた。

「四年ほど前、いえ、もう五年近くになりますが、天明八年の春先、わたくしはあのおかたから、深いご恩を受けたのでございます。それをお返しできぬまま、いつか巡り合うときもあろうかと、ひたすら心にかけてまいったもの。それが本日、ゆくりなくも木母寺参詣の帰り道に、お見かけしたのでございます。きょうを逃しては、またいつ巡り合うか分かりませぬ。今一度お目にかかり、親しく御礼を申し上げねば、わたくしの気がすみませぬ。どうかお名前を、お教えくださいまし」

思い詰めた様子に、偽りの色はない。

美於も、それを聞いて少なからず、心を動かされた。

「その恩を受けたおかたが、先ほどのお侍さまだということは、間違いないのでございますか」

「はい。背格好といい、五年前と比べた年格好といい、間違いないと存じます。何よりの証拠は、左の目につけられた革の目隠し。一目見たら、忘れられませぬ」

あの、目隠しのことを覚えているのなら、間違いなさそうだ。

「あのお侍さまもおかみさんを、見覚えていらしたのでございますか」

美於の問いに、あやのは目を伏せた。

「分かりませぬ。わたくしが、道端にうずくまっておりますと、あのおかたは一度そばを駆け抜けながら、引き返してくださいました。それなのに、わたくしが命の恩人と気づいて、お名前やお住まいをお尋ねしたとたん、逃げるように立ち上がられて、後ろから来られるあなたに、お声をおかけになったのでございます」

先刻、美於に呼びかけてきたとき、進十郎はかなり焦っていたように、見受けられた。渡し場に急いでいたためもあろうが、あやのから逃げようとする気持ちも、あったのかもしれぬ。

小屋の揺れを気にしながら、美於はあやのに言った。

「お差し支えなければ、おかみさんとあのおかたのあいだに、どのようないきさつがあったのか、お話しくださいませんか。それで、納得がまいりましたら、お名前をお教えいたします」

二

時の鐘が、鳴り出した。

捨て鐘が三つ。そのあとを数えると、すでに九つになったと知れた。

あやのは、中之郷瓦町《かわらまち》に沿った源森川《げんもりがわ》の、暗い土手に立っていた。その土手道は、前にも通ったことがあり、暗くても見当がついた。

一町ほど離れた左手に、源森橋の影が見える。その先は、もう大川だった。

辻番所を避け、暗い道ばかり歩いて来たので、目が慣れてしまった。月も、下旬に差しかかったばかりで、まだ明るさを保っている。

源森橋を背に、東へ歩きながら道端の石を拾い上げ、左右のたもとに入れていく。

前方に、もう一つ別の橋がぼんやりと、浮かび上がった。そこから、さらに三町か四町歩き続ければ、川は石垣に突き当たって急に右に折れ、横川と名を変える。

たもとにたまった石で、体が重くなった。あまり遠くまでは行けないが、せめてもう一つの橋までは、歩きたい。

この日の夕七つ半ごろ、あやのは勤め先の米問屋〈升屋《ますや》〉の跡取り息子、次郎吉《じろきち》に用を頼まれて、浅草瓦町の店を出た。

両替商の〈大蔵屋《おおくらや》〉へ、二十両の金を届けるためだった。〈大蔵屋〉は、日本橋の通《とおり》四丁目にあり、瓦町から一里足らずの道のりだ。

いかに店での信用が厚いとはいえ、通常ならそうした大金をあやののような、下働きの女に運ばせることなど、まずありえないだろう。

しかし、その金は次郎吉が博奕《ばくち》の借金返済のため、親に内緒で借りたものだったから、番頭や手代など男の使用人に頼むわけにも、いかなかったらしい。弱みを握られるのは本意ではないし、忠義づらで親に告げ口でもされたら、めんどうなことになるからだ。

返すに当たっても、両替商の店が閉じる暮れ六つ前後の、あわただしいころ合いを見計らって、〈大蔵屋〉のあるじ万太郎《まんたろう》にじかに渡すように、と言われている。

それほど用心するには、むろんわけがある。

次郎吉の父喜右衛門《きえもん》は、まじめを絵に描いたような仕事一筋の男だから、遊び好きの息子の不始末を知れば、ただではすまない。息子に代わって、しっかり者の姉志乃《しの》に婿を取り、店のあとを継がせるに違いないからだ。

そんなこんなで次郎吉は、目褄《めつま》を忍ぶ仲になっていたあやのに、金の届け役を頼んできたのだった。

いずれ親の許しを得て、次郎吉はあやのと夫婦になるつもりだ、と言う。たとえ本心だとしても、そのとおりになるはずがないことは、よく承知している。

あやのは、祖父の代からの浪人の家系で、幼いころに父を失った。母が旧主家《しゆか》の縁を頼み、江戸詰の屋敷にあやのを一年だけ、奉公に上げた。

そのおかげで、礼儀作法や言葉遣いはきちんとしたが、たいした給金はもらえない。そこで、住まいの長屋からさほど遠くない〈升屋〉に、働き口を求めた次第だった。

店の番頭にはその日、具合の悪い母親の様子を見に行ってくる、という口実で外出の許しを得た。遅くとも、木戸が閉じる四つ時までにはもどる、と言い置いて店を出た。

人の好い番頭は、一晩くらい泊まってきてもかまわない、と言ってくれた。

神田川から小伝馬町《こでんまちょう》を抜け、日本橋川にかかる江戸橋を渡り始めたところで、時の鐘が暮れ六つの捨て鐘を、打ち始めた。

川向こうの広小路が、妙ににぎわっている。両国ほどではないが、こちらの広小路もときどき見世物小屋、夜店の屋台などが並んで、人出を誘うことがあるのだ。

あやのは足を止め、引き返して江戸橋から一つ上流の、日本橋へ回ろうかと考えた。

日本橋からなら、渡ってまっすぐ行けば通一丁目を抜けて、四丁目まで一本道だ。

しかし、引き返すのもむだなように思えるし、行く手の広小路のにぎわいにも、少なからず気を引かれる。

そこで、そのまま込み合う江戸橋を渡り、混雑の中にまぎれ込んだ。

むろん、のんびり見物するつもりはないが、そのにぎわいの中を通り抜けるのが、気晴らしになる。広小路から、本材木町《ほんざいもくちょう》をまっすぐ通り抜けて、四町ばかり先を右へ曲がり込めば、通四丁目にぶつかるはずだ。

立ち止まらず、それでも人込みに足を緩めながら、堀端の夜店を眺めて行く。暮れなずむ空を背に、何か曲芸を演じている場所があり、そこがひときわ込んでいた。

あやのは、手提げ袋をしっかり胸に抱きながら、その人込みに割ってはいった。

そのとたん、肩越しに伸びた手が手提げ袋をつかみ、引ったくろうとした。

はっとして、手首に回した綰《わな》の紐を絞り、強く引きもどす。しかし、絞られた紐が手首に食い込み、思わず指の力を緩めた。

格子縞《こうしじま》の袖から伸びた、毛むくじゃらの手が問答無用で、手提げ袋をむしり取る。

あやのはどろぼう、どろぼうと声を上げて、男の手にむしゃぶりつこうとした。

とたんに、足を取られて裾を乱し、その場に尻餅をつく。

「どうしなすった、ねえさん」

そばにいた男が、かがんであやのの体に腕を回し、抱き起こしてくれる。

「あの、て、手提げ袋を、引ったくられました」

「ほんとか。どいつだ、その野郎は」

「あの、格子縞の小袖を着た」

あやのはそこで言いさし、あわててまわりを見回す。好奇の目で、じろじろあやのを眺める野次馬の中に、それらしい男は見当たらなかった。

「よし、ここで待ってな。おいらが、取り返してやる」

若い男は袖をたくし上げながら、人込みの中へ飛び込んで行った。

つかまえるのは、とても無理だろう。

そう思いながら、着物の汚れを払っていると、ほんの十も数えぬうちに、男がもどって来た。髭の剃りあとの濃い、ぱっちをはいた三十前後の、職人風の男だ。

男は、手にした手提げ袋を、あやのに突き出した。

「これじゃないかえ」

あやのは驚いて、それを受け取った。

「かっぱらいめが、よほどあわてたとみえて、すぐ近くにこいつを落として行ったぜ。念のため、中をあらためてみねえ」

「はい。ありがとう存じます」

紐を緩め、中をのぞく。

それから顔を上げ、男の顔を見返した。

「何もなくなっておりません。まことに、ありがとう存じました」

もう一度礼を言い、ていねいに頭を下げる。

「いいってことよ。それより、この人出だ。気をつけて歩きな」

男はそう応じて、そのまま周囲の人込みに紛れ、姿を消した。それを見て、まわりにできた野次馬の輪も、すぐに崩れてしまった。

あやのは、群がる人の波を掻き分けて、本材木町にはいった。暮れかかった通りには、まだ人の行き来がある。

手提げ袋を胸に抱いたとたん、にわかに心の臓がはねた。

あわてて、帯と着物のあいだに指を差し込むと、そこに入れたはずの金包みが、なくなっている。

目の前が、真っ暗になるほど体中の血が煮え立ち、あやのはすぐそばの天水桶に、手をかけた。そうでもしなければ、その場にしゃがみ込むところだった。

「すると、おかみさんはそのお金を手提げ袋ではなく、胸元に入れておられたのでございますか」

美於が聞くと、あやのは今さらのように悔しげに、うなずいた。

「はい。今思えば、手提げ袋を奪った格子縞の男は、おとりだったのでございます。親切ごかしに、わたくしを助け起こした職人風の男が、どさくさ紛れに胸元から金包みを、抜き取ったに相違ございませぬ。あのころは、そのようなことができるなどとは、考えてもおりませなんだ」

なぐさめるつもりで、美於はあやのに言った。

「それは、大昔からある掏摸《すり》の手口で、素人衆はまず気がつきますまい。そのように、一度奪った手提げ袋をわざと返して、とりあえず相手をほっとさせます。安心するあまり、別の大切なものを奪われたことに、気がつくのが遅れるわけでございます」

あやのはため息をつき、そのときの痛手を思い出したように、肩を落とした。

人影が消えるまで、あてもなく江戸橋広小路を歩き回ったあと、あやのは日のとっぷりと暮れ果てた、両国広小路に出た。

手ぶらでは〈大蔵屋〉にも行けず、かといって今さら店にもどることも、できない相談だ。

途方に暮れて、足を止める。

番屋に届ければ、二十両の出どころと使い道を、明らかにせねばならない。

どこへ行こうと、だれにも事の次第を告げることができないし、金を工面するあてもない。喜右衛門の耳にはいれば、怒り狂って次郎吉を勘当するやもしれず、それだけは避けなければならない。

次郎吉にわけを話したところで、いい考えが浮かぶとも思えぬ。かといって、一緒に欠落《かけお》ちしたり心中したりする、という話になることはあるまい。これは、近松の浄瑠璃ではないのだ。

となれば、このまま逐電《ちくでん》して遠国に身を沈めるか、いっそこの場で自害して果てるか、二つに一つしかない。どちらにせよ、年老いた母親を一人残すことになるが、ほかには何も思いつかない。

両国橋をはじめ、大きな橋には終夜橋番が見張りに立ち、身投げなどの異変が起こらぬよう、目を光らせている。気づかれずに、欄干を乗り越えて大川へ飛び込むことは、まず無理だろう。

あやのは、両国橋を東に渡って、あてもなく歩いた。ただ、辻番所の明かりが見えるたびに、道を曲がるようにした。夜分遅く、人通りのない道を女一人歩いていれば、見とがめられるのは必定《ひつじょう》だ。

どこをどのように、どれだけの道のりを歩いたか、覚えていない。

源森川沿いに歩きながら、操り人形のように石を拾い続けたので、たもとが重くなっている。これだけ重ければ、もう十分だろう。

さらに一町ほど歩いて、名も知らぬもう一つの橋の渡り口まで、たどり着いた。

土手のたもとに、常夜灯がともっている。

川幅はおよそ、二十間から二十五間ほどあった。ただ、そこだけ外へ張り出した土手のせいで、橋そのものはせいぜい十五間ほどの、短めの長さだ。

あやのは、橋に踏み込んだ。草履《ぞうり》をはいて来たので、足音が響かないのは救いだった。土手に近い方だと、深さが足りない恐れがある。静かに橋板を踏んで、中ほどまで歩いて行った。常夜灯の明かりは、もう届いてこない。

考えている暇《いとま》はなかった。考えれば、心がくじけてしまう。

欄干に手をかけ、体をせり上げる。先に、重石《おもし》がはいったたもとを外に出せば、あとはその重みで欄干を、乗り越えられるだろう。

左のたもとを、外側へ投げ出したとき、突然だれかに肩をつかまれた。

「ばかなまねはやめよ」

男の声で叱責が飛び、後ろへ引きもどされる。

「お離しください。どうか、お離しを」

懇願して、欄干を乗り越えようとしたが、強い力で橋の上に引きおろされた。

石の重みに一時に力が抜けて、あやのはその場に泣き伏した。


「その、飛び込みを止められたおかたが、先ほどのお侍さまだった、とおっしゃるのでございますか」

美於の問いに、あやのは深くうなずいた。

「はい。泣いているあいだ、あのおかたはわたくしの背を軽く叩きながら、命を粗末にするものではない、などといろいろ諭してくださいました。源森川の土手で、石をたもとに入れながら歩く、わたくしの姿を目に留められたらしゅうございます。それゆえ、万一のことがあるといけないと思い、あとをつけて来られたとのこと。死ぬのは、いつでもできる。ひとまずわけを聞かせよ、との仰《おお》せでございました。その上で、ご自分も死ぬしかないと納得したときは、それ以上止めはせぬゆえ、と」


いくらか、落ち着きを取りもどしたあやのは、二十両をすり取られたいきさつを、男に打ち明けた。店の名前も、次郎吉の名前も伏せて、その金を〈大蔵屋〉へ届けるはずだった、と正直に告げた。

すると男は、少しのあいだ思案したあと、やおらふところから巾着《きんちゃく》を引き抜いた。中に手を入れ、月明かりにもそれと分かる小判を、無造作につかみ出す。手早く二十枚を数え、残りを巾着にもどした。

「たった二十両で、ひと一人の命を救えるならば、安いものだ。これを持って、早く〈大蔵屋〉へ行くがよい。遅くなったわけは、うまく言いつくろうのだ」

男はそう言って、二十両をあやのの手提げ袋に、落とし込んだ。

「本来ならば、見も知らぬおかたからの、思わぬお慈悲。ひとまずご辞退するのが、筋でございましょう。さりながら、あのおりはまさしく地獄で仏の心地で、そのような余裕はございませなんだ。それゆえ、かならずお返しいたしますと申し上げて、ありがたく拝借することにいたしました。わたくしは、自分の素性と名前を告げた上で、お侍さまのお名前とお住まいを、お尋ねしたのでございます。するとあのおかたは、途中でまた何が起こるか分からぬゆえ、〈大蔵屋〉まで送って行こう、と仰せられました。わたくしが先さまに、間違いなく二十両を納めるのを確かめてから、正式に名を告げようとのことでございました」

あやのは一息に言い切り、苦しげに肩を上下させた。

「それで、そのおかたは日本橋の〈大蔵屋〉まで、あなたに付き添って行かれた、と」

美於が念を押すと、あやのは深くうなずいた。

「さようでございます。大金ゆえ、あのおかたがわたくしの振る舞いを、入水《じゅすい》を装ったかたりではないか、とお疑いになったといたしましても、無理はないと存じました。ところが」

そこで言いさし、唇を噛み締める。

「ところが」

美於が促すと、あやのは目を伏せた。

「あのお侍さまに、近くの角でお待ちいただいているあいだに、わたくしは大蔵屋さんの大戸を叩いて、番頭さんにくぐり戸をあけていただきました。身を縮めて、真夜中に非礼は承知とおわびの言葉を述べ、〈升屋〉からの危急の用件と申し上げて、ご主人の万太郎さまに、お目通りを願ったのでございます。細かいいきさつは省きますが、起き出して来られた万太郎さまに、無事二十両をお渡しして、店を出ました。ところが、お待ちいただいたお侍さまの姿は、どこにもなかったのでございます」

口を閉じて、あやのは目尻をぬぐった。

美於は、肩にはいっていた力を緩め、息をついた。

「おそらく、そのお侍さまははなから名乗るつもりがなく、あなたを送ってすぐに姿を消した、ということでございましょう」

「はい。今思えば、そうとしか考えられませぬ」

「そして、そのおかたが左の目に黒革の目隠しを、つけていたと」

「さようでございます。先ほどのおかたは、お声やお口ぶりもあのおりのお侍さまと、そのまま同じでございました。今でもはっきりと、この耳に残っております。どちらのどなたさまか、どうぞお聞かせくださいまし」

あやのはそう言って、深ぶかと体を折る。

「そのときの二十両を、お返しになるおつもりでございますか」

美於の問いに、あやのは体を起こした。

おもむろに、また話し始める。

「申し遅れましたが、その後次郎吉さんは約束どおり、わたくしを妻に迎えてくれたのでございます。ただ、ご自分が家を継ぐことには乗り気でなく、姉のお志乃さまに婿を取るよう、強くお勧めになりました。そのおりもおり、取引先でもあった〈鈴善〉の跡継ぎに当たる、ただ一人のご子息が胃にできた悪い腫れもので、亡くなられたのでございます。〈鈴善〉の旦那さまは、善四郎《ぜんしろう》さまとおっしゃいますが、わたくしの義父の升屋喜右衛門とは、幼なじみ。もし、次郎吉さんが〈升屋〉を継がぬなら、ぜひ自分の店のあとを任せたい。ぜひとも、次郎吉さんとわたくしを夫婦ごと養子にしたい、と申し入れてこられたのでございます。ほどなく、お志乃さまは歴《れっき》とした上方の呉服店のご次男を、婿に迎えられました。おかげさまで、〈升屋〉の屋台は、まずもって安泰。そこで次郎吉さんとわたくしは、なんの気遣いもなく〈升屋〉を出て、〈鈴善〉にはいった次第でございます」

そこで、あやのは一度ごくりと水で喉を湿し、さらに続けた。

「したがいまして、あのお侍さまにご用立ていただいた二十両は、いつでも利子を添えてご返却できる、と存じます。その旨お伝えいただいて、どうぞご姓名をお明かしくださいますよう、お願いしていただけませぬか」

美於は、少し考えた。

「すぐには、ご返事をいたしかねます。ご本人にも、確かめねばならぬことでございますゆえ、ここでしばらくお待ちくださいますように。あのおかたが、橋場の方へお渡りになったあとならば、すぐにもどってまいります。暗くて、お心細いかもしれませんが」

「ご案じくださいますな。手提げの中に、小ぶりの提灯《ちょうちん》と蠟燭《ろうそく》が、はいっております」

用意のいいことだ。

「それでは念のため、竹筒を置いてまいります」

三

美於は、あやのを掘っ建て小屋に残して、寺島の渡し場に向かった。

風は、まだ強く吹きつけてきたが、雪はすでにやんでいる。さいわい、積もるほどには降らなかったらしく、地面は黒いままだった。

暮れ六つの鐘が鳴り始める。

空が暗くなるまで、まだ四半時ほどあるはずだが、雲にさえぎられた空は暗く、見通しが悪かった。

大川にぶつかり、右へ向かう川沿いの土手を、渡し場の方へ走り始めたとき、すぐに異変に気がついた。

桟橋の周囲に人びとが群がり、口ぐちに何か騒ぎ立てている。それは遠目にも、ただ事ではない気色《けしき》だった。

胸騒ぎにつき動かされ、美於は足元を乱しながら息せききって、渡し場に駆けつけた。人の群れの、いちばん後ろにいた百姓らしい年寄りに、問いかける。

「何かあったのかい、こんなに大騒ぎをして」

「あったも何も、こげな大風にやめときゃいいのに、ちっとばかり弱まったからって、船さ出したらこのざまだ。川の中ほどへ差しかかったとこで、突風を食らって引っくりけえっただよ。乗ってた客は、みんな流されちまったずら」

それを聞くなり、美於は群がる人波をかき分け、桟橋にまろび出た。

岸から十間ほど離れたところに、葦《あし》の茂った寄洲《よりす》が二つ並んでおり、そのあいだから遠い向こうに、橋場の船着き場がのぞいている。しかし、船の姿は見えない。

美於は乗り場に立つ、渡し守らしき男のそばに駆け寄った。

「ちょっと、教えておくれな。だれか、寄洲に泳ぎついたりして、助かった人はいないのかい」

渡し守は向き直りもせず、ぼんやりと首を振った。

「いんにゃ、だれもいねえ。こっから見るかぎり、みんな船ごと流されちまった。だからおらあ、相方《あいかた》にもやめとけって言ったんじゃ。だけんど、客連中が出せ出せっちゅうもんで、しかたなく、なあ」

言葉を切った渡し守に、美於は急《せ》き込《こ》んで聞いた。

「お武家が一人、乗らなかったかえ。左の目に、黒い目隠しをした小柄なお武家が、ここへ駆けて来たはずなんだけど」

渡し守は振り向き、やっと美於を見た。

「目隠しをした、お武家か。そんなら、漕ぎ出した船をここから呼んで、乗せろ乗せろと騒いだお侍だべ」

「そう、そのお侍だよ。呼びもどして、乗ったのかい」

渡し守は、首を振った。

「いんにゃ、一度漕ぎ出した船は、もどらねえのが決まりだ」

ほっと安堵の息をつく。

「それじゃ、乗らなかったんだね」

「ああ、乗らなんだ。船がひっくりけえるまで、返せ、もどせと呼んどったが、ひっくりけえったとたん、何も言わなくなったずら」

「そのお侍は、どこにいるんだい」

美於が、きょろきょろ見回していると、渡し守は下流に顎をしゃくった。

「船がひっくりけえるのを見て、けつに火がついたように土手下の道を、あっちへすっ飛んで行ったけげな」

美於が目を向けると、たった今走って来た土手の下の川沿いに、細い道が延びている。木立にふさがれて、今まで気がつかなかったのだ。

「ありがとうよ」

美於は栈橋をおり、土手下の道を下流に向かって、小走りに駆けた。

一町も走らぬうちに、下流の方からやって来る人影が、木《こ》の間《ま》隠れに見えた。目を凝らすと、黒い目隠しをした男だと分かり、伊原進十郎と見当がついた。

進十郎が足を緩めず、どんどん近づいて来る。

美於は逆に足を止め、頭をさげて進十郎を迎えた。

「伊原さま、美於でございます。危ないところでございました」

「うむ。造作をかけて、すまぬことをした。乗り遅れたのが、幸いだった」

そう応じて、進十郎は足を少し緩めたものの、立ち止まらずに歩き続けた。

美於はあわてて、そのあとを追った。

進十郎が、背を向けたまま続ける。

「下流まで追ってみたが、助かったものはだれもおらぬようだ。寄洲にでも、流れ着けばよかったのだが」

進十郎の、帯から下が水に濡れそぼち、枯れた葦がまつわりついている。だれかを助けようとして、川の中に踏み込んだのかもしれない。

「伊原さま。先ほどの、ご新造《しんぞう》のことでございますが、伊原さまのお名前やお住まいを、知りたがっております。お教えして、よろしゅうございましょうか」

進十郎は、すぐには答えなかった。

おもむろに言う。

「おれはきょう明番《あけばん》で、法泉寺へ叔父の墓参りに来たのだ」

「は」

話を、まったく別の方向に振られて、美於はとまどった。

「寺の境内で、その昔おれが召捕廻り方を勤めていたころ、捕らえそこねて逃げられた盗っ人に、よく似たじじいを見かけたのよ。そやつは、だれかの法事で来ていたらしい。当人かどうか確かめるために、法事が終わるのを待って、とりあえずあとをつけてみよう、と思った。それで小源太に、手先をよこしてくれと頼んだのだ」

「なんという盗っ人でございますか」

「ぐびりの佐兵衛《さへえ》、と申す悪党だ。堀帯刀《ほりたてわき》さまが、火盗改の本役をお勤めのころに、長谷川さまが初めて助役《すけやく》を仰せつけられた、天明丁未《ていび》の秋のことよ」

ぐびりの佐兵衛、と聞いて美於はぎくりとした。

その名は、美於を親代わりになって育ててくれた盗っ人、黒蝦蟇の麓蔵の口から聞いたことがある。

麓蔵は、最後には平蔵の手で獄門に送られたが、非道を嫌う昔気質の盗っ人だった。美於が、足を洗うのを認めてくれたばかりか、〈清澄楼〉に働き口を見つけてくれもした。さらに、美於が平蔵の手先になったことを、うすうす知りながら仲間内に漏らさず、黙って獄門にのぼったのだった。

その麓蔵が問わずがたりに、昨今の盗っ人の非道ぶりを嘆いたおり、昔ながらの仁義を守る数少ない盗っ人の一人として、佐兵衛の名を挙げたことがあったのだ。

一瞬、その記憶が頭をよぎったものの、美於はすぐに言葉を返した。

「丁未と申せば天明七年、丸五年前のことでございますね」

「そうだ。おれは当初、長谷川さまの下で召捕廻り方を、勤めていたのだ。そのしょっぱな、ぐびりの佐兵衛一味の根城を襲って、板橋宿に追い込んだ。めったにない、大捕物だった。そのおり、おれは忍びの野猿《のざる》という子分に、手裏剣を打たれて左目をつぶされた」

美於は、生唾をのんだ。

進十郎が、目隠しをするにいたった詳しいいきさつは、そういう次第だったのか。

「それからの捕物は、おれも後陣へ引き下げられたから、よく分からぬ。ただ、あとになって佐兵衛だけが、つかまらずに逃げたと聞いた。野猿にやられる前、おれは屋根の上を逃げ回る佐兵衛の顔を、龕灯《がんどう》の明かりの中にはっきりと見た。そのころ、すでに六十前後のじじいよ。ただし佐兵衛は、珍しく血を流すのが嫌いなやつで、おれの口から言うのもなんだが、筋のいい盗っ人だった。野猿は、そのときただの助《す》け手《て》の一人で、荒仕事をいとわぬ男だったことを、佐兵衛は知らなかったらしい」

佐兵衛は、どうやら麓蔵が折り紙をつけたとおり、仁義を知る盗っ人だったようだ。

渡し場に近づくと、探索のために新たな船を出すかどうか、集まった者たちが額を寄せ合って、相談する姿が見えた。

それを目にして、進十郎は足を止めた。そばに行くのを、ためらっているようだ。

独り言のように続ける。

「おれは、だれでもいいから手先が来たら、一緒に佐兵衛らしきやつのあとを追って、実の佐兵衛かどうか見届けよう、と思ったのだ。おれが、そやつを見張っているあいだに、役宅へつなぎをつけてもらうつもりでな。手先なら、だれでもいいから早く来てくれ、と祈っていたのだ」

「あいにく、ほかの手先が出払っておりまして、しまいに不忍池の店にいたわたくしに、沙汰が回ってまいりました。時がかかったのは、そのためでございます」

「そうか」

進十郎は短く答え、横手の土手に刻まれた狭い石段に、顎をしゃくった。

「おまえは、そこから土手に上がって、待っていてくれ。おれは、渡し守と話してくる」

　そう言い残して、渡し場の方へ歩き出す。

　肝腎の、あやの話ができず、美於は少しじれながら、段を上がった。

　土手から見ていると、進十郎は集まった人の群れから、先刻の渡し守を外へ連れ出し、何か話をしていた。風はだいぶ弱まったが、すでに空が暗くなったせいか、探索の船は出ないようだった。

　やがて、話を終えた進十郎が桟橋を離れ、土手道をやって来た。渡し守から借りたものか、火のはいった提灯を手にしている。

　そばに来ると、ぶっきらぼうに言った。

「今のところ、だれも岸へ泳ぎ着いた者は、おらぬようだ。佐兵衛らしき男も含めて、みんな流されたらしい。これでは、一人も助からんだろう」

　確かに、この日は風が強い上に流れが速く、よほど泳ぎが達者でなければ、岸にはたどり着けまい。

　少し間をおいて、美於は先刻の話をもう一度、持ち出した。

「この先の掘っ建て小屋で、最前のお女中がお待ちでございます。浅草田原町の料理屋、〈鈴善〉のご新造《しんぞう》であやのさま、とおっしゃいます。なんでも、五年ほど前に受けたご恩をお返し申したいので、伊原さまのお名前やお住まいを教えてほしい、とのことでございます。わたくしの一存では、お教えしてよいものかどうか分からず、ご意向をうかがいたいと存じまして」

進十郎は、ちらりと小屋のある方を見て、眉をぎゅっと寄せた。

「やぶからぼうに、さようなことを言われても、挨拶に困るだけよ。相手がだれにせよ、人から返されるほどの恩を施した覚えは、まるでない。おれは先刻、あの女子が道端にうずくまっているのを見て、声をかけただけなのだ。ところが、おれの顔を見たとたん、にわかにわけの分からぬことを、言い出した。なんのことか、さっぱり要領を得ぬ。おれは、佐兵衛のことで気がせいていたから、あとをおまえに任せて渡し場へ走ったのよ。おかげで船に間に合わず、乗り遅れてしまったわ」

美於は進十郎の顔を、まっすぐに見た。

「今思えば、〈鈴善〉のご新造に呼び止められて、渡し船に乗りそこねたからこそ、伊原さまは命拾いをなされた、とも申せましょう」

進十郎は、初めてそれに気がついたというように、まばたきした。

唇を引き締め、不本意そうな口調で言う。

「まあ、そういうことになるかもしれんが、それはたまたまにすぎぬ」

美於は、進十郎の口ぶりやそぶりに、何かこなれぬものを感じた。

やんわりと言う。

「古くから陰徳陽報、という言葉がございます。人知れず功徳を施せば、巡り巡ってそれがいつの日か、自分に返ってくると申します。お心当たりは、ございませんか」

進十郎は、憮然とした顔になった。

「陰徳陽報くらいは、おれも知っている。ただおれは、あの女子に功徳をほどこした覚えなど、いっさいないのだ。まったくの人違いよ」

美於は、先刻あやのから聞かされた話を、ひととおり伝えた。

進十郎は、いらだちを隠す風情で聞いていたが、話が終わるやいなや唇をゆがめ、とげとげしく笑った。

「おいおい。おれは、見も知らぬ女の命を助けるのに、さような大金を与えるほど、お人好しではないぞ。まして夜の夜中に、持ち歩くような額ではあるまい」

否定する進十郎に、美於はだめを押した。

「ご新造は、お相手の背丈や年格好が同じであること、それに何より伊原さまの目隠しが何よりの証拠、と申しております。よほど、確かな覚えがある様子でございますが」

「なるほど、目隠しは珍しいかもしれぬ。しかし、この広い江戸ならほかにも五十人、百人ほどはいるはずだ。関八州まで広げれば、さらにその数は増えるだろう。とにかく、おれの素性をその女子に、教えてはならんぞ。火盗改はただでさえ人目、人聞きをはばかるお勤めだからな」

そこまで言われると、美於もそれ以上押すことはできなかった。

進十郎が続ける。

「おれは、また土手下の道を行くから、おれの方には覚えがないことを、そのあやのとか中す女子に、よく説いてやってくれ。よいか。間違っても、おれの名前や素性を、口にするでないぞ」

くどく言い置き、提灯を足元へ向けて持ち直すと、土手下につながる石段を足ばやに、おりて行った。

釈然とせぬまま、美於は土手上を遅れて歩きながら、見え隠れに下の道を遠ざかる、提灯の灯を見送った。

掘っ建て小屋にもどると、板壁の隙間からちらちらと、明かりが漏れている。

念のため、外から声をかけた。

「ご新造さま。美於でございます。ただ今、もどりました」

戸をあけると、藁の上にすわったあやのが、小ぶりの提灯を掲げて、美於を照らした。

「いかがでございましたか」

その問いに答えず、中にはいって建てつけの悪い戸を、がたぴしと閉じる。

あやのが、提灯の柄を農具の隙間に挟んで、手を離した。

美於は、あやのの前にすわり、声を落ち着けて言った。

「あいにくではございますが、あのおかたはあなたにもほかのどなたにも、おっしゃるような恩を施した覚えはない、と仰せになっております」

「まさか」

あやのは絶句して、のけぞるように顎を引いた。

急き込んで続ける。

「たとえ、わたくしの顔をお見忘れになったにせよ、二十両もの大金を用立ててくださったことまで、お忘れになるはずはございませぬ。それに、先刻路上でわたくしが、五年前のことを持ち出したとき、確かに覚えがあるようなお顔を、なさいました。お忘れになるはずはない、と存じます」

美於は当惑した。

「とはいえ、覚えておらぬと仰せになるのを、わたくしの口からそんなはずはない、とは申し上げられますまい」

「それでは、せめてあなたからあのおかたのお名前や、お勤めをお聞かせくださいまし」

そうすがられて、ますます困惑する。

「ご本人が言えぬ、とおっしゃるものをわたくしの一存で、お教えするわけにはまいりません。あのおかたも、今さら昔のことを蒸し返されるのは、かえって迷惑とお考えなのかもしれません。どうか、こらえてくださいませ」

あやのは、初めてそのことに気づいたというように、はっと身を引いた。

下を向き、じっと唇を嚙み締めていたが、やがて小さな声で言う。

「そのことまでは、考えが及びませなんだ。思えばあのおり、大蔵屋の前で待っておられるはずが、黙って姿を消しておしまいになったときから、そのおつもりだったのかもしれませぬ。わたくしの考えが、浅うございました」

肩を落としたその様子に、美於はまた少し哀れを催した。

「おりをみて、わたくしの方からあのおかたに今一度、ご身分をお明かしになるように、お話し申し上げることにいたします。もし、名乗りを上げるお気持ちになられましたら、〈鈴善〉の方へお知らせに上がります。今宵は、このままお引きになられた方が、よろしゅうございましょう」

あやのは、今しばらくじっと考えを巡らしたあと、思い切りをつけたように、長いため息を漏らした。

「仰せのとおりでございます。ゆくりなくも、あのおかたときょうここで巡り合い、一人気持ちを高ぶらせてしまいました。あのおかたのお立場など、考えるゆとりもございませなんだ。あなたさまにも、ご迷惑をおかけいたしました。どうぞ、お許しくださいまし」

「迷惑などと、とんでもないことでございます。お役に立てずに、かえって申し訳ないことをいたしました。ともかく、すっかり日も暮れましたので、そろそろまいりましょう」

美於は提灯を取り、先に立って小屋を出た。

夜道を吾妻橋まで歩き、そこであやのと別れた。

ともかく、役宅へ回って俵井小源太に、子細を告げねばならぬ。

四

その翌朝。

前夜、俵井小源太は寺島村へ出向いた美於から、伊原進十郎に関わる沙汰を受けた。進十郎が、左目を失うことになった捕物については、小源太もその場に出張っていたので、確かな記憶がある。

しかし、進十郎と〈鈴善〉の女将《おかみ》、あやのを巡る一件については、初めて耳にする話だった。

見知らぬ女に、二十両もの大金を用立てた話は、決して不名誉なことではない。したがって、進十郎が否定する理由は、ないように思われる。

だとすれば、やはりあやのの人違いではないか、という気がした。なるほど、黒い目隠しをした男はめったにいないが、まったくいないわけでもあるまい。

念のため、この朝役宅に出て来た進十郎に、美於の話を確かめてみた。

進十郎は、いかにも迷惑そうな顔で、あやのの記憶違いだ、とにべもなく否定した。

また小源太に、手先の差配を求めたことに関しては、最初の大捕物で取り逃がした盗っ人、ぐびりの佐兵衛によく似た老爺を見かけたため、あとを追って見張らせるつもりだった、と説いた。

進十郎と、あやのを巡る二十両の一件は、果たして美談なのか。それとも、ただの人違いなのか。

気になった小源太は、一応与力筆頭の柳井《やない》誠一郎《せいいちろう》に、委細を告げた。

誠一郎も、しばらくむずかしい顔で考えていたが、やはり判断がつかないとみえ、長谷川平蔵に沙汰を上げる、と言って席を立った。

昼過ぎまでに、前夜船に乗っていた十五人のうち、九人が大川の岸辺や寄洲に、水死体となって流れ着いた、との知らせが役宅に届いた。

残りの六人は、日暮れまで探索が続けられたが、見つからなかった。溺れ死んで、そのまま江戸湾に流れ出た、との見方もあった。探索は続けるものの、遺体を引き上げるのは困難だろう、というのがおおかたの意見だった。

惨事のあらましが判明したあと、小源太は誠一郎とともに、平蔵の茶室に呼ばれた。

茶をたてながら、平蔵が言う。

「ぐびりの佐兵衛の一件は、おれにとっても初めての、大捕物であった。それゆえ、いろいろと不手際があって、佐兵衛めをお縄にしそこなった。それに佐兵衛は、荒仕事をせぬ盗っ人と聞いていたが、忍びの野猿とか申す手下に手裏剣で、進十郎の左眼を失明させてしまった。野猿をはじめ、手下どもは残らず獄門へ送ったものの、頭目の佐兵衛を取り逃がしたのは、まさしく痛恨のきわみ。進十郎が昨日、佐兵衛らしき男に出くわしたとすれば、見境なしにあとを追いたくなるのも、無理はあるまい」

誠一郎は、いかにもという様子で、うなずいた。

「ごもっともでございます。そやつを見失うまいと、あやのなる女子を美於にゆだねて、渡し場へ駆けたのも当然のこと、と存じます」

「ただ伊原さまは、あやののそばでいっとき、足を止められました。そのため、船に乗り遅れた次第。逆に、そのおかげで溺れ死なずにすんだ、とも申せましょう。これも何かの、巡り合わせかもしれませぬ」

小源太が言うと、平蔵はたてた茶を誠一郎の前に置き、あらためて言った。

「もし、あやのなる女子の申すとおり、進十郎が功徳を施したのがまことならば、まさしく陰徳陽報といってよかろう」

誠一郎が腕を組んで、首をかしげる。

「進十郎はもとから、おれがおれがという気質の男では、ございませぬ。ただ、左眼を失って書役に転じたあと、妙に口数が少なくなった、とのこと。そればかりか、同役との付き合いも、どちらかと申せば避けがちであった、と聞いております。それもあって、おのれの善行を喧伝したがらぬ、謙虚な性分になったのやもしれませぬな」

小源太も、同じように首をひねる。

「ただ、言葉を交わした美於によりますと、伊原さまは謙虚というよりむきになって、否定したようでございます。そこまで、かたくなにならずともいいのでは、という気もいたしますが」

平蔵は、茶をたてる手を止めて腕を組み、少しのあいだ考えていた。

「永代橋《えいたいばし》の橋桁から大川の川口、それに石川島とのあいだに、探索の船を増やすよう、手配いたせ。まだ上がらぬ、六人の遺体を探すのだ。その中に佐兵衛か、佐兵衛に似た男がいるかどうか、よく調べてみよ。進十郎一人に、首実検をさせるだけでは、用が足りぬ。あの一件のあと、逸峰《いっぽう》が描いた人相書きの似顔絵と、引き比べるのだ」

鳥山《とりやま》逸峰は、歴代の火盗改に重宝されてきた、似顔絵が得意の出入りの絵師だ。

さらに、その翌日。

小源太は朝方から、大川の川口に近い永代橋東詰めの、御船手《おふなて》番所に詰めていた。探索の手を増やしたせいか、間をおきながらも日暮れまでに、船の乗客らしき溺死体が三体、小船で運ばれて来た。

小源太は、そのたびに橋のたもとに足を運び、遺体の顔を持参した人相書きと、照らし合わせた。

最初の水死体は船頭で、二人目はいい年の女だった。

三人目の遺体は、日が暮れる直前に上がった。船を出した番人によれば、川口の正面沖合にある石川島の、人足寄場《にんそくよせば》に接する岸辺に流れ着いた、という。

運ばれて来た遺体は、年のころ七十前後の老爺だった。

紺紬《こんつむぎ》の袷《あわせ》に、上等の羽織を着た小柄な男で、ところどころ魚にかじられた痕がある。顔は、いくらか水ぶくれしたものの、もとの人相をたどれるくらいには、原形をとどめていた。

間なしに、左耳の下の大きな疣《いぼ》が決め手となり、ぐびりの佐兵衛の遺体であることが、明らかになった。

しかし、それとは別に大きな謎が、立ちふさがった。

佐兵衛は、溺れ死んだのではなかった。心の臓に、一突きにされた刀痕が残っており、それが佐兵衛の息の根を止めた真因、と分かったのだ。

役宅へもどった小源太は、誠一郎にその子細を告げた。誠一郎は、すぐさま平蔵の部屋へ、沙汰を上げに行った。

四半時ほどたって、御用部屋にもどった誠一郎は、そっけなく小源太に言った。

「おれは殿のお供をして、〈めぬきや〉へ行ってくる。進十郎は今夜、仁兵衛《にへえ》と二人で宿直《とのい》のはずだ。おぬしは、仁兵衛と番を代わって、進十郎と宿直をせよ」

「伊原さまと、でございますか」

とまどいを覚えて、小源太は聞き返した。

「そうだ。進十郎を、外へ出すでないぞ。それと、佐兵衛の遺体が上がったことを、口にしてはならぬ」

「は」

わけを聞き返す暇《いとま》もなく、誠一郎はそそくさと出て行った。

小源太は、少しのあいだ考えた。

平蔵と誠一郎が、二人きりで〈めぬきや〉へ行くとは、珍しいこともあるものだ。

それはさておき、どうやら平蔵と誠一郎は進十郎に、何か疑いをかけているらしい。いろいろ考えたが、分からなかった。

とりあえず、その日のあらましを思い出しながら、手控えを作る。

それを終え、四つの鐘が鳴るのを待って、宿直部屋へ回った。

進十郎とともに、その夜の宿直を勤める今永《いまなが》仁兵衛に、番代わりを申し入れる。年若の仁兵衛に、否やはなかった。

仁兵衛が出て行くと、進十郎は猜疑心のこもった右目で、小源太を見た。

「何ゆえの番代わりだ」

あらかじめ、考えていたとおりに、そつのない返事をする。

「それがしの番は、明後日になっておりますが、その夜はちと急用ができまして」

「そうか」

進十郎はうなずき、また何か言いたそうにしたが、そのまま口をつぐんだ。

宿直部屋には、御用部屋にはない火鉢が備わっており、むしろありがたかった。

「伊原さま。九つまで、それがしが番を勤めますゆえ、おくつろぎください。横になられても、けっこうでございます」

ためしに言ってみたが、進十郎は返事をしなかった。

少し気まずくなり、小源太は一昨日の話を、蒸し返した。

「一昨日はまったくのところ、とんだことでございましたな。伊原さまから、手先を回せとの沙汰をいただいたときも、手のあいた者が美於のほかにおらず、不調法をいたしました」

進十郎は、わずかに間をおいて、顔を見ずに答えた。

「いや。見知らぬ女に引き留められて、往生しているところだったから、むしろ女の手先で、よかったくらいだ」

見知らぬ、というところに、妙に力がこもっていた。

「とはいえ、その女子に引き留められたおかげで、転覆した船に乗らずにすんだ、ともいえましょう。救いの神、と申してもよいのでは」

進十郎はそれに答えず、勝手に話を進めた。

「おれが命拾いをしたあと、あの二人はどうしたのであろうな」

小源太も、その話はまだしていない。

「美於によれば、あやのと申すその女子と吾妻橋まで歩き、そこで別れたとのことでございます」

「そうか」

やりとりを続けながら、進十郎はどこか心ここにあらず、という風情だった。

さりげない口調で、また話を変えてくる。

「おぬし、けさは早くから永代橋へ出張って、溺死した連中の遺体探索に立ち会った、と聞いたがまことか」

「はい。昨日の夕刻にかけて、船頭と乗客合わせて十五人のうち、九人までは見つかりました。ただ、残り六人の遺体が上がりませなんだゆえ、大川の川口からその先の江戸湾まで、探索の場所を広げたのでございます」

「それで、首尾は」

小源太は、わざとらしくこほんと一つ、咳をしてみせた。

「三体上がりましたが、残り三体はまだ見つかりませぬ。すでに、江戸湾の沖合へ流されたもの、と思われます」

進十郎が、無事な右の目をきらりと光らせ、さりげなく聞いてくる。

「美於から聞いたと思うが、上がった遺体の中におれがあとを追っていた、ぐびりの佐兵衛らしきじじいは、いなかったか」

「五年前、佐兵衛を取り逃がしたおりに描かれた、似顔絵とよくよく引き比べてみましたが、当てはまる者はおりませなんだ」

心なしか、進十郎の目をほっとしたような色が、ちらりとよぎった。

念を押すように、進十郎が続けて問う。

「しかし、まる二日も水に漬かっておれば、魚にもつつかれようし、水ぶくれもしよう。人相が、変わっているやもしれぬぞ」

「おおせのとおりでございます。遺体の中には、だいぶ様子が変わってしまった者も、おりました」

「もしや、左耳の下に大きな疣のある者は、おらなんだか」

「はい、そやつは」

そう言いかけて、小源太ははっと口を閉じた。

話がすらすらと進んだために、つい舌が滑ってしまった。

「そやつが、どうした」

進十郎が、右目を鋭く光らせて、突っ込んでくる。

小源太は膝を動かして、わざとらしくすわり直した。

「鳥山逸峰の人相書きに、佐兵衛は左耳の下に大きな疣がある、と書いてございましたので、それを目印に検死をいたしましたが、さような者はおりませなんだ」

進十郎の目が、吊り上がる。

「嘘をつけ。たった今、はい、そやつはと、そう申したではないか」

その詰問に気《け》おされて、小源太は冷や汗をかいた。

「つまり、そやつは確かに疣がございましたが、せいぜい三十半ばほどの男で、佐兵衛とは年格好が合わぬ、と申し上げようと」

みなまで言わせず、進十郎は背後の刀掛けに手を伸ばした。

膝を立てる間もなく、抜かれた小刀の刃がすばやく返され、小源太の喉元に突きつけられる。

小源太はのけぞり、血走った進十郎の右目を見返した。

「これはまた、理不尽な。乱心召されましたか」

進十郎は、すばやく小刀の鞘を逆手に腰に押し込み、唇をゆがめた。

「いかにも、乱心したわ。一昨日、あやのに寺島村で呼び止められてから、正気を失ったのよ」

それを聞いて、やはり進十郎とあやののあいだに、ただならぬいきさつがあったのだ、と悟る。

小源太は、御用部屋に大小を置いてきたことを、今さらのように悔やんだ。仁兵衛に、番代わりを承知させたら、すぐに取りにもどるつもりだったのだが、すっかり失念していた。

もっとも、手だれの進十郎に先手を取られては、たとえ大小を帯びていたとしても、無事ではすまなかっただろう。

なんとか進十郎を、落ち着かせねばならない。

「伊原さま。わけをお聞かせください。ごらんのとおり、それがしは無腰《むごし》でござる。間違っても、お役宅を血でけがすようなことになれば、ただではすみませぬぞ」

進十郎は返事をせず、刃先をぐいと小源太の首筋に、押しつけた。

そのままの格好で、背後の刀掛けから大刀をつかみ取り、これも腰へ差しもどす。

「裏木戸から、一緒に役宅を出てもらう。声を立てずに、後ろの障子から土間へおりて、裏庭へ回るのだ」

「むだなことは、おやめください。これから先、どうなさるおつもりか。逃げ切れるものではござらぬぞ」

「逃げ切るつもりはない。組屋敷には七十を過ぎた、病身のおふくろがいる。それを一人残して、先に行くわけにはいかぬ」

と胸をつかれる。

進十郎は、母親ともども死ぬ気でいるのか。

「わけを、わけをお聞かせください」

そのとき、唐突に横手の襖《ふすま》の外から、声がかかった。

「それは、なかなか言えまいな、進十郎」

進十郎は、ぎくりとしたように刃を引き、小源太から飛びしざった。

小源太も驚いて、襖に目を向ける。

五

襖が開いた。

そこに現れたのは、長谷川平蔵だった。すぐ横に、片膝をついた柳井誠一郎が、控えている。

俵井小源太は、うろたえながら言った。

「殿。柳井さま。〈めぬきや〉へ、行かれたのでは」

平蔵がふだんどおりの、落ち着いた口調で応じる。

「行って、もどったところよ。小者を使いに出して、美於を〈めぬきや〉に呼んでおいたのだ。かようなことも、あろうかと思うてな」

それを聞くと、伊原進十郎は抜き身の小刀を背後に回し、その場に膝をついた。額に青筋を立て、頭を低く垂れる。打って変わって、神妙な振る舞いだった。

平蔵は部屋にはいり、あとに続いた誠一郎が、襖を閉じる。

下を向いたままの進十郎を、少しのあいだじっと眺めていた平蔵は、やおらその肩口に声をかけた。

「美於によれば、おまえは渡し船がくつがえったあと、土手下の道を川下の方へ走って行った、とのことだな」

進十郎は顔を伏せたまま、答えようとしない。

平蔵が続ける。

「美於があとを追うたところ、もどって来るおまえと途中で出会った、とのこと。美於が言うには、そのときおまえの着物は帯から下が、水で濡れそぼっていたそうだ。しかも、枯れた葦がまつわりついていた、とな。岸辺から大川の中へ、踏み込んだのであろう」

相変わらず、返事がない。

かたわらから、誠一郎が口を開く。

「本日、石川島に流れ着いたぐびりの佐兵衛は、溺れ死んだのではなかった。まだ息のあるうちに、心の臓を一突きにされたのだ。転覆した船から、川下の岸辺へ流れ着いた佐兵衛を目にして、おぬしは川の中に踏み込み、とどめを刺したのであろうが」

小源太は、生唾をのんだ。

佐兵衛の命を奪った一突きは、進十郎の刀によるものだったのか。

進十郎は、かすかに肩を震わせていたが、やはり口を開こうとしない。

ふたたび、平蔵が言う。

「血糊をぬぐっても、膏血《あぶらち》はすぐには取れぬ。刀を見せてみるか」

進十郎は、顎《あご》の筋をうねらせたものの、まだ黙ったままでいた。

「あやのに、二十両を与えて入水から救ったのは、間違いなくおぬしであろう。しかし、それを認めるわけにはいかなんだのは、わけがあるからに違いあるまい。あやのの話によれば、おぬしの巾着の中には二十両どころか、もっと多くの小判がはいっていた、というではないか。その金の出どころはどこだ」

依然として、答えはない。

「人に言えぬ出どころとなれば、まっとうな金ではあるまいが。それゆえ、その中から惜しげもなく二十両を、見知らぬ女に与えたのであろう。罪滅ぼし、という胸勘定もいくらかは、働いたかもしれぬな」

平蔵の鋭い追及にも、進十郎は声を発しなかった。

そばから、誠一郎がまた口を開く。

「美於はかつて、黒蝦蟇の麓蔵という盗っ人の手下であった。そのころ、当節の盗っ人の非道を嘆いていた麓蔵が、昔ながらの仁義を守る仲間の一人として、ぐびりの佐兵衛の名を挙げたそうな。現に、佐兵衛の仕事と思われる押し込みで、人死にや怪我人が出たことはなく、女子をいたぶった例もない。ところが、板橋宿の大捕物のおりに忍びの野猿と称する助け手が、おぬしの左目をつぶしてしまった。おそらくそれを気に病んで、佐兵衛は盗っ人稼業から足を洗った、と思われる。その証拠に、佐兵衛のしわざとみられる押し込みは、以後起きていないのだ」

そこで言葉を切る。

すると、それまで黙ったままでいた進十郎が、初めてうつむいたまま口を開いた。

「いかにも、仰せのとおりにございます。あの夜、あやのと行き合う少し前でござるが、日本橋川で船饅頭《ふなまんじゆう》(私娼)を食したあと、江戸橋広小路へ上がったところで、ぐびりの佐兵衛と出くわしました。というより、佐兵衛はそれがしをつけ回したあげく、船から上がるのを待っていた、と思われます」

一度、唾をのみ込んで、苦しげに続ける。

「そのおり、土手の中ほどに立つ佐兵衛の顔が、月明かりにはっきりと見え申した。佐兵衛は、懐《ふところ》から巾着を取り出して、それがしの手に押しつけました。手下が、左目をつぶした罪をくどくわびて、せめてもの償いに受け取ってほしい、と言うのでございます。しばらく前から、それがしをつけ回しながら、渡すおりをうかがっていた、とのことでござった」

ふたたび口を閉じ、あらためてまた話し始める。

「そのころ、母親も昨年みまかった連れ合いも病気がちで、薬代がかさんでおりました。久しぶりに、船饅頭に手を出したのも、その憂さをはらすためでござった。今少し金があればと、頭を悩ませていたおりでもあり、受け取るか否か迷ううちに、佐兵衛はいつの間にか、姿を消しておりました。巾着の中をあらためたところ、五十両もの大金が出てまいりました。どうしたものかと、途方に暮れつつ夜道を歩き回るうちに、入水しようとするあやのに、行き合った次第でござる。二十両で、人の命が助かるなら安いものと、ためらいもなく与えました。殿の仰せのとおり、後ろめたさややましさを少しでも軽くしよう、という胸勘定があったのは確かでござる。いずれにせよ、そのときも今も名乗りを上げられぬことは、お分かりいただけると存じます」

宿直部屋に、静寂が流れた。

平蔵も誠一郎も黙っているので、小源太は思い切って口を開いた。

「法泉寺で、佐兵衛を見かけてあとをつけたのは、口封じのために始末するご所存であった、ということでございますか」

進十郎が、ちらりと目を向けてくる。

「そうとられても、しかたあるまいな。手先を呼んで、始末するところを見せておけば、はっきりおれの手柄と認めてもらえる。だれも、真の理由など穿鑿《せんさく》する者は、おらんからな」

一度言葉を切ってから、自嘲めいた口調で付け加える。

「もっとも、殿は別でございますが」

そう言い捨てて、ゆっくりと立ち上がると、後ろ手に握った小刀を、前に出した。

小源太が立つより早く、誠一郎がずいと平蔵の前に踏み出して、盾になる。

「それを捨てよ、進十郎。沙汰がくだるまで、神妙にいたせ」

進十郎は、それが耳にはいらなかったごとく、ゆっくりと部屋を横に移動して、土間に面した障子を開いた。

はだしのまま土間に飛びおり、向き直ってその場に正座した。腰の大刀を左手で抜き、体の前にぴたりと置く。

「土間をけがすこと、どうかお許しのほど」

そう言い捨てると、無造作に手にした小刀の刃を、右目に突き立てる。

「伊原さま」

小源太が、あわてて呼びかけたときには、もう遅かった。

くう、とかすかなうめき声を漏らしたものの、進十郎は顔を朱に染めながら、上体をまっすぐに保とうと、必死にもがいた。

平蔵の声が飛ぶ。

「誠一郎」

誠一郎は、それに応じるように無言で身を躍らせ、土間に飛びおりた。

抜く手も見せず、腰をひねって大刀を一閃させるや、進十郎の胸に突き立てる。

進十郎は、体を突っ張らせたものの、倒れはしなかった。

誠一郎は、息が詰まるほど刀の柄を握ったまま、動かずにいる。

進十郎の口から、かすかに声が漏れた。

「母、母を」

やがて、誠一郎は左手で懐紙を束のまま取り出し、進十郎の胸に押し当てた。

懐紙はたちまち、赤く染まった。

われに返った小源太は、土間に駆けおりてそばに膝をつき、自分の懐紙を取り出して、進十郎の傷口に添えた。

誠一郎が、ゆっくりと刃を引き抜く。

懐紙は赤く濡れそぼったが、もはや血は飛び散らなかった。

＊

「それでは、どうしてもあのおかたは名乗りを上げられぬ、との仰せでございますか」

落胆のあまりか、あやのの顔に暗い陰りが差す。

美於は深ぶかと、頭を下げた。

「はい。申し訳ないことでございますが、あのおかたがさように申しておられます。ただし、ご新造さまに二十両をご用立てしたことは、確かに覚えているとのことでございました。それをもってご料簡《りょうけん》くださいますよう、わたくしからもお願いいたします」

ここ〈鈴善〉の奥の間は、広びろとした庭が一望のもとに見渡せる、すばらしい眺めに恵まれていた。

しばらく考えたあと、あやのがきっぱりと言う。

「よろしゅうございます。あのおかたが、さように仰せになりますならば、わたくしもこれ以上は申しませぬ。ただ、ここに用意いたしました二十両だけは、なんとしてもお受け取りいただきたい、と存じます。あなたさまにお預けいたしますゆえ、どうかあのおかたにお渡しくださいますよう、お願いいたします」

美於は、畳の上の袱紗《ふくさ》につつまれた小判の包みを、少しのあいだ見つめていた。

伊原進十郎は、一年前に長患いの妻をなくしたものの、組屋敷にはまだ床に臥せった老母が、残されている。進十郎の、すでに嫁いだ妹が世話を続けているが、何かと物入りなことは明らかだ。

長谷川平蔵から、ひそかに見舞金が渡されたとの話だが、金はいくらあっても邪魔にはならない。

美於はすなおに、頭を下げた。

「それでは、確かにこの二十両、お預かりいたします。今度ばかりはあのおかたも、すなおに受け取られる、と存じます。進十郎さまになり代わりまして、厚く御礼を申し上げます」

そう言ってから、はっと気がつく。

一瞬、あやのの顔に浮かんだ驚きの表情が、すぐにくったくのない笑みに変わった。

「それでは、その進十郎さまとやらに、くれぐれもよろしくお伝えくださいませ」

美於は〈鈴善〉の店先から、にぎやかな浅草田原町の通りに出た。

小春日和、と呼ぶにはすでに遅すぎる季節だが、師走とは思えぬ暖かい日差しに、なぜか心も温まる思いがした。

深川油堀

一

年が明けて、寛政五年の二月。

佐古村玄馬《さこむらげんば》は、与力の香山利右衛門《かやまりえもん》と前後して、寒風の中を霊岸島の新堀の脇を抜け、永代橋《えいたいばし》を渡りにかかった。

すでに中旬を過ぎ、そろそろ桜も咲こうかという時期なのに、身を切るような寒さだ。これで雨でも降れば、雪になるのではないかと思うと、気がめいってくる。編笠をかぶっているのが、せめてもの救いだった。

この日の昼過ぎ、本所の役宅を出た利右衛門と玄馬は、麹町、番町まで足を延ばし、お城の南側をぐるりと見回って、帰途についたところだった。

市中見回りは、日本橋を挟んで府内をほぼ南北二つに分け、交替で行なうことになっている。火盗改は今、本役の長谷川平蔵《はせがわへいぞう》とともに、太田運八郎《おおたうんぱちろう》が加役を務めており、この月は北側が太田組、南側が長谷川組の受け持ちだった。

南側のほかの地域は、与力大野木伝兵衛《おおのぎでんべえ》と同心南村慎吾《みなみむらしんご》の組、与力藤波昌兵衛《ふじなみしょうべえ》と同心飯田尚太郎《いいだなおたろう》の組が、それぞれ見回りをしている。麻布や青山を見回るので、たとえ異状がなくとも、役宅へのもどりは日暮れになるだろう。

両国橋の東側も、竪川《たてかわ》を挟んで北側を太田組が引き受け、南側の南本所や深川一帯を長谷川組が受け持つ。この日は、安吉九郎右衛門《やすよしくろうえもん》と今永仁兵衛《いまながにへえ》が、回っている。柳井誠一郎《やないせいいちろう》と俵井小源太《たわらいこげんた》は、非番だった。

橋を渡りながら、玄馬は編笠のふちを目の高さまで上げ、十間《けん》ほど前を歩く手先の銀《ぎん》松《まつ》を、ちらりと見た。

銀松は、先の方に銭緡《ぜにさし》の束を結んだ、棒をかついでいる。この日は、銭緡売りの格好で、見回りの供に出たのだ。

銭緡は、細くより合わせたじょうぶな麻紐で、穴あき銭を一まとめにするのに使う。ただ、押し売りをする者が多いため、どこでも煙たがられる商売だ。

もっとも銀松の場合は、それを売るのが目当てではないから、何かと長話をして噂を集めるには、ちょうどいい拵《こしら》えともいえる。

橋の半分ほどに差しかかったとき、銀松がかついだ銭緡の束をくるり、と一度回した。注意を促す合図だ。

玄馬は編笠の下で、あたりに目を配った。

銀松が、小さく右へ首を動かす。

玄馬はさりげなく、そちらを横目で見た。

橋の東詰めから、大工道具の箱らしいものをかついだ、職人ふうの男が威勢のいい足取りで、やって来る。たまたま、男の前後に人はいない。

銀松の小さな動きは、その男に注目せよという意味に、受け取れた。

紺地の裾《すそ》に、白い波模様を散らした半纏《はんてん》を着込み、黒いぱっちをはいている。見たところ、大工職と思われる、三十半ばの男だ。

男は、橋上の風をまともに受けて目を細め、口をぐいと引き結んでいる。そのため、だいぶ面立ちがゆがんでいるが、とがった頰骨と張り出した顎《あご》だけは、見てとれた。腰に差した煙草入れが、ぶらぶら揺れている。

男が、橋の右側を通り過ぎるなり、銀松は足を止めた。

それから、忘れものでもしたようなしぐさで、くるりと向きを変える。

せかせかと、橋をもと来た方へもどりながら、銀松は玄馬に目でうなずきかけた。職人ふうの男を追うつもりだ、と察しがつく、
玄馬は瞬《まばた》きだけで応じ、そのまま歩き続けた。

振り向かずに足を緩め、利右衛門が並ぶのを待つ。

追いついた利右衛門が、歩きながら小さく声をかけてきた。

「銀松のやつ、今すれ違った職人ふうの男を、追うつもりらしいな」

「そのようでございます。これは何か、ありそうな気がいたします。わたくしだけでも、二人のあとを追うことにいたしましょうか」

玄馬が言うと、利右衛門は少し間を置いた。

「よし、そうしてくれ。おれは先に、役宅にもどっている。何か異変があれば、銀松を役宅へ使いにもどせ。詳しくは、あとで聞こう」

「それでは、のちほど〈めぬきや〉で落ち合うことに、いたしませぬか」

本所の役宅に近い、居酒屋の名前だ。

「分かった」

利右衛門が応じて、そのまま歩きつづける。

玄馬はゆっくりと、きびすを返した。銀松のあとを追い、橋をもどって行く。

銀松はすでに五、六間先を歩いており、さらにその先に目当ての男が見える。

道具箱をかついだ、半纏の背中に白い丸に囲まれた〈三〉の字が、染め抜かれている。

歩きながら、銀松が豆絞りの手ぬぐいを出して、頬かむりをした。

風よけというよりも、あとをつけている男が振り返った場合、顔を見られぬための用心、と思われた。

だとすれば、二人は互いに見知った同士、ということになる。

もと掏摸《すり》の銀松は、以前長崎から稼ぎながら江戸へやって来たとき、兄夫婦に何か土産物でも買おうと、すれ違った玄馬の財布をすり取った。

あざやかな手口で、玄馬はすられたことにまったく気づかなかったが、一緒にいた同役の俵井小源太が、それを見破った。

銀松は、その場でつかまり、役宅に連行された。

玄馬は、過去に掏摸を捕らえたことが何度もあり、抜き取るわざを見破る眼力については、並なみならぬ自信を持っていた。

ところが、銀松にはまんまと自分の財布を抜き取られ、自慢の鼻をへし折られてしまった。

一方、銀松もふだんの用心深い仕事ぶりから、それまで一度もお縄になったことがなかった。そのため自信が崩れ、すっかり落ち込んだようだった。

それでいやけが差したものか、玄馬に掏摸の手口を洗いざらい、しゃべってしまった。手の内を明かした銀松は、もはや掏摸を続けることはできぬ、と観念したらしい。

その神妙な様子を見て、玄馬は火盗改の手先にならぬか、と持ちかけた。

承知すれば、罪を免《まぬが》れると知った銀松が、一も二もなく承知したことは、言うまでもない。

銀松は、文字どおり手先が器用なだけでなく、小柄ですばしこかった。

その上、一度見聞きしたことを細かく、正確に思い出せる才能からしても、手先の仕事にはぴったりだった。

玄馬の目に狂いはなく、これまで銀松の働きでいくつもの火つけ、盗賊の犯人を捕らえてきた。

その銀松が、わざわざ逆もどりしてまで、あとをつけたくなる相手とは、どんな男だろう。

実際に、顔見知りなのか。

それともなんらかの勘が働いて、前を行く男にきなくさいものを、かぎつけたのだろうか。

玄馬は、男の姿を目の中に収めながら、銀松に気を集中した。

銀松ほどになると、つける相手を見失うようなへまは、決して犯さない。銀松さえ見ていれば、玄馬が男にまかれる心配はないのだ。

永代橋を渡ったあと、男は堀にかかる小さな橋をいくつか越え、北の方角へ向かった。

途中、男はさりげなく二度か三度、後ろに目を向けた。そのたびに銀松は、男がかつぐ道具箱の陰になるように、たくみに歩く位置を変えた。

七つ半に差しかかるころ、男は両国橋西詰めの浅草橋から、神田川を渡った。日はだいぶ西に、傾いている。

男は、さらに蔵前通りを北へ進み、途中左に折れて浅草寺《せんそうじ》の横手に出た。そこを右に曲がり、浅草寺の末寺が立ち並ぶ道を、ひょいひょいと歩いて行く。

日暮れが近く、往還の人通りはだいぶ減ってきたが、両側に末寺を控えた門前町まで来ると、また少しにぎやかになった。

門前町のあいだに、それぞれの末寺に通じる通路の入り口があり、男はその一つにはいって行った。

銀松は、足を速めてその入り口まで行くと、逆に足を緩めて奥をのぞきながら、前を通り過ぎた。

すぐに、二、三間先の茶屋の前で足を止め、わらじの紐を結び直す。

少し遅れて、玄馬も通り過ぎながら通路の奥に、さりげなく目を走らせた。

突き当たりの山門に、〈延命院《えんめいいん》〉と書かれた門札が出ているのが、かろうじて見えた。

例の男の姿はなかった。

玄馬はそのまま、わらじの紐を結び直した銀松のあとを追って、歩き続けた。

銀松は、一つ先の末寺につながる通路に、はいって行く。別の茶屋と、土産物を売る店のあいだの道だ。

そこへ曲がり込むと、〈徳応院《とくおういん》〉と門札の出た末寺の手前で、銀松が待っていた。

玄馬を見ると、銀松はかたわらに立つ杉の古木の陰に、すっと身を引いた。

玄馬も、それに続く。

「あの男は、どうした。延命院に、はいったのか」

「いえ、延命院じゃござんせん。通路の中ほどに矢場《やば》、上方《かみがた》で言う楊弓場《ようきゅうば》でござんすが、そこにへえりやした」

「楊弓場だと。寺の門前に、そんなものがあるのか」

銀松は首筋を掻き、面目なさそうに言う。

「矢場にゃあ、矢取りとか矢返しの看板女がおりやして、これがつまり客のお相手を務める、というわけでござんす。ここいらにゃ、生臭坊主がごまんとおりやすからね。女を連れ出して、近場の出合茶屋などへ引っ張り込む、という寸法で」

玄馬は苦笑した。

矢場は体《てい》のいい、女郎の置屋のようなものだ。

「道具箱をかついで、女遊びとは粋な野郎だな。なんてえ矢場だって」

「矢場一、と袖看板が出ておりやした」

「矢場一だと」

驚いて、おうむ返しに言う。

浅草の矢場一といえば、確か同役の今永仁兵衛つきの手先、可久《かく》が働いている矢場ではなかったか。

玄馬の顔色を見て、銀松も思い出したように続けた。

「そう言やあ、矢場一はお可久がいる矢場じゃあ、ござんせんかい。確か、つなぎの場所に、なっているはずで」

「そうだ。おれも仁兵衛から、そう聞いているぜ」

可久に用があるときは、役宅の小者が矢場一へ飛んで行って、つなぎをつけるという。

「だとしても、まさかあいつがお可久に会いに行った、とは思えやせんがね」

首をひねる銀松に、玄馬はあらためて聞いた。

「つまりはおまえ、あの男を知ってるんだな」

「へい。梵天《ぼんてん》の善三《ぜんぞう》という、大工上がりのけちな掏摸でござんす。知り合ったのは五、六年前、あっしが長崎から江戸へやって来る、途中のことでござんした」

銀松の話によると、川崎の宿場で善三が掏摸を見破られ、危うくつかまりそうになるところを、助けてやったのが縁だという。

そのいきさつは、こういうことらしい。

込み合う問屋場に差しかかったとき、銀松は前を歩く大工とおぼしき職人、つまり善三が、向こうからやって来る商人《あきんど》らしい男と、ぶつかるのを見た。

その拍子に、善三がかついでいた道具箱が、肩からすべり落ちた。蓋《ふた》がはずれ、中の道具が飛び出して、路上に散乱した。

銀松は、散らばった鑿《のみ》や鋸《のこぎり》を拾い集めようと、そばに駆け寄った。

しかし、善三は道具を拾いにかかるどころか、商人の胸ぐらをつかんだ。わざとぶつかりやがって、などと声高にののしりながら、乱暴に揺さぶり立てる。

相手が悪いと見たのか、商人はわびを言いながら善三の手を逃れ、道具類を拾い集める銀松に、手を貸してきた。

そのとき、すでに銀松は善三が商人を揺さぶりながら、相手のふところから財布を抜き取ったのを、見抜いていた。

善三はぶつぶつ言いながら、二人に加わって道具を拾い始めた。

銀松は、善三の手の動きを、横目でうかがった。善三は取り上げた鋸の下に、抜き取った財布をすばやく隠し、箱の中にすべり込ませた。

それを見た銀松は、善三の目がほかへ移ったすきに、その財布を箱から抜きもどして、ふところに入れた。

そのときには、まわりにいた者たちも手を貸し始め、人だかりができていた。だれも銀松の早わざに、気がつかなかった。

善三も、それを見過ごしたまま、道具箱に蓋をした。

それを肩にかつぎ、捨てぜりふを残して、その場を離れようとした。

すると、何げなくふところに手を入れた商人が、財布がないことに気づいたらしく、にわかに騒ぎだした。

同時に銀松は、その騒ぎに巻き込まれるのを避け、さっさと人込みにまぎれて、そのまま街道を先へ急いだ。

背後で、どなったり叫んだりする声が聞こえたが、ほうっておいた。

それから半時ほどのち、銀松が川崎宿と品川宿とのあいだにある、六郷の渡しの茶屋で休んでいると、善三が追いついて来た。

掏摸がばれて、一悶着《ひともんちゃく》あったことは間違いないが、肝腎の財布が見つからないため、お縄にはならずにすんだのだろう。

銀松を見ると、善三はむろん顔を覚えていたとみえ、声をかけてきた。さすがに、銀松に財布を抜かれたと見当をつけて、談じ込もうとしたに違いない。

銀松は、そのつもりで待っていたこともあり、人のいない奥の小上がりに善三を誘い込んで、あっさり財布を引き渡した。

それで、善三もすぐさま銀松を同業の者、と悟ったらしい。掏摸仲間では、ひとがすったものを横取りしてはならぬ、という仁義があるのだ。

正式に名乗りを上げて、梵天の善三は助けてくれた礼と称して、財布の中にあった十両のうちの半分を、気前よく銀松に差し出した。

しかし、銀松はその中から小判を一枚だけ抜いて、あとは受け取らなかった。

それをきっかけに、二人は六郷の渡しから舟に乗って、玉川を越えるまで道連れになり、よもやま話に花を咲かせた。

善三は、ひとに聞かれても怪しまれぬよう、闇の世界の符丁をちりばめながら、あれこれとしゃべり立てた。

その話によると、善三は掏摸で稼ぎながらあちこちの町を回り、ときには大工で身につけた知恵やわざを生かし、盗っ人の下働きも務めているという。

「いつかこの借り、お返しいたしやすぜ」

渡し舟をおりたあと、善三はそう言ってどこかへ姿を消した。

それを最後に、銀松は善三と今日まで一度も会うことなく、月日が過ぎた。

しかし、物覚えのいい銀松は先刻永代橋で、すれ違うより早く善三の顔を認めて、玄馬に合図を送ったのだという。

延命院の入り口の茶屋に移り、そんな話を聞きながら、善三なる男を待った。

およそ四半時もたったころ、延命院への通路の入り口に、その善三が出て来た。

しかし善三は、一人ではなかった。

その後ろから、ついさっき話に出たばかりの可久が、姿を現した。

二

佐古村玄馬は、軽く眉をひそめた。

可久は、黒と白の二つの格子模様を組み合わせた、粋な小袖を着ていた。

いつもそうだが、長い髪をきちんと結い上げぬまま、後ろで無造作に丸めただけだ。女にしては大柄で、背丈はそのあたりの男と、さして変わらない。

善三と可久は、玄馬たちがいる茶屋に背を向け、浅草寺の横手へ向かった。

「こいつは、ひょうたんから駒だ。まさか、あの善三がお可久と顔見知りだったとは、思いもよらねえこってござんした」

銀松が、しんから驚いたという口調で、そう言う。

玄馬は茶代を置き、座台から立ち上がった。

「そうとも限るまい。とにかく、あとをつけてみようぜ」

「お可久がもどってから、ゆっくり話を聞いた方が、いいんじゃござんせんかい」

「いや。お可久が正直に話すかどうか、分からんからな。善三が、お可久と顔見知りなのかどうか、それだけでも見届けよう」

むろん、ただ遊び相手を探しに来た善三に、誘い出されただけとも考えられる。矢場で働くからには、そうしたことがからむという子細も、承知しておかねばならぬ。

善三は、銀松を見覚えているかもしれぬし、可久はむろん銀松のことも玄馬のことも、よく知っている。あとをつけるのは、けっこうむずかしい仕事だ。

玄馬は、先刻までと同じように銀松を先に立たせ、そのあとを追うことにした。

しかしそれも、長くは続かなかった。善三と可久は、浅草寺の横手から大川端に出るなり、近くの一膳飯屋にはいった。

玄馬は、かたわらの茶屋を顎で示して、銀松に言った。

「おれが見張っているから、才助《さいすけ》を探して連れて来い。この刻限なら、浅草寺の境内《けいだい》にいるかもしれねえ」

「へい」

銀松は、小さくうなずいて、足ばやにその場を去った。

同じ手先の才助は、もと錠前師として知られた盗っ人だが、盗みにはまったく興味がない、変わった男だった。鍵のかかった錠前を、手製の金具を使って破ることだけを、楽しみにしていた。

押し込みにはいっても、土蔵に行って錠前をあけるだけで、すぐに引き上げてしまう。あとは、もどって来た盗っ人一味から、なにがしかの礼金をもらうだけだ。お縄にしたあと、その額がたったの一両と聞かされて、みんな驚いたものだった。

手先になってから、才助は壊れた錠前をあける仕事を本業に、あちこちの商家を回ったり、路上に店を出したりしながら、さまざまな噂を聞き込んでくる。

ほどなく銀松が、才助を連れてもどって来た。

やはり、浅草寺で出店を開いていたとのことで、諸道具のはいった小さな箱を、手にさげている。

才助は、まだ三十そこそこの、背の曲がった小男だ。仕事をするとき、錠前に顔がくっつくほど、目を近づける癖がある。かといって、ひどい近目かと思うと、そうではない。夜目遠目もまた、並の者よりはるかにきく。

三人は茶屋に腰を据えて、可久たちがはいった一膳飯屋を見張った。

暮れ六つの鐘が鳴り、さらに四半時ほどして、可久が一人で店から出て来た。

玄馬が編笠を傾け、葭簾《よしず》の陰から様子をうかがうと、店先の行灯《あんどん》に浮かんだ可久の顔が、いつも以上に険しさを増している。

少なからず、剣呑《けんのん》なにおいがした。

玄馬は、才助にささやいた。

「お可久のあとをつけろ。どこへ行こうと、矢場へもどるまで目を離すんじゃねえぞ。まっすぐ矢場へもどっても、それから一時か一時半ほどは、見張りを続けるんだ。夜になって、どこかへ出向くかもしれねえし、だれか訪ねて来るかもしれねえからな」

「おれは九つまで、〈めぬきや〉で待つことにする。何もなくても、沙汰を上げに来てくれ」

「のみ込みやした」

「へい」

才助はそのまま茶屋を出て、もと来た道をもどって行く、可久のあとを追った。

目をもどすと、煙草を一服するほどの間をおいて、善三が一膳飯屋から出て来た。

道具箱をかつぎ直し、あたりにちらりと目を配る。それから、玄馬たちに背を向けて、可久とは反対の方角に、歩き出した。

「銀松。あいつの行く先を突きとめろ。場合によっちゃあ、たまたま出くわしたようなふりをして、声をかけてみてもいいぞ。何かたくらんでいるなら、おまえを助《すけ》っ人《と》に引っ張り込もうと、話を持ちかけてくるかもしれねえからな」

「分かりやした」

銀松も、茶屋を飛び出して行く。

玄馬はそのまま、本所竪川にかかる三ツ目の橋南筋の、役宅にもどった。

門番の和助《わすけ》によれば、今村仁兵衛はまだ近辺の外回りから、もどっていないそうだ。

香山利右衛門は、一度もどって来たものの、少し前にまた出て行った、という。

仁兵衛がもどったら、〈めぬきや〉へ来るように和助に言《こと》づけ、玄馬は役宅の前の道を、南に向かった。

突き当たりに、肥後細川家の抱え地なるものがあり、そこは江戸詰の家士の隠居や、町医者、あるいは能や歌舞伎の役者などが住む、代地《だいち》になっている。

その一郭を東へ向かい、角を曲がってぐるりと反対側へ回ると、深川富川町の南側に出る。〈めぬきや〉は、そのとっつきにあった。

路地の奥にある裏口の、狭い土間から裏階段を二階へのぼる。そこに、火盗改専用の隠し部屋が、用意されていた。

利右衛門は先に来ており、すでに山菜の味噌漬けを肴《さかな》に、燗酒を飲んでいた。

玄馬も、一杯だけ相伴《しょうばん》にあずかってから、梵天の善三と可久の一件を、手短に報じた。

「おっつけ、銀松と才助がここへ沙汰を上げに、やって来るはずでございます」

話を締めくくると、利右衛門は穏やかな丸顔を少し傾け、独り言のように言った。

「ふうむ。そやつが、お可久を外へ連れ出した、とな」

「矢場勤めでもあり、お可久はそうしたことをいとわぬ女子《おなご》ゆえ、善三はただの行きずりの相手、というだけかもしれませぬ」

「だとすれば、おれたちがとやかく言うことも、あるまいな」

「しかしながら、もし以前からの顔見知りとすれば、捨て置くわけにはまいりますまい。悪事の相談ということも、考えられますすゆえ」

「そのときはお可久がみずから、あしたにでも沙汰を上げてくるだろう」

利右衛門の言葉に、玄馬はあからさまに首をかしげて、疑問を呈した。

「ほかの手先ならばともかく、お可久についてはかならずしも当てにできぬ、という気がいたします」

「仁兵衛に任せておけば、いいではないか。お可久のやつ、仁兵衛には本音を吐くようだからな」

「はい。わたくしもそう思いまして、仁兵衛が外回りからもどりしだい、ここへ来るように伝えよと、和助に言づけをしておきました」

そうこうするうち、早ばやと銀松がやって来た。

銀松によると、善三は浅草橋を渡って馬喰町《ばくろちょう》へ行き、立ち並ぶ多くの旅人宿《りょじんやど》の一つ、三松屋《みまつや》なる旅籠屋《はたご》にはいった、という。

利右衛門が、顎をなでる。

「大工道具をかついで、旅人宿とはうなずけぬな。しかも、職人姿のままであろう」

「へい、さようで。あっしもいっとき、善三が掏摸やこそどろ稼業から、流れ大工にもどったんじぇねえか、と思いやした」

銀松も、途方に暮れた様子だ。

玄馬は少し考え、銀松に言った。

「ご苦労だが、もう一度三松屋へもどって、見張りを続けてくれぬか。もし、善三が出て来るようなら、今度こそ知らぬふりをして久しぶりだな、とかなんとか声をかけてみろ」

「分かりやした。実は、そのあと矢場一の様子を見ようと、浅草へもどったんでござんすよ。すると、延命院の入り口の例の茶屋に、才助がおりやした。なんでも、お可久はあれからまっすぐ、店へもどったそうで」

玄馬は、銀松の顔を見直した。

「どこへも、回らずにか」

「へい。才助はそのように、申しておりやした。それであっしは、才助に馬喰町の三松屋へ回って、善三を見張るように言ったんでござんす。矢場へもどったからにゃ、お可久はもう動かねえと思いやしてね。ふだんは、矢場の裏で寝泊まりしている、と聞いたんで」

利右衛門が、満足げにうなずく。

「おう、それはいい手配りだぞ、銀松。どちらにしろ、もう一度馬喰町へもどって、才助と一緒に善三を、見張ってくれ。まさかきょうの今夜、だいそれた仕事をするとは思えぬが、お可久が関わっているとなると、ほうってもおけまいからな」

玄馬は、急いであるじの八十吉《やそきち》に、握り飯を二人分用意させた。

それと、竹筒に入れた酒を銀松に持たせて、馬喰町へ送り出す。

三

売僧《まいす》の潜竜《せんりゅう》は、盃を持つ手を止めた。

外の廊下に、軽い足音の気配がして、小さな声が聞こえる。

「おれだ。ついさっき、もどった」

梵天の善三の声だった。

「はいっていいぞ」

障子が開き、善三が職人姿のまま、はいって来る。

「まあ、一杯やってくれ」

潜竜は、善三が前にすわるのを待って、銚子を取り上げた。

盃に酒を注ぐと、善三はそれを一気にあけ、ふうと息をついた。

「どうでえ、首尾の方は。まずは恵覚寺《けいかくじ》の方から、話を聞かせてくれねえか」

潜竜は、すぐに善三の盃を満たしながら、催促した。

善三は、盃に軽く口をつけ、おもむろに言った。

「恵覚寺は、仙台堀のすぐ横手にあるから、逃げるときは舟で大川へ抜けられる。ただ、近くの本所三ツ目の橋の南筋に、長谷川平蔵の役宅があるのが、目障りでいけねえ」

「それはおれも、ようく承知しているぜ、梵天の。ただ、おれはどうでも恵覚寺の貞道《ていどう》和尚めを、ほうってはおけねえのだ。何度でも言うが、恨みをはらさずにおくものか」

「それはおれも、よく分かってるつもりよ。ただ、なんといっても本所深川界隈《かいわい》は、火盗改の役宅の庭先だ。お膝元で何かありゃあ、やつらにとってとんでもねえ恥さらし、ということになる。それであの界隈は、どこよりもやつらの目が厳しい上に、見回りもまめだという噂だ。捕物の出足にしても、恐ろしく早いに違いねえ」

「だが、そいつをそらす手が、かならずあるはずだ」

何がなんでも、やってのけなければならない。

潜竜にすれば、年月がたつにしたがってますます、貞道に借りを返さずにはおけぬ、との思いがつのってきた。今やそれが、執念と化している。

潜竜はもとの名を与茂吉《よもきち》といい、十年前まで恵覚寺で寺男をしていた。

和尚の貞道は、無類の女好きだった。おしのびで、たびたび吉原がよいを繰り返していたが、それでは飽き足らなくなった。

そこで、目をつけた檀家の妻女を手当たりしだい、寺に引っ張り込みにかかった。与茂吉はその手引きを、させられていたのだ。

夜がふけると、貞道は境内の隅にある与茂吉の小屋で、女を抱く。そのあいだ、与茂吉は本堂に隣接した物置に閉じこもり、事が終わるのをじっと待つのだった。

十年前のそうしたある夜、おそらく暁八《あかつきや》つをとうに過ぎていたが、寝間着姿の貞道があたふたと、物置にやって来た。

貞道は手触りで小判、と分かるものが詰まった袱紗《ふくさ》袋を、与茂吉に押しつけてこう言った。

「何も聞かずに、たった今これを持って、江戸を離れるがいい。ちょっとした手違いがあって、おまえをここに置いておくことが、できなくなったのじゃ」

わけが分からなかったが、与茂吉も恵覚寺に長く勤める気はなく、やめどきを計っているところだった。それに、袋の中に少なくとも二、三十両ははいっていそうな、感触があった。

そこで、与茂吉は詳しい話も聞かずに、そのまま寺を出奔《しゅつぽん》した。

とりあえず中山道をのぼったが、手形がないため碓氷《うすい》の関所を越えられず、安中《あんなか》まで行って足を止めた。

袱紗の中には、見込みを上回る五十両もの大金が、はいっていた。それを見て、さすがにただ事ではない、と察しがついた。

悪事を働いた覚えはないが、もともと用心深いたちだったから、手にした大金をはでに遣うような、ばかなまねはいっさいしなかった。

やむなく托鉢僧に身をやつし、安中から始まってあちこちの町や村を、放浪するはめになった。門前の小僧ではないが、恵覚寺にいたころ耳で覚えた念仏が、役に立った。

五十両は、確かに遣いでのある大金だったが、博奕《ばくち》や女郎買いにのめり込んだため、一年足らずで遣いきってしまった。

その結果、行く先ざきで追い落とし、追いはぎやこそどろを、働くようになった。しまいには、盗っ人の一味に加わって押し込みを働き、なんとか食いつないできた。ことに、寺に押し込むときの手順に詳しいことから、盗っ人仲間には重宝されたものだ。

しかし、年とともにそうした暮らしもつらくなり、半年前に江戸へ舞いもどって来た。それとなく、恵覚寺の消息を探ってみたところ、自分の噂を聞いて死ぬほど驚いた。

十年近く前、与茂吉という寺男が大店《おおだな》の妻女を、自分の小屋に引き込んだ。そのおり、まぐわいの戯れの行き過ぎか何かで、相手を絞め殺してしまった。

あげくに与茂吉は、自分の小屋に死体を放置したまま、住職の手文庫から大金を盗み出して、姿を消したというのだ。

与茂吉の生まれ故郷、甲州道中の韮崎《にらさき》をはじめ全国に手配書が回り、今でも探索が続けられているらしい。

それが、実はだれのしわざかを知る者は、与茂吉しかいない。貞道は、自分の醜行を与茂吉のしわざに仕立てて、その筋に訴え出たに違いなかった。

ほかの寺僧の中に、日ごろの振る舞いから貞道を疑う者も、少しはいたはずだ。とはいえ、明確な証拠があるわけではないし、貞道の意にそむく勇気がある者は、だれもいなかったのだろう。行方をくらました寺男、与茂吉のしわざにしておけば、万事まるく収まるという寸法だ。

潜竜にしても、今さら与茂吉にもどって、恐れながらと訴え出たところで、身の証しを立てることはできない。

だれにも知られぬように、けじめをつけるしか手立てはない、と肚《はら》を決めた。場合によっては、貞道と刺し違えてもよいとさえ、思っている。

梵天の善三とは、一年ほど前に東海道の三島の賭場《とば》で、知り合った。すかんぴんになった善三に、たまたまばかづきした潜竜が仏ごころを出し、駒を回してやったのが、きっかけだった。

結局善三は、その駒もすってしまった。

賭場を出たあと、善三は宿場の中を何度か行ったり来たりして、旅人たちのふところから財布をかすめ取り、借りた金をそっくり潜竜に返した。

それでなんとなく気が合い、きょうまで二人はずるずるとつかず離れず、行をともにしてきた次第だ。

善三は、本職が大工だけに器用な男で、高いところをのぼりおりするのはもちろん、手先の小細工も得意だった。

櫓《ろ》や棹《さお》で、舟を巧みに操ることもできれば、馬もそこそこに乗りこなす。矢も射るし、鉄炮を撃ったこともあるという。

塀を乗り越えて、屋敷に忍び込むことなど、朝飯前の仕事だ。

その善三が言う。

「実は、手立てがねえでもねえ」

潜竜は、じっと善三の顔を、見返した。

にわかに、ぴんとくる。

「おめえ、きのう昔なじみの女を見かけて、あとをつけたと言ったな」

善三が、苦笑いをした。

「ああ、言ったとも。見当がついたか」

「まあな。その女を使って、何か仕掛けようという魂胆だろう」

「図星だよ、潜竜どん。そいつはおれと同じ、下総鎌ヶ谷《しもうさかまがや》の生まれでな。おカクというのよ」

「おカク、だと」

「可もなし不可もなしの力に、久しぶりのクと書くのだ」

「なるほど、お可久か。いってえ、どういう素性の女だえ」

「侍をやめて、田舎に引っ込んだ浪人者の、一人娘だった。母親は若死にしたが、父親は寺の本堂を借りて、村の子供たちに手習いを教えていた」

「ほんとか。百姓は子供に、字を習わせたりしめえ」

「ところが、そうでもなかったのよ。お可久の父親は、字ばかりじゃなく天文や気象、つまり雨や雪や風向きのことも、よく知っていた。それが、けっこう畑仕事にも役立ったから、親は喜んで子供を習いに行かせたもんだ。実はおれもがきのころ、その一人だったわけよ」

「すると、その女もちっとばかり学のある、扱いにくいあまだな」

潜竜の指摘に、善三がうなずく。

「確かに、そのとおりだ。がきのころから、のらくら者の賭場へ出入りして、博奕になじんでいたっけ。そのお可久が、十五、六のときに庄屋の息子のがきをはらんで、大騒ぎになったのよ」

潜竜は、鼻で笑った。

「ま、よくある話だな。それで、どうした」

「庄屋は、おろさせようとやっきになったが、お可久の父親は娘の意を汲んで、生ませようとした」

「ほう。話の分かる浪人じゃねえか」

貞道の一件から、妙な方向へ話がそれてしまったが、潜竜は先が聞きたくなったので、合いの手を入れた。

善三が続ける。

「結句、お可久は早産するはめになったんだが、生まれた赤子を庄屋が父娘から奪い取って、始末しちまったのよ。あげくはお可久父娘を、村から追い出しにかかった。父親はそれを拒んだが、大雨の夜に村の用水路で溺《おぼ》れ死んじまった。あれは雨のせいでも、闇のせいでもねえ。庄屋の差し金に、ちげえねえんだ」

「残ったお可久はどうした」

「村をおん出て行ったよ。それきりおれも、お可久とは会わなかった。きのうの夕刻、浅草寺の境内でたまたま、見かけるまではな」

「よく、お可久と分かったな」

「当たりめえよ。お可久は娘のころから、飛び切りのべっぴんだったからな。少し険《けん》が出ていたが、見忘れるもんじゃねえ」

「それで、あとをつけた、と」

「そうだ。浅草寺裏の矢場で、看板女をしていると分かった」

潜竜はわけもなく、憮然とした気分になった。

「落ちぶれたもんだな。矢場の看板女といやあ、安女郎まがいの仕事だろう」

善三が、目を光らせる。

「かもしれねえが、そんな仕事にゃあもったいねえほど、いい女になっていたのよ」

潜竜は苦笑した。

「おいおい、いいかげんにしろい。その女をどう使うのか、そいつを聞かせてくれ」

善三は、われに返ったように照れ笑いをして、盃をあけた。

「そんなに、せかすんじゃねえよ、売僧の。おめえ、そのくそ坊主を始末するついでに、貯め込んだ金を頂戴してくるつもりだろう」

「もちろんよ。千両箱とまではいかねえが、どさくさまぎれに二、三百両は、持ち出せるだろう」

「よし。間違っても、そのくそ坊主の息の根を止める段になって、おじけづくんじゃねえぞ。おれも、分け前がほしいからな」

「おれに、人殺しの濡れ衣をきせやがったやつに、手かげんなんぞするもんか。そんなことより、火盗改の目をくらます方を、きっちりやってもらうぜ」

「おうとも。任せておけ」

潜竜は、善三を見つめた。

「どうやるつもりだ」

善三が、にっと笑う。

「それは、言わぬが花ってもんよ」

四

安吉九郎右衛門とともに、今永仁兵衛が〈めぬきや〉にやって来たのは、五つ半ごろだった。

銀松はすでに、才助を助けて三松屋を見張るために、馬喰町へもどっていた。

佐古村玄馬は仁兵衛に、その日の外回りでのいきさつを、詳しく話して聞かせた。

話が終わると、香山利右衛門が問うた。

「そんな次第で、その梵天の善三なる掏摸が、矢場一からお可久を連れ出して、何か密談したらしいのだ。そのことでおぬし、何か心当たりはないか」

仁兵衛が、困惑した顔で応じる。

「あいにくお可久から、さような掏摸の名を聞いたことは、一度もございませぬ。ほかでも、耳にした覚えのない名前でございます」

それから、玄馬を見て聞き返した。

「佐古村さんの目には、その善三なる男とお可久が、いかにも親しげに見えた、ということでございますか」

玄馬は、鼻をこすった。

「いや。おれが見たのは、二人が一緒に一膳飯屋にはいる、後ろ姿だけよ」

仁兵衛が、顎を引き締める。

「もし、それが初対面のようであれば、お可久がそやつを客に取った、ということでございましょう」

事もなげな口調だったが、声が少し硬くなっていた。

玄馬は、ちょっと口ごもった。

どちらにせよ、手先の可久に疑いをかけるような、含みのある問いを仁兵衛にぶつけるのは、気が進まなかった。

「それはいささか、考えすぎだろう。そもそも、近くの一膳飯屋で一儀に及ぶなど、ありえぬことよ。出合茶屋なら、ともかくな」

流れを変えようとすると、仁兵衛がなおも疑問を投げかける。

「しかし、酒を飲んでよもやま話をするだけ、とは思われませぬが」

「だから二人は顔見知りで、何か用談があったんじゃねえか、と思ったわけよ」

玄馬の意見に、仁兵衛はわざとらしいしぐさで、顎をなでた。

「だとしても、わたくしにはまったく、心当たりがございませぬ」

横から、九郎右衛門が口を出す。

「お可久を、見張らせる必要がありそうだな」

利右衛門は、腕を組んだ。

「銀松と才助は、三松屋の善三で手一杯だ。ほかの組の者を使うにせよ、手先に手先を見張らせるのは、心地よいものではなかろう」

仁兵衛は膝に手をつき、軽く頭を下げた。

「それでは、わたくしがこれから矢場一へまいり、お可久を問いただしてまいります。店は閉じても、お可久は小屋裏の部屋に、寝起きしておりますゆえ」

利右衛門が、手を上げる。

「そこまで、急ぐことはあるまい。明朝、役宅へ出仕する前に立ち寄って、それとなく聞いてみればよい」

仁兵衛は、顔を起こした。

「それとなく、というわけにはまいりませぬ。お可久は、知恵の回る女子でございます。

ありのままを話して、善三と何を話したか聞くのが、最善と存じます」

利右衛門が口を開く前に、玄馬は助け舟を出した。

「いかさま、仁兵衛の申すとおりでございましょう。あとになって、それがしや銀松につけられたと知れば、つむじを曲げるのは必定《ひつじょう》。初めから、ありのままを話してわけを聞く方が、あと腐れがないと存じます」

仁兵衛が、救われたようにうなずく。

利右衛門も、長くは考えなかった。

「では、仁兵衛の好きなように、するがよい。なんの掏摸一匹、善三なる男がたくらむことなど、たかが知れていよう」


翌朝。

今永仁兵衛は、本郷の組屋敷からそのまま浅草へ向かい、五つ過ぎに矢場一に着いた。

矢場一は、朝四つの鐘が鳴るまで開かないが、小屋の裏部屋に可久の姿はなかった。

あいにく、ここで寝起きしている女は、可久だけだ。となれば、ほかの女たちが出て来るのを待って、聞くしかない。

やがて、看板女が一人二人と、店に出て来た。

しかし、どの女も可久がどこへ行ったか、知らなかった。

やむなく、仁兵衛は矢場一を切り回す看板主、仙右衛門《せんえもん》が出て来るのを待った。

仙右衛門は五つ半にやって来たが、やはり可久がどこへ行ったか心当たりがない、とのことだった。

前夜、仙右衛門が金勘定と後片付けをして、矢場を出るときまでは間違いなく、裏部屋にいたという。

声をかけたところ、可久から返事があったそうだから、それは確かなようだ。

したがって、出て行ったのはそのあとか、遅くとも仁兵衛が来た五つより前、ということになる。

むろん仙右衛門は、仁兵衛が火盗改の同心であることも、可久がその手先を務めていることも、知らない。

仁兵衛にしても、仙右衛門の名は可久から聞いていたものの、まともに話したのは初めてだった。

そこにいてもらちが明かず、仁兵衛は浅草寺の境内へ回って、手先の勘次《かんじ》を探した。

勘次は、子供相手に手妻《てづま》のタネ本を売る香具師《やし》で、朝四つから境内で出店を開く。出店といっても、脚の長い折り畳みの小机に、白いさらしをかけ回しただけの、小さな演台にすぎない。

勘次は、車と屋根がついた蕎麦屋の屋台の前で、商売道具の演台を背負ったまま、おやじと立ち話をしていた。

仁兵衛は、松の木の陰から勘次の目をとらえ、顎をしゃくって合図した。

勘次がそばに来ると、急な用で可久を探していることを告げ、矢場一を見張るように頼んだ。

「もしかすると、矢場一には立ち回らぬかもしれぬ。とにかく、この境内でもどこでもいいから、可久を見かけたら首に縄をつけてでも、役宅へ引っ張って来てくれ」

そう言い置いて、境内を出た。

役宅へ向かいながら、仁兵衛は可久のふだんの暮らし、あるいは実の姿というものを、何一つ知らないことに思いいたった。

手先に使うのに、あえてそんなことを知る必要はない、という考えが初めにあった。それとともに、可久の扱いにできるだけ私情を挟まぬよう、用心していたこともある。そうでなくとも、可久には年若の仁兵衛をからかったり、鼻であしらったりする図太さがある。それがかえって、可久を近づきがたいものにしていた。

役宅に出ると、仁兵衛はまず安吉九郎右衛門に、声をかけた。

九郎右衛門は、すぐに香山利右衛門と佐古村玄馬を呼び、奥の書院にはいった。

仁兵衛は三人に、可久が矢場一からいなくなったことと、見かけしだい役宅へ連れて来るように、勘次に命じたことを告げた。

玄馬が、仁兵衛を見て言う。

「ゆうべ、香山さまが仰《おお》せられたとおり、流しの掏摸風情がさほどに、だいそれたことをたくらむ、とは思えぬ。ただ、可久がからんでいるのが、なんとも気になるな」

九郎右衛門はうなずいた。

「玄馬のいうとおりだ。実はゆうべのうちに、殿にこの件で沙汰を上げておいたのだが、念のため可久から目を離すな、との仰せであった。それにしても、夜中のうちに姿を消してしまうとは、いささか穏やかでない。お可久に、われらに知られたくない何かが、あるのやもしれぬな」

「もともと、お可久はほかの手先たちと違って、底の見えぬところがある。いつ、どこでわれらを出し抜くか、知れたものではないぞ」

ふだん穏やかな利右衛門が、厳しい口調で言う。

口を開こうとして、仁兵衛は思いとどまった。

何を言っても、可久をかばうことになりそうで、気が引けた。

九郎右衛門が、仁兵衛に目を向けてくる。

「仁兵衛。勘次だけに、お可久捜しを任せておいても、らちがあくまい。銀松と才助は、三松屋に張りついているから、動けぬだろう。ただちに、ほかの手先たちとつなぎをつけて、捜させることにせよ」

利右衛門も、うなずいた。

「逆に、お可久に身の危険が迫りつつある、ということも考えられる。すぐに、手配した方がよかろう」

可久について、さすがに言いすぎたと思ったのか、少し穏やかな口調にもどった。

「は」

仁兵衛は、いくらか救われたような気分で、すぐに席を立った。

「おれも手伝おう」

玄馬も立ち上がり、一緒に書院を飛び出した。

その日、体のあいた手先をすべて駆り出して、可久の捜索が行なわれた。

しかし、可久の行方はようとして、知れなかった。


夜の九つ少し前。

役宅に詰めていた仁兵衛と玄馬は、にわかに近くで鳴り出した半鐘《はんしょう》の音に、あわてて宿直《とのい》部屋を飛び出した。

庭へ出てみると、南西の方角の空が赤く染まっており、かすかに油のようなにおいが漂ってくる。

空を見ながら、玄馬が言った。

「永代橋の、東詰めのあたりだな」

「十町から十五町、というところでございましょう。しかし、この油のにおいは」

「昔、あのあたりには油の蔵が、並んでいたらしい。今でも、残っているかもしれん」

「そう言えば、大川につながる堀を油堀《あぶらぼり》、と呼んでおりますな」

仁兵衛が応じたとき、門につながる通路に光が差して、だれかが走って来た。

「佐古村さま、今永さま」

門番の、和助の声だった。

和助は、提灯《ちょうちん》を左右に揺らしながら、いっさんに駆けて来た。

「どうした、和助」

「西尾隠岐守《にしおおきのかみ》さま下屋敷のご用人が、緊急のご用とのことでございます」

言いもあえず、そのうしろから裁着袴《たっつけばかま》の侍が、和助を押しのけるように顔を出す。

「西尾家下屋敷の用人、山田太郎兵衛《やまだたろべえ》と申す。緊急の用でまいった。長谷川さまに、お取り次ぎ願いたい」

仁兵衛は、あわてて名乗った。

「火盗改の佐古村玄馬と、それがしは今永仁兵衛でございます。緊急のご用ならば、それがしらが承ります」

山田太郎兵衛と名乗った男は、四十半ばに見える太った男で、ひたいに大粒の汗をかいていた。

太郎兵衛は、右手に握り締めた紙を、二人に突きつけた。

「油堀の川面に、火の手が上がっております。油が流されたようでござる。それと前後して、この矢文《やぶみ》が屋敷の庭に、射込まれ申した。ごらんください」

和助が、提灯を胸元まで掲げる。

仁兵衛は紙を受け取り、玄馬と一緒にのぞき込んだ。

そこには、へたな字で次のようなことが、記されていた。

くわたう改に　つぐ
たたちに　深川はちまんうら手
アフラホリへ　行くへし
おかくを　助けたくは
夜明けまて　けして
手出しするへからす
もしそむけは　火矢にて
かはものアフラに
火を付くへし
火矢は　いつにても
いつこにても
放てるもの也
以上　たたちにくわたう改に
しらすへし

五

半鐘の鳴る音で、うとうとしていた香山利右衛門は、はっと目を開いた。

ついさっき、九つの鐘が鳴ったことを、思い出す。

鳴っている半鐘は、一つだけではない。遠いもの、近いものを合わせて三つか四つ、重なって聞こえる。

利右衛門は、宿直の与力として役宅の書院に、詰めていた。同役の、安吉九郎右衛門がやはり宿直で、敷地内の控室にいるはずだ。

書院を出ようとしたところへ、その九郎右衛門が駆けつけて来た。

「火元はどこだ」

声をかける利右衛門に、九郎右衛門が手にしたしわだらけの紙を、あわただしく差し出す。

「油堀の方らしゅうござる。これをごらんあれ」

二人は六年前、家督を継いで同時に与力になったが、九郎右衛門の方が二歳年若の、三十九歳だ。

その分、利右衛門に対してはいくらか、遠慮があるように見える。

利右衛門は紙を伸ばし、汚い字で書かれた文面に目を落とし、声を出して読んだ。

火盗改に　告ぐ。
ただちに　深川八幡裏手
油堀へ　行くべし。
おかくを　助けたくば
夜明けまで　決して
手出しするべからず。
もしそむけば　火矢にて
川面の油に
火を付くべし。
火矢は　いつにても
いずこにても
放てるものなり。
以上　ただちに火盗改に
知らすべし。

読み終わって、九郎右衛門を見る。
「これは、なんだ」

「大川に近い、西尾隠岐守の下屋敷内にこの矢文が射込まれた、とのことでござる。屋敷では、文面の意味がよくのみ込めぬゆえ、取るものも取りあえず用人がここへ、届けに来たそうな。これを見て、玄馬と仁兵衛がすぐに役宅を、飛び出して行きました。出がけに玄馬が、これをわれらに渡すように言い置いて、門番の和助に預けたとのこと」

利右衛門は、文面にある〈おかく〉を、指で示した。

「これは、手先のおかくのことか」

「そのように、読み取れます」

九郎右衛門の返事を聞いて、すぐに肚を決める。

「九郎右衛門。すまぬが、役宅内の長屋にいる同心と小者をすべて、中庭に集めておいてくれ。おれは、殿にこの矢文をお見せして、お指図を仰ぐ」

「同心たちを、すぐに油堀へ差し向けた方が、いいのでは」

「いや。この矢文からして、あまり大勢が一度に押しかけると、お可久に危険が及ぶやもしれぬ。まずは、殿のお指図を待とう」

「承知。それがしは、捕り手を集めておきます」

九郎右衛門は、部屋を飛び出して行った。

入れ違いに、利右衛門づきの小者が部屋に、駆けつけて来る。

「火事場装束に着替える。用意いたせ」

言い終わらぬうちに、隣の部屋につながる襖《ふすま》ががらりと開いて、長谷川平蔵が顔をのぞかせた。

自室から、部屋伝いにやって来たらしいが、まだ袷《あわせ》と羽織を身につけており、寝ていた様子はない。

「火元はどこだ」

利右衛門はあわてて膝を折った。

「深川油堀に油がまかれて、火がつけられたようでございます。火が出るとともに、西尾隠岐守さまの下屋敷に、かような矢文が射込まれたと、ご用人がここへ届けにまいりました」

手にした矢文を差し出す。

平蔵は、すばやくそれに目を通した。

じろりと利右衛門を見る。

「ここに、おかくとあるのは、手先のお可久のことか」

利右衛門は、ためらった。

可久がいなくなったことは、まだ平蔵に沙汰を上げていない。

「さように存じます」

わずかに、間があく。

「わけがありそうだな、利右衛門。ありていに申してみよ」

当然のことながら、あまり機嫌のよい口調ではない。

やむなく利右衛門は、可久が矢場一から姿を消したいきさつを、細大漏らさず打ち明けた。

「手先の不始末ゆえ、殿に言上するほどのこともあるまいと存じ、沙汰を上げずにおりました。申し訳ございませぬ」

利右衛門は、その場に平伏した。

平蔵はそれに答えず、矢文を握り締めた。

「この文面から察するに、お可久は深川八幡の裏手の油堀で、油を水面《みなも》にまき散らされた中に、捕らわれているようだな」

「は」

平蔵に言われて、その場面が脳裏にまざまざと浮かぶ。

なおも鳴り続ける半鐘に、利右衛門は焦って平蔵を見上げた。

「この半鐘は、矢文にある油に火がつけられたためでは、ございませぬか」

「それはあるまい。油堀はほかの仙台堀、小名木川《おなぎがわ》と同様、流れは大川へ注いでおる。矢文とともに、油堀のどこかに火が放たれたとすれば、下流の大川への注ぎ口に近い場所、とみてよかろう。あえて、上流の深川八幡の裏手と指定してあるからは、そこに別の油がまかれている、と考えねばなるまい。その油の中に、お可久が捕らわれているに違いないが、まだ火は放たれておらぬ、ということだ」

平蔵の指摘に、利右衛門はうなずいた。

「いかさま、仰せのとおりと存じます。下流の火が、上流の油に飛ぶことは、少なくとも当面は、ございますまい。深川八幡裏の油は、また別の火矢で放火する所存、と思われます」

「ただ、上流の油が河口の油に流れ着けば、火が上流へさかのぼるやもしれぬぞ」

利右衛門は、背筋を伸ばした。

「すぐにお可久を、探索させることにいたします」

平蔵が、矢文を握り締めた手で、それを制する。

「まあ待て、利右衛門。この矢文には、決して手出しするべからず、とある。確かに、暗闇ならばどこからでも、火矢を射放つことができよう。目立つ動きをすれば、お可久の命をおびやかすことになる。まずは、そやつらのねらいを知るのが、先決だろうよ」

そやつら、と聞いて利右衛門は顎を引いた。

考えるまでもなく、そのようなことをたくらむ曲者《くせもの》が、一人ということはあるまい。ほかに仲間が、いるに違いない。

「騒ぎに紛れて、盗賊一味がいずれかの屋敷か大店《おおだな》へ押し込もう、とのねらいでございましょうか」

「いかにも、そう考えるのが至当だ。油堀の火は、おとりとみてよかろう」

「中庭に、九郎右衛門が長屋住まいの同心と小者を、いつでも出張ることができるよう、控えさせております」

平蔵の顔つきが、厳しくなる。

「目立ってはならぬぞ。二人か三人の、小人数の組をできるだけ多く、こしらえるのだ。竪川より南側の町筋を、しらみつぶしに調べよ。油堀を目くらましにするなら、この役宅と油堀とのあいだが、ことにねらわれやすいだろう。よくよく、目を光らせよ」

「承知いたしました。して、お可久の方は、いかがいたしましょう。むろん、その場へ行ってみねば分かりませぬが、へたに助けようとして火矢を放たれれば、お可久は焼け死ぬことになりましょう。かと申して、ほうっておくのもいかがなものか、と」

平蔵は、手にした矢文をぎゅうとばかり、握りつぶした。

「お可久にも、おぬしらに何もつげずに姿を消した、落ち度がある。かりに、焼かれて命を落とすことになっても、文句は言えまい」

「は」

利右衛門は、また平伏した。

平蔵の声が、降ってくる。

「その判断は、九郎右衛門と仁兵衛に任せる、と伝えよ。手先にしたときから、お可久の命はその二人が、握っているのだ。そのことは、お可久も重々承知していよう」

そう言い残して、平蔵は襖の向こうに消えた。

六

今永仁兵衛は、暗い川面に目を凝らした。

空は曇っており、月も星も出ていない。

西の方の空が、ほんのりと赤い。河口に近い方で、油が燃え盛っているらしい。半鐘の乱れ打ちも、やむ気配がない。

「何も見えんな」

佐古村玄馬が、途方に暮れたように言う。

「今夜は確か、満月のはず。少しでも雲が切れれば、川面から深川八幡の石垣まで、見通しがききましょう」

「そのときは、曲者からもこちらの姿が、見えることになるぞ」

玄馬に返され、仁兵衛は口をつぐんだ。

仁兵衛と玄馬は、旗本屋敷と富岡町に挟まれた細い道の、とっつきにひそんでいた。背後に控えるのは、御賄方《おまかないかた》の広い大縄地だ。

火矢を用意した曲者が、どこにひそんでいるのか分からず、川沿いの道へ出るわけにいかない。

油堀も、このあたりはだいぶ前に川岸を削る普請《ふしん》が行なわれ、幅十五間ほどに掘り広げられた。そのために、十五間川と呼ばれることもある。

向かい側は深川八幡の裏手で、夜目にも黒ぐろと広がる高い木立が、うかがわれる。

その下は、高い石垣になっているはずだが、曇り空で何も見えない。

川は西へ流れているが、途中で一度右斜めの北西に方向を変え、三町ほどでふたたび西向きにもどって、大川へ注ぐ。

かつて、大川端に油問屋の会所や油蔵があって、油船の川への出入りが激しかったために、油堀の名がついたと聞く。今はどこかへ移ったようだが、仁兵衛も詳しいことは知らない。

玄馬がささやく。

「油のにおいが、かなり強いな」

「確かに、においます。しかし、川面に油がまかれたにしても、火はついておりません。下流で燃えている、別の油のにおいでございましょう」

寝間着のまま、町屋や大縄地から出て来た野次馬の群れで、しだいに道がふさがり始める。西の空をながめながら、不安げに言葉を交わしている。

物陰にたたずむ、仁兵衛と玄馬に目を向ける者は、ほとんどいない。風がなく、しかもさほど近い場所ではないせいか、逃げ支度をしている者もいない。

玄馬が、小声で続ける。

「もし、お可久が油の中に沈められているなら、向かいの石垣の下だろう」

「月が出ぬかぎり、遠見のきく龕灯《がんどう》をいくつも用意せねば、見えますすまい」

仁兵衛が応じると、玄馬は口をつぐんだ。

少し間をおき、あらためて口を開く。

「もし曲者が、おれたちを見て火矢を放つつもりなら、そやつはこちら側にはいないだろう。向かいの、深川八幡の木立にでもひそんで、様子をうかがっているのではないか」

「これだけ野次馬が集まれば、われらが少しぐらい動きを見せても、目立たずにすみましょう」

「それも、暗いうちだけだ。もし月が顔を出せば、妙な動きはできんぞ」

仁兵衛は、思い切って言った。

「ここは佐古村さんに、お任せします。わたしは、八幡の方へ回ってみることにする」

「しかし、このあたりは四方八方を、川と堀に囲まれている。目立たずに、川向こうへ渡るには、かなり遠回りをせねばなるまい」

「野次馬が、群れをなしているゆえ、ひと目をくらませましょう。前の道を、川沿いに東へ二、三町ものぼれば、対岸につながる永居橋《ながいばし》があります。そこを渡って、三十三間堂の向こうを右へ曲がると、八幡の鳥居は目と鼻の先。さほど、時はかかりますすまい」

玄馬は、わずかに迷う様子を見せたが、すぐにうなずいた。

「よかろう、やってみるがいい。ただし、あまり足ばやに歩いたり、間違っても駆けたりしては、ならんぞ。野次馬の中に、うまく紛れるのだ」

「分かりました。では」

仁兵衛は、野次馬にまじって川沿いの道へ出ると、いかにも一杯機嫌というふうを装って、ぶらぶらと上流の方へ足を向けた。

道に沿って、何人も野次馬が連なっているので、目立たずにすみそうだ。曲者が、深川八幡にひそんでいるとしても、まず見分けられないだろう。

川面に、永居橋の影がぼんやりと浮かんだとき、にわかに雲間から満月の一部が、顔をのぞかせた。

仁兵衛は、野次馬のあいだをすり抜けながら、対岸の石垣に目を向けた。

満月は、まだ雲から姿を現しきっておらず、石垣すべてを照らし出すだけの、十分な明るさがない。

しかし、じっと見つめるうちに少し目が慣れ、石垣と川面の境目に人影らしきものが、ぼんやりと浮かんでいるのが見えた。

仁兵衛は、玄馬の忠言も忘れ果てて、猛然と駆け出した。

永居橋の上にも、川下を眺める野次馬が何人か、たむろしていた。

それを見て、われに返る。

橋の上は、人目につきやすい。仁兵衛は駆けるのをやめ、できるだけ足ばやに野次馬のあいだを抜けて、橋を渡り始めた。

渡りきるなり、また駆け出す。

右側の三十三間堂と、左側の三十間川に挟まれた道を、まっしぐらに走った。数十間先の、石塀が終わると思われるあたりに、ほの暗い常夜灯が立っているのが、ただ一つの目印だった。

ようやくその角を曲がり、並びの永代寺の門前町を駆け抜けて、深川八幡の鳥居をくぐる。

さいわいにも雲が切れ始め、満月が姿を現わしにかかった。

一町ほどもありそうな、参道の長い石畳を社殿に向かって、ひた走りに走る。社殿の背後に、こんもりとした木の梢がのぞいている。

社殿の横手を回ったとき、地面の一部に立ち入りを禁ずる綱が張ってあり、そこに突っ込みそうになった。

仁兵衛は、とっさに脇差を抜いてその綱を断ち切り、端を持ってなおも走った。もう一方の端も切り離して、引きずりながら走り続ける。

木の間から、赤く染まった西の空が見えた。先刻より、色が薄くなったようだ。半鐘の音も、だいぶ減っている。

ようやく、境内《けいだい》の裏手に達した。

石の柵を乗り越えて、川面に臨む崖の上に出る。

おりしも、雲が動いて煌々《こうこう》たる満月の光が、さっと川面に降ってきた。

仁兵衛は自分のいる場所から、十間ほど西に寄った崖下の川面に、薄暗い人影を見た。可久だ。

思わず呼びかけようとして、ぐっと声をのみ込む。

このあたりに、曲者がひそんでいるやもしれぬ。万一呼び声が耳にはいれば、川面に火矢を放たれる恐れがある。

仁兵衛は、用心しながら崖の上をたどり、可久の真上に移った。

見たところ、可久の体は全部川に浸かってはおらず、胸から下だけのようだ。水に隠れた川底の岩、あるいは石垣の土台の一部にでも、乗っているらしい。

川面の、こちら側の半分がほかよりも黒っぽく、粘り気があるように見える。

それが、緩やかな動きで、西へ流れている。ところどころ途切れてはいるが、間断なく東の方から、たゆたってくるようだ。

どこから流しているのか分からぬが、そういつまでも流し続けることはできまい。

このままじっとしていれば、いずれは油が尽きて川面がもとのように、きれいになるのではないか。

仁兵衛は、引いて来た縄の端を柵に結びつけ、残った縄を輪にして腕に抱えた。

春半ばとはいえ、これほどの寒さの中で長いあいだ、水に浸かっていられるものではない。

仁兵衛は、思い切って腕に抱えた縄の束を、石垣に投げ下ろした。

長さが足りず、川面から一間ほど上のところで、途切れてしまう。

呼びかけようにも呼びかけられず、仁兵衛は焦って歯を食いしばった。

おりもおり、ふたたび厚い雲がかぶさったらしく、満月の光が途切れて暗くなる。それどころか、思いもかけぬ驟雨《しゅうう》がぱらぱらと、川面を鳴らし始めた。

仁兵衛はあわてて、とっさに脇差をそばの草の上に、投げ置いた。角帯をほどき、すばやく袷を脱ぎ捨てて、下帯一つになる。綱につかまって、石垣伝いに可久の真上までおりれば、大声を出さずに呼びかけられる。

その場にうずくまったまま、少しのあいだじっと様子をうかがった。冷気に肌を刺されて、武者震いが出る。

近くに、人の気配はない。もしかすると、矢文はただの威《おど》しにすぎず、だれも見張っていない、ということもありうる。

そう考えると、少し気が楽になった。

降り出した驟雨は、たちまちやんでしまった。

綱が、しっかり結びつけてあるのを確かめ、握る方の端を丸めて瘤《こぶ》をつくる。

綱を一巻き体に巻きつけ、仁兵衛はそろそろと石垣に、足を踏み出した。

川面まで四、五間はありそうだ。裾の方は、少し緩やかにせり出して見えるが、それまではかなり傾斜がきつい。

可久も、石垣の角を手掛かりにすれば、綱のところまでよじのぼれるだろう。必死になれば、それくらいやれるはずだ。

ようやく、半ばまで伝いおりたのを確かめ、体をねじって下を見た。

可久は、胸から下を川の中に沈めたまま、身じろぎもしない。その様子は、水中で修行をする行者のように、どこかりんとしたものがあった。

そのとき、またも雲が切れたとみえて満月が姿を現し、仁兵衛と可久の姿をまともに照らし出した。

仁兵衛は動きを止め、綱と一緒に石垣に張りついた。

必死に首を巡らし、川面の様子をうかがう。

七

梵天の善三は、川面に目を凝らした。

頭上の永居橋に、先刻から集まっていた野次馬が、しだいに左右へ散って行く気配がする。

先刻、大川へ注ぐ油堀の川口に近い、三町ほど下手に寄った千鳥橋の下で、流した油に火矢を放って火をつけた。

川面が燃え上がるのを見届け、ただちに櫓を操って川をさかのぼった。

このあたりの川は、あちこちに大小の掘割が切れ込み、互いにつながっている。

したがって、流れはいらいらするほど緩やかで、川面が動いているかどうかさえ、分かりにくい。その分、流した油も長く川面にとどまり、燃えるだけ燃え続けることになる。

永居橋を目指す途中、深川八幡の裏手の石垣のそばを、漕ぎ抜けた。そこにはすでに、言われたとおり身を川面に沈めた、可久の姿があった。

それを確かめ、永居橋の石垣側の橋脚の下へ船を停めて、もう一つの油樽から三分の一ほどの量を、川面に流した。

油は、流れとともにゆるゆると川面をくだり、可久の周囲にも届いたはずだ。

おとといの夕刻。

売僧の潜竜が狙う、深川恵覚寺の周辺を見ておこうと、善三は馬喰町の旅籠三松屋を出た。

両国橋へ向かおうとして、ふと気が変わった。

なぜか、自分の腕が鈍っていはしまいか、という不安を覚えた。それを確かめたくなって、人出の多い浅草寺へ足を運んだ。

しかし案じたほど、腕は鈍っていなかった。

四半時足らずのうちに、三人の懐《ふところ》から併せて二両三分ほどを、すり取った。たいした金ではないが、さいさきのいい腕試しだった。

あらためて下見に行こうと、雷門の方へ向かった。雷門は二十五、六年前に火事で焼失したが、近ごろ再建の普請が始まっていた。

手前まで来たとき、門前の広小路から女がはいって来た。白と黒の、市松模様の着物を粋に着こなした、背の高い女だった。

その顔を見て、善三は心の臓が跳びはねるほど、驚いた。

生まれ故郷の、下総鎌ヶ谷村を飛び出して以来、一度も巡り会ったことのない可久が、こちらへ歩いて来るではないか。

善三は、かついだ道具箱で顔を隠し、そのまますれ違った。

それから、またまた下見をあと回しにして、震える脚をなだめすかしながら、可久のあとをつけることにした。もし、可久の居どころが知れるなら、下見は明日に延ばしてもいい。

そのときには、これといったねらいがあったわけではない。むしろ可久に対して、善三はひとに知られぬ負い目があり、気安く声をかけられるものではなかった。

しかし、つけているうちに頭の中にもやもやと、悪い考えが浮かんできた。

可久を、潜竜の貞道への意趣返しに、利用できないものか。

同時に、可久自身をうまい具合に始末すれば、自分の負い目も消えて一石二鳥になる。

ほどなく、可久は境内から横手の馬道へ抜け、浅草寺の裏手にある〈矢場一〉という矢場にはいった。

近所でそれとなく確かめると、可久はそこの看板女の一人だ、と分かった。矢取り、矢返しを仕事にする看板女は、体のいい安女郎のようなものだ。

娘のころから、村の博奕場に出入りしていた可久のことを思えば、それは容易に見越すことのできる末路、といえた。むろん、ひとのことを言えた義理ではないが、いささか哀れを催したほどだ。

可久は十五か十六のころ、庄屋の息子とねんごろになって、腹が大きくなった。そのことは、今でもよく覚えている。

庄屋は、あの手この手でおろさせる算段をしたが、息子と浪人者の父親はそれに逆らって、なんとか生ませようとした。

そうしたせめぎ合いのさなか、可久はまだ月が満たぬうちに、寺の納屋で早産した。

庄屋はいち早く手を回して、生まれた赤子を可久から奪い取り、人知れず始末してしまった。

いや、ひとごとではない。

実を言えば、庄屋に五十両の金を積まれて赤子を奪い、始末したのは善三自身だった。

善三は、可久をはらませた庄屋の息子が憎く、赤子を始末してほしいという父親の頼みを、一も二もなく引き受けた。

まず、庄屋の息のかかったならず者が、生まれてくる赤子をひそかにねらっている、との噂が可久の耳に届くように、作り話をあちこちで流した。

その上で、とわという独り者の取り上げ婆を十両で抱き込み、手を貸すように言い含めた。

　とわは金に目がくらんで、言われたとおりにするのはもちろん、そのまま村を出て行くと請け合った。

　善三の言いつけに従って、とわは可久の臨月が近づくとともに、そばに張りついた。おためごかしに、万が一可久が産気づいたときは、その場で自分が赤子を取り上げ、庄屋の手の届かぬところに隠す、と言って取り入ったらしい。

　いかな莫連《ばくれん》でも、子供を生んだことのない十五、六の娘が、取り上げ婆を頼りにするのは、当然だろう。

　早産したあと、とわは可久が眠っているあいだに、寺の納屋から赤子を連れ出し、外で待っていた善三の手に託して、約束どおりそのまま村を逐電《ちくでん》した。

　去りぎわに、とわが打ち明けたところによると、生まれた赤子をほんの短いあいだ、可久に抱かせてやった、という。せめてもの、功徳《くどく》のつもりだったのだろう。

　夜中の九つ前後のことだったが、善三は境内につけられた常夜灯の明かりで、赤子の顔を見た。

　そのときのことは、はっきり覚えている。

　赤子は女の子で、右の耳たぼにくっきりと刻まれた、さながら仏像の耳飾りのような、黒い輪になった痣《あざ》らしきものに、強く目を打たれたのだ。

　善三は、闇に乗じて寺の裏手を流れる川に、赤子を投げ入れて逃げ帰った。

しばらく、体の震えが止まらなかったが、庄屋以外に秘密を知る者がないので、後ろめたさはほどなく消えた。

その後、庄屋は可久父娘を村から、追い出しにかかった。

そのあげく、出て行こうとしない元浪人の父親を、おそらく無宿の流れ者などを使って殺害し、可久を村外へ叩き出した。

それは、善三のあずかり知らぬことだったが、さすがに村人たちの疑惑の目に、耐えられなくなった。

それで、しまいには村を飛び出すはめに、なったのだった。

あれから、早くも十数年の月日が、たってしまった。

当面、可久の居どころを突きとめたことで満足して、善三は恵覚寺周辺の下見をするため、翌日あらためて深川に足を向けた。

恵覚寺は、油堀と同じく東から西へ流れて大川に注ぐ、仙台堀の左岸に沿った細長い敷地の寺だった。

仙台堀は油堀とほぼ並行しながら、途中でどこへも方向を変えることもなく、大川まですぐに流れている。

恵覚寺と深川八幡は、川を隔てているので回り道になり、歩くと十数町はあるだろう。

しかし、恵覚寺の下から仙台堀を東へ船を操り、右へ切れ込む三十間川に乗り入れて、三町ばかり南へ向かってくだると、別名で十五間川とも俗称される油堀と、十字に交わる合流点に出る。

そこで、油堀にかかる永居橋から下流に目を向ければ、左手に深川八幡の裏手の長い石垣が、一望のもとに見渡せる。

それを目にして、可久を利用するうまい手を、思いついた。

かりに、永居橋の下に船を寄せておけば、そのあと三十間川、仙台堀をへて恵覚寺へ回り、そこで仕事を終えた潜竜を拾い上げて、大川へ抜けることができる。

火盗改が出張って来ても、油堀の火事騒ぎに気を取られているため、仙台堀には目が向かないだろう。うまく逃げおおせるに、違いない。

それで、善三の肚は決まった。

同じ日の夕刻。

ふたたび浅草へ回り、〈矢場一〉に足を踏み入れた善三を見たときの、可久の顔のこわばり方というものは、尋常ではなかった。

その気振りで、可久もまた自分を見忘れていなかった、と悟った。

座台にすわり、的に向かって矢を射ながら、善三は可久の気を引くため、それとなく昔の話を持ち出した。

初め、可久はおもしろくもなさそうに、聞き流す風情だった。

しかし、例の生み落とした赤子のことで、ごく内密な話があると持ちかけると、急に頰が引き締まった。

それを見て、善三はそのあたりでゆっくり話をしよう、と誘った。可久は迷わず、乗ってきた。

善三は、〈矢場一〉に近い大川端の一膳飯屋に、可久を連れ込んだ。小女《こおんな》に心付けをやり、小上がりを衝立障子《ついたてしょうじ》で仕切らせて、密談に及んだ。

可久を相手に、取りこしらえた話はこうだ。

一年ほど前、大工仕事である宿場町へ出張ったとき、その昔鎌ヶ谷村で取り上げ婆をしていた、とわと出会った。

とわは、すでに七十歳を越えていたが、街道筋で茶店を開いていた。そこで働く小女を、とわは孫娘だと言って引き合わせた。そもそも、娘を持ったことのないとわに、孫娘などいるはずがない。

「それでおれは、とわがおまえの生んだ赤子を連れて、村から姿を消したことを思い出したのよ。あのころ、村はその話で持ちきりだったからな」

それを聞いて、可久の目の色が変わった。

「その小女が、あたしの生んだ娘だとでも、言うつもりかい」

「いや、そうは言わねえが、その小女はあのころのおめえと同じ、十五か十六の年ごろだったのよ。年格好は合ってるし、顔立ちもおめえによく似ているような、そんな気がしたのさ。別に、なんの証拠もあるわけじゃねえから、思い過ごしかもしれねえがな」

わざと引いてみせると、案の定可久が食いついてきた。

「その娘の顔に、何か目印のようなものは、なかったかい。たとえば、鼻の脇にほくろがあったとか、首筋に痣があったとか、なんでもいいんだ」

善三は腕を組み、考えるふりをした。

おもむろに、言ってのける。

「そうさな。あれは、ほくろでも痣でもねえような気がするが、耳たぼに妙な印がついていたっけ」

忘れようにも、忘れられない刻印だった。

それを聞いた可久は、目の前の膳を膝で蹴散らさぬばかりに、身を乗り出した。

「妙な印って、どんな印だい」

「なんというか、耳たぼに幅一分ほどの黒い輪っかが、ぐるりと刻まれていたのよ。初めは、彫り物じゃねえかとも思ったが、娘の身でそんなところへそんなものを、彫るわけもねえしなあ」

わざともったいぶると、可久は膝をあらためてすわり直し、妙に静かな声で言った。

「その黒い輪は、どっちの耳についていたのか、教えておくれ」

善三は、さりげなく自分の右の耳たぼを、引っ張ってみせた。

「こっちの耳よ」

そのしぐさを見るなり、可久の頬にたちまち血がのぼった。

可久が、赤子の耳の印を見たに違いないことは、とわの話から察しがついていた。

可久は、一度も口をつけていなかった湯飲みに、手を伸ばした。ついであった酒を、ぐいぐいと一息に飲み干す。

その飲みっぷりに、善三は驚いた。

実のところ、それほどまでに可久が生んだ娘のことを、忘れかねているとは思わなかった。

おかげで、その茶店がある街道筋を教えるかわりに、仕事の手伝いをするよう説きつけるのは、まさに赤子の手をひねるようなものだった。

可久は、娘の所在を知るためなら、すべてを投げ出しかねないように見えた。娘と再会できれば、たとえ死んでも悔いはないという、強い覚悟のほどが見てとれた。

可久は、善三がつける細かい注文に、一つも文句を言わなかった。

二時ほどのあいだ、油を流した川の中に身を沈めてもらう、と聞いても可久は顔色一つ変えなかった。

翌朝早く、善三は〈矢場一〉から可久を連れ出し、大川端の船宿に身をひそめているよう、言い含めた。そのあいだに、油堀周辺で下ごしらえをしたのだが、可久は逃げ出しもしなかったし、だれかにたくらみを漏らした気配もなかった。

それを考えると、もしその赤子が生まれて間なしに、この手で命を絶たれたと知ったら、可久は決して善三を許さないだろう。

それもあって、可久を生かしたまま、川面から引き上げる気は、さらさらない。最後の最後、油を流した川面に火矢を射込んで、焼き殺すつもりだ。

つまり、可久は皮肉にも赤子と同じように、川の中で死ぬことになる。

善三は、はっとわれに返った。

それまで、雲間に隠れていた満月がにわかに顔を出し、川面にさっと光を投げかけた。

善三は、とっさに左手の深川八幡の土手に、目を向けた。

ぎくりとする。

だれかが、崖の上から垂らした綱にぶら下がり、可久が身を沈めた川面に、おりようとしている。

善三は、ただちに残りの油を樽ごと川に投げ落とし、手元の弓を取り上げた。

矢の先の、油を染み込ませた布に火口《ほくち》から、火をつける。

それを弓につがえ、斜め上方へ向けて構えるが早いか、ひょうとばかり射放った。

火矢はねらいどおり、可久が身を沈めているあたりを目がけて、鋭い矢羽根の音を残しながら、飛び去った。

寸刻ののち、行く手でぱっと炎が上がる。

炎は、恐ろしい速さで水の上を縦横に走り、たちまち川面を埋め始めた。

それを見届けると、善三は櫓を操って永居橋の下から、力強く船を漕ぎ出した。

三十間川を、仙台堀に向かう。

八

時ならぬ驟雨は、すぐにやんでしまった。

ふたたび雲がきれいに切れて、満月がそのまま姿を現す。

佐古村玄馬は、対岸に目を凝らした。

先刻から、暗闇の中で何やら石垣を伝いおりて行く、人影らしきものが見えるような、そんな気がしていた。

今や、明るい月光のもとにさらされた石垣に、下帯一つになった人影が綱につかまり、川面へおりて行こうとする姿が、おぼろげながら見てとれた。

今永仁兵衛に違いない。

西の空は、すでに火が消えたとみえて、暗くなっている。野次馬の姿も、ほとんど消えてしまった。

玄馬は物陰から出て、川沿いの道を横切った。草の生えた土手を、川っぷちまですべりおりる。

曲者が見張っているなら、石垣に取りついた仁兵衛の姿に、気づかぬはずはない。

だとすれば、今さら自分が身を隠していたところで、なんの意味もない。

玄馬は、焦りながら川の下流から上流を、ぐるりと見渡した。

上流に目をもどしたとき、月光を浴びた永居橋の橋脚のあいだに、ちらりと小さな火が見えた。

一瞬ののち、その火が弧を描いて中空を飛び抜け、向かいの石垣を控えた川面に、落下した。

同時に、赤い炎が水面を突き上げるようにふくれ、四方八方に広がっていく。

それを見て、わずかに残っていた野次馬のあいだから、悲鳴に似た声が上がった。

玄馬は、その場に立ちすくんだ。

もはや、燃え盛る炎にじゃまをされて、石垣も川面の様子も見えない。

「仁兵衛。仁兵衛。お可久」

むだとは知りつつ、玄馬は大声で呼ばわった。

自分の声でわれに返り、玄馬は草履《ぞうり》を脱ぎ放って、ふところに突っ込んだ。

身をひるがえすと、草に足を取られながら土手を駆けのぼり、永居橋に向かって猛然と走り出す。

対岸に回れば、二人を救い上げることが、できるかもしれない。

人のいなくなった永居橋を駆け渡り、川に沿った三十三間堂の北側の細い道に、飛び込む。川面に残る火で、高い石の柵と狭い土手のあいだの道が、まっすぐ西へ延びているのが見える。

一町ほど走り続けると、隣の深川八幡の石垣とのあいだを隔てる、幅三間ほどの堀にぶつかった。さすがに、飛び越えられる幅ではない。

玄馬は土手をすべりおり、川っぷちの石積みに足をかけた。

炎がいくらか低くなり、しかも下流の方へ少しずつ、移り動いている。

「仁兵衛、お可久」

もう一度、呼んでみた。

仁兵衛は、御徒組《おかちぐみ》が大川で行なう水練のお披露目に、毎年加わっていると聞く。炎さえ逃れられれば、溺れることはあるまい。ただ、可久を助けようとしてわれを忘れ、二人ながら溺れ死ぬことがない、とはいえぬ。

ともすれば、望みを失いそうになる自分に鞭打って、玄馬は必死に二人の名を呼び続けた。

ふと気づくと、川面を染めていた炎が小さくなり、しだいに遠ざかって行く。油が燃え進むとともに、ゆっくりと水の流れに運ばれて行った、とみえる。

そのとき、玄馬のいる場所から少し下流の川面で、かすかな水音がした。

「仁兵衛。仁兵衛か」

呼びかけると、途切れとぎれの声が、返ってきた。

「お、おう」

声の大きさから、まだ五間ほど離れていそうだ、と分かる。

「ここは、三十三間堂の土手下だ。もう少しだ、がんばれ」

「お、帯を、帯を投げて、ください」

「分かった」

玄馬はすぐさま帯を解き、端を握って川面に投げ込んだ。

「投げたぞ。お可久はどうした」

「襟《えり》をつ、つかんでいます」

「帯の端を探して、しっかりつかまれ。つかまったら、合図しろ」

返事はなかった。

緩やかとはいえ、水は少しずつ流れている。可久を支えながら、水中の帯をつかまえるのは、容易なことではあるまい。

玄馬は、声の途絶えた暗い川面を、息をのんでみつめた。


善三は、三十間川の橋をくぐって船を左に寄せ、仙台堀に乗り入れた。

仙台堀は、油堀よりはるかに川幅が広く、倍ほどもある。

善三は、左岸に近い緩やかな流れに船を乗せ、とっつきの橋をくぐった。

また雲がかかり、満月は姿を消してしまった。

わずかな川面の光を頼りに、大川に向かって必死に櫓を漕ぐ。四町も漕ぎ続ければ、また別の橋にぶつかる。

その橋の左側の土手上に、細長い恵覚寺が横たわっている。

売僧の潜竜は、とうに住職の貞道を始末して、遺恨をはらしたに違いない。ついでに、貞道がため込んだそこそこの金を奪い、土手下の草むらで船を待っているはずだ。

可久のことは、かわいそうな気がしないでもないが、あとに憂いを残さぬためには、ああするしかなかった。

一心不乱に漕ぎ続けると、長い橋の形が暗い夜空にぼんやりと浮かび、善三はさらに船を左の岸辺に近づけた。

橋の手前、五間ほどの場所に差しかかったとき、左手の土手下から黒い人影が、ぬっと立ち上がった。

声をひそめて、呼びかける。

「潜竜か」

「そうだ。待ち兼ねたぜ、梵天の。早く船を、寄せてくれ」

潜竜の声にほっとして、善三は川辺の葦の中に舳先《へさき》を突っ込んだ。

「早く乗れ。大川へ抜けりゃあ、こっちのもんだ」

そう言ったとき、思いもせぬ別の声が、闇をつらぬいた。

「そうはいかぬぞ、梵天の善三」

善三は驚いて、櫓を強く握り締めた。

そのとたん、土手上や橋脚のあいだからいっせいに光が走り、善三は目がくらんでよろめいた。

船から落ちそうになり、あわてて船底にはいつくばる。

「二人とも、観念せよ。火盗改の、長谷川平蔵だ。おまえたちの考えることなど、おれにはすべてお見通しだ。おれの名を聞いたからは、生きて娑婆《しゃば》にはもどれぬ、と思え」

龕灯の光の輪の中で、善三は黒装束の潜竜がへなへなと膝を折り、草むらに手をつくのを見た。

まず頭に浮かんだのは、可久に裏切られた、という思いだった。

二十日後。

潜竜と善三の詮議と、可久からの聞き取りについては、長谷川平蔵みずからの手で、行なわれた。

立ち会ったのは、召捕廻り方の香山利右衛門と、役所詰めの池田《いけだ》麗之介《れいのすけ》の、二人の与力だけだった。

前日、早々に御仕置伺《おしおきうかがい》が老中筋に上げられ、評定所の裁可を待っているところだ。

利右衛門も麗之介も、その詳しい主旨については、堅く口を閉ざしている。

しかし他の与力、同心たちのあいだでは、二人とも間違いなく死罪、との噂がもっぱらだった。ことに川面に火を放ち、可久を焼き殺そうとした善三は、火あぶりの刑を免れないだろう。

今永仁兵衛の手で、かろうじて火中から救い出された可久は、三日前に〈矢場一〉にもどった。

油堀での一件は、おおやけにされなかった。

また、〈矢場一〉の看板主、仙右衛門も、可久がいっとき姿を消したことを、とがめずにすました。一番の看板女を、失いたくなかったのだろう。

とうに桜の散った三月十日、仁兵衛は〈矢場一〉から可久を連れ出し、大川の土手道へ行った。

葭簾張りの茶屋にはいり、川を行き来する船を眺めながら、串団子を食べた。

「まだ、話す気にならんのか」

仁兵衛が水を向けると、可久はいかにも腑に落ちぬ面持ちで、聞き返した。

「何をでございますか」

珍しく、ていねいな言葉遣いをしたので、仁兵衛は面食らった。

「何をって、決まっているではないか。梵天の善三と、どういういきさつがあったのか、聞かせてくれ」

「ああ、そのことかい」

可久はそう言って、大川の方に顔をそらした。

「とぼけなくても、いいだろう。恩にきせるわけではないが、溺れたおまえを横抱きに抱えて、燃える油堀の川底を泳ぐのは、いくら水練の達者なおれでも、難儀なわざだった」

「それはあたしも、十分ありがたく思っていますよ。だけれど、この一件はすべて長谷川のお殿さまに、申し上げたとおりなのさ」

「だから、それをおれにも聞かせてくれと、そう言っているのだ。ほかの連中には、口を閉ざしていてもな」

「そういうわけに、いかないんだよ、旦那。お殿さまから、この一件についてはいっさい他言してはならぬ、と堅く言われているのさ。そんなに聞きたければ、直じきにお殿さまに、聞いておくれな」

仁兵衛は、さらに言い募ろうとして、可久に目を向けた。

とたんに、大川から向き直った可久の目と目が、ぴたりと合った。

その目に、これまでの可久からは見たこともない、すがるような色がこもっているのに気づき、愕然《がくぜん》とする。

可久は目を伏せ、また大川の方に顔をそむけた。

どぎまぎした仁兵衛は、ことさらやくざな口調で言った。

「そんなに言いたくなけりゃ、口を巾着にしてりゃあいいさ」

可久はそれに答えず、にわかにきっとなって、仁兵衛をにらんだ。

「それより、旦那。ちゃんと、あやまっておくれな」

不意をつかれ、仁兵衛は顎を引いた。

「あやまれって、何をだ」

「とぼけちゃいけないよ。燃える油堀の川底を、あたしを抱えて泳いだときのことさ」

「ばかを言え。礼を言われることはあっても、こっちがあやまる筋合いはない」

「あたしが、気がつかなかったとでも、思ってるのかい」

「だから、何をだ」

「あたしを抱えて泳ぎながら、いやというほどお乳をさわったじゃないか」

仁兵衛はあっけにとられて、可久の顔を見返した。

可久は、真顔だった。

しどろもどろに応じる。

「な、何を言うか。おれはあのとき、おまえをしっかりつかまえていることで、頭がいっぱいだったのだ。どこに手が触れたかなど、気にする余裕はなかった。そもそも、おまえはあのとき半分溺れていて、何も覚えておらぬはずだぞ」

「何も覚えておらぬはずだぞ」

可久は、得意の口まねを返して、にっと笑った。

「ま、いいだろうさ。これで旦那とあたしも、他人でなくなったんだからね」

仁兵衛はあきれて、首を振った。

大川を渡ってきた風が、快く頬をなぶってくる。

かわほりお仙

一

寛政五年四月の夕刻。

鐘の音が、聞こえ始めた。

俵井小源太《たわらいこげんた》は、席を立って溜まり部屋を出ると、玄関口から裏庭へ回った。

捨て鐘が三つ鳴り終わり、おもむろに暮れ六つの鐘が鳴りだす。分かっているのに、つい数をかぞえてしまう。

まだ空は明るいが、四半時もすれば夜のとばりが、おりてくるだろう。

裏門へ向かったとき、母屋の裏手に作られた武具小屋のそばに立つ、長谷川平蔵《はせがわへいぞう》の姿が見えた。

平蔵は右手に植木鋏、左手に白い花をつけた小枝を、持っている。それで、南天を切りに出て来たのだ、と分かった。

武具小屋には袖《そで》がらみ、刺股《さすまた》、突棒《つくぼう》などの三つ道具、鎖帷子《くさりかたびら》、提灯《ちょうちん》、火事場装束など、捕物や火事の際に必要な用具が、しまい込まれている。

平蔵は、小屋と母屋のあいだの狭い通路を、のぞいているようだった。

自分に気づかない様子を見て、小源太は平蔵のそばに行った。

「殿。いかがなされましたか」

声をかけると、平蔵はわれに返ったように小源太に目を向け、顎《あご》をしゃくった。

「ここを、のぞいてみよ」

小屋の裏は、母屋の湯殿に接しており、そのあいだに幅三尺ほどの通路がある。焚き口はそこにはなく、横手につけられている。

のぞいてみると、小屋の裏壁の下部に張られた、三段張りの下見板の真ん中の部分が、そり返ってはがれそうなのが見てとれた。

確かその板は、三年ほど前にも同じようにはがれかかったため、小源太が上から二寸釘を打ち込んで、直したところだ。

ほかがなんともなかったので、全部張り替えることもあるまいと考え、釘を打ち直すのにとどめたのだった。

通路にもぐり込み、かがんで目を近づける。

すると、すでに板そのものが腐り始めており、打った釘の頭が見えなくなるほど、浮いてしまったのが分かる。

暗くてはっきりしないが、これでは新たに釘を打ち直したところで、長くはもつまい。

あとずさりして、平蔵のそばにもどる。

「以前、わたくしが釘を打ちつけた下見板が、またはがれかかっております。板そのものが、腐り始めているようにも見えますので、もはや板ごと取り替えた方がよろしいか、と存じます」

「それがよかろう。湯殿と接しているゆえ、傷みが早いのかもしれぬな」

「はい。さっそく、大工を手配いたします」

「頼む。ところでその方、これから〈こもりく〉へ行くのであろう」

図星を指されて、小源太は面食らった。

「はい。ご存じでございましたか」

「九郎右衛門《くろうえもん》から聞いた。体の方は、もういいのか」

初夏の、暑さ寒さの移りやすい天気に当てられたか、小源太は風邪を引いて三日も寝込み、この日から出て来たばかりだった。

「おそれ入ります。三日も休ませていただき、まことに申し訳ございませぬ」

「よい、よい。せいぜい、養生いたせ」

そう言い残して、平蔵は母屋へもどって行く。

その後ろ姿に一礼して、小源太はふたたび裏門へ向かおうとした。

とたんに、何かぱさぱさと軽い音を立てながら、顔の前をかすめ飛ぶものがある。

小源太はのけぞり、あわててそれを手ではらいのけた。

くれなずむ空を見上げると、黒いものがひらひらと飛び去るのが、目に映った。

なんだ、こうもりか。

そういえば、子供のころ両端に重りをつけた紐を投げ上げ、飛び回るこうもりをからめとって、遊んだ覚えがある。

門番に裏門をあけてもらい、大川が流れる西の方へ向かった。

〈こもりく〉は、深川南六間堀町《みなみろっけんぼりちょう》の北之橋際にある、小料理屋だ。手先の銀松《ぎんまつ》の亡兄、金松《きんまつ》の後家こごみが小女を使い、店を切り回している。

銀松はもと、流しの掏摸《すり》だったのを小源太につかまり、同役の佐古村玄馬《さこむらげんば》の手先になった男だ。暇なときは店の厨房で、兄嫁の手伝いもする。

二月ほど前、深川油堀で焼き殺されそうになった、手先の可久を助け出す一件があってから、さしたる騒ぎは起きていない。

昨年九月、火盗改の加役に任ぜられた太田運八郎資同《おおたうんぱちろうすけあつ》は、この三月いっぱいで半年間の務めを終え、お役御免となった。したがって、四月からは本役の平蔵の組だけが、市中の治安をあずかっている。

そのあいだに起きた、世上を揺るがす大きな出来事といえば、前年九月初旬オロシャのらっくすまん、という船長が前触れもなく蝦夷《えぞ》の根室《ねむろ》に、やって来たことくらいだ。

らっくすまんは、天明の初めごろ航海中に嵐に襲われ、北海の離島へ漂着した大黒屋《だいこくや》光太夫《こうだゆう》、という伊勢の船頭を送り届けるために、来航したそうだ。

もっとも、オロシャ側の真のねらいは、それと引き換えに日本と通商を始めたい、ということにあるらしい。

しかし、筆頭老中の松平越中守定信《まつだいらえつちゅうのかみさだのぶ》は、返事を先延ばしにするだけで、いっこうに旗幟《きし》を鮮明にしないそうだ。そのためらっくすまんは、いまだに根室の海上に停泊したまま、幕府の返答を待ち続けている、という。

日本は従来、長崎だけを唯一の異国への窓口として、阿蘭陀《オランダ》と唐《から》以外の国との関わりを、拒んできた。しかしここへきて、蝦夷地にしばしばオロシャ船が姿を現わし、樺太《からふと》や択捉《えとろふ》で無法を働くようになった。

そのため、幕府では蝦夷地の防備をいかにするか、喫緊の対応を迫られていると聞く。江戸にいると、そうした騒ぎは対岸の火事のようにも思えるが、確実に世の中は動きつつあるようで、その風向きだけは感じとることができる。

〈こもりく〉の奥の部屋には、短い渡り廊下を渡って行く。

四畳半の狭い部屋だが、格子窓の外は堀に面しており、密談にはうってつけの場所だ。ふだんはこの店と、役宅に近い一膳飯屋の〈めぬきや〉が、同心と手先のつなぎの場所に、なっている。手のあいた者はここに詰め、与力同心の指示を受けて他の手先への、つなぎを務めたりもする。

そのため、よほどの場合を除いてこの部屋は、火盗改の務めに関わる者のほか、使用されることがない。

「小源太でございます」

声をかけて襖《ふすま》をあけると、安吉《やすよし》九郎右衛門が堀の側を背にして、茶を飲んでいた。

その向かいに、手先の歌吉《うたきち》がすわっているのに気づき、少し驚く。

歌吉は、膝をずらして頭を下げ、かしこまって言った。

「おかげんは、いかがでござんすか、旦那」

「おう、三日も寝たら、すっかり治ったわ」

小源太は応じて、二人を左右に見る席に、腰を下ろした。

歌吉が、盆の上の湯飲みを起こし、茶をいれてくれる。

「実は、ちょいと相談ごとがござんして、きのう旦那にお目にかかりに、お役宅へうかがいやした。ところが、あいにく風邪で休んでおられやしたので、とりあえず安吉さまにお話を、申し上げた次第でござんす」

歌吉の話が途切れると、九郎右衛門はあとを引き取った。

「おぬしがきょう出てまいったので、ここであらためて歌吉の話を、聞くことにした。相談に乗ってやってくれ」

「それはまことに、お手数をおかけいたしました。あとはそれがしが、引き継ぎをいたしますゆえ」

「まあ、そう言うな。おもしろそうな話だから、おれも続きが聞きたいのだ。その前に、歌吉。こごみと銀松に、何かうまいものを見つくろうように、言ってくれ。それと、酒も少々頼む。ちろり一丁くらいなら、かまわぬだろう。そのあいだに、あらましを小源太に話しておく」

歌吉が出て行くと、九郎右衛門はさっそく話を始めた。

それによると、こういう次第だ。

一昨日の夕刻。

歌吉は、神田川の水道橋の下で泥さらいの仕事を終え、川の水でさっぱりと汚れを洗い落とした。

着物を身につけ、〈こもりく〉へ行こうと川沿いの道を、両国橋の方へ向かった。

その途上、筋違御門《すじかいごもん》のある八辻ヶ原《やつじがはら》へ出たところで、須田町《すだちょう》の方からやって来た女に、目が留まった。

風呂敷包みを抱いた女は、おりからのつむじ風に裾《すそ》を乱して、つと広場に立つ木の陰に足を止めた。

その女に、どこか見覚えがあるような気がして、歌吉も同じように立ち止まった。木のあいだから、よく顔を見る。

見間違いではなかった。

それは、歌吉がまだ盗《ぬす》っ人《と》稼業をしていたころ、何度か一緒に仕事をしたことのある、仙《せん》という女だった。そのころは、〈かわほりお仙〉と呼ばれ、押し込み強盗の引き込み役を、務めていた。

おとなしくて、人当たりのいい女だったので、うってつけの引き込み役として、盗っ人仲間に重宝されたようだ。

最後に会ってから、五年くらいはたっているはずだが、仙はそのころとさほど変わっておらず、まだ三十路《みそじ》そこそこに見えた。

歌吉は、盗っ人や押し込みにからむ、噂話でも聞き出せないものかと、仙に声をかけてみた。

仙は、驚きながらもなんの屈託も見せず、その再会を喜んだ。

二人はそこで、少しのあいだ立ち話をした。

仙は四年ほど前、いろいろわけがあって堅気にもどった、という。今は、牛込神楽坂《うしごめかぐらざか》の〈岩戸屋《いわとや》〉という料理屋で、仲働きをしているそうだ。

そんなことを打ち明けたのは、歌吉の実直そうななりや口のききように、同じくまとも な渡世にもどったものと考えたかららしい。

そこで歌吉は、自分もとうに盗っ人稼業から足を洗い、近ごろは府内の土工場《どこうば》や普請場を回って、まっとうな稼ぎをしていると告げた。

すると、仙は少し考えたあとで急に真顔になり、昔の稼業にからんで相談ごとがあるから、四半時ほど付き合ってくれないか、と切り出した。

仙によれば、店の翌日の付け込み（予約）の人数が急に増えたため、日本橋の魚河岸《うおがし》へ仕入れの増し方を、頼みに行った帰りだとのことだった。店へもどるには、まだ少し時の余裕がある、という。

盗っ人のころ、歌吉は別して仙と深い仲だった、というわけではない。ただ、互いに悪道《あくどう》稼ぎを嫌うたちで、気の合う同士だったことは確かだ。

昔の稼業にからんだ相談となれば、火盗改の務めにつながる話かもしれず、歌吉はすぐに承知した。

二人は昌平橋《しょうへいばし》を渡り、川沿いの〈うち田〉という居酒屋に、腰を落ち着けた。

そこまで話して、九郎右衛門は一度口を閉じ、茶を飲んだ。

「あとは、歌吉の口からじかに聞こうと思って、おぬしが出て来るのを待っていたのだ」

そこへ歌吉が、もどって来た。

二

歌吉と仙は、〈うち田〉の奥の板の間に、腰を落ち着けた。

店は、日暮れどきで込み合っており、衝立《ついたて》で仕切られた板の間も、ほぼ埋まっている。にぎやかな話し声が、密談にはむしろ好都合だった。

つるのついた、二合入りの銚子を一丁もらい、塗り盃につぎ合う。稚鮎《ちあゆ》をあぶったやつと、豆とひじきを煮込んだのを、肴《さかな》にする。

仙は、粗末ながらこざっぱりした小袖を、身につけていた。簪《かんざし》もしていないが、暮らし向きはそれなりに、落ち着いているように見えた。

三十半ば過ぎの歌吉より、二つか三つ年若のはずだが、大年増《おおどしま》にしては若く見える。ちなみに、仙についたあだ名の〈かわほり〉は、〈こうもり〉の異名だ。もっとも、なぜそんな奇妙なあだ名がついたのか、歌吉は知らない。

仙は顔が小さく、色はやや浅黒い。髪は、油をつけている様子がないのに、しなやかでつやがある。

目の下にそばかすが散り、すぼまった口と小さくとがった顎が、どこか貧乏くさい感じを与える。

あるいはそれが、〈かわほり〉の由来なのかもしれぬ。だとすれば、いささかかわいそうなあだ名だ。

決して美形とはいえないが、なんとなく男好きのする気配を、漂わせている。それが、ひとを妙に引きつける艶、というものかもしれない。

盗っ人のころ、歌吉には一緒に暮らす、惚れた女がいた。

ただしその女は、体の中に悪いできものを抱えており、歌吉は薬代を稼がなければならなかった。

それもあって、悪道稼ぎをしない盗っ人の仕事なら、喜んで加わったのだった。

仙は、勘定に強い上に気働きがよく、勝手方の仕切りや家事のこなしにも、そつがなかった。まさに、商家の下働きにはうってつけの女で、それはつまり腕のよい引き込み女、ということにもなる。

そんな振り合いで、歌吉は押し込みの仕事に際して、仙と顔を合わせることが多かった。そのたびに、あれこれとよくおしゃべりをして、親しくなったものだ。

歌吉に酒をついで、仙が思い出したように言う。

「そういえばおまえさん、あのころ病気のおかみさんを、抱えてたんじゃなかったかい」

歌吉は、そんなことまで覚えていたのかと、少し胸をつかれた。

「ああ、そのとおりだ。女房じゃなくて、ただ一緒に暮らしていただけの、堅気の女だがな。もっとも、おめえと最後に仕事をしてから、間なしに死んじまったのよ。そんなこんなで、足を洗ったわけさ」

それを聞くと、仙はしんから残念だという様子で、すとんと肩を落とした。

「そうかい。それは、お気の毒さまだったね」

歌吉は、時を稼ぐために、酒を飲んだ。

あのころ、一緒に暮らす惚れた女がいて、それが病で死んでしまったのは、ほんとうだった。

しかし足を洗ったのは、大銅鑼《おおどら》の十九八《とくはち》の押し込みに加わり、長谷川平蔵の罠にはまって、お縄になったあとのことだ。

「おめえの方は、どうした。なんで、足を洗ったのだ」

歌吉の問いに、仙は少しのあいだうつむいていたが、やがて目を上げて言った。

「最後に、一緒に押し込みをしたときの、おかしらを覚えているかい」

衝立の向こうから、大工らしい職人のばか笑いが、聞こえてくる。

歌吉は少し、体を乗り出した。

「ああ、覚えているとも。いもりの誠蔵《せいぞう》どんだ」

「そうさ。いもりのおかしらは、荒っぽい仕事をしなかったから、何度も手を貸したものだった」

「おう、おれも同じよ。誠蔵どんの一味に、のすりの三次《さんじ》が加わるまではな」

のすりの三次は、一見おとなしそうな男だったが、口がうまい上に身が軽いことから、すぐに誠蔵に気に入られた。

ところが、歌吉と二度目に仕事をしたとき、三次はさっそく本性を現わした。押し込み先の唐物屋《からものや》で、手向かいした手代二人を容赦なく、殺傷したのだ。

仙は眉をひそめ、力なくうなずいた。

「おまえさんは、のすりの三次が仲間にはいってから、間なしに抜けてしまったね」

「おれはな、盗っ人はしていても人をあやめたり、傷つけたりするのはまっぴらだった。おめえも、そうだったはずだぜ」

「ええ。わたしも、おまえさんが抜けたあと、足を抜こうとしたんだよ。でも、誠蔵のおかしらに泣きつかれて、抜けそびれたのさ。三次と手を切るように、口を酸《す》っぱくして言いもしたけど、おかしらはなんだかだと理屈をこねて、聞こうとしなかった。何か、弱みを握られていたのかもしれないし、借りがあったのかもしれないね」

「それから、どうしたんだ」

「おまえさんが抜けてから、一年くらいあとだったと思うけど、押し込み先で誠蔵のおかしらが、手向かいした糸問屋の手代に刺されて、死んでしまったのさ」

歌吉は驚いた。

「そいつは初耳だぜ。誠蔵のおかしらは、手代なんぞに刺し殺されるような、そんなどじな男じゃねえはずだ」

「わたしも、そう思うよ。もしかすると、三次のやつがどさくさに紛れて、おかしらをやったんじゃないか、という気もするのさ」

「そう思えるふしでもあるのか」

「あるともさ。そのあと、三次はみぞれの雪次郎《ゆきじろう》という、妙な男を引っ張り込んでね。親分顔で、かって気ままに一味を仕切るように、なっちまったのさ。それをきっかけに、おおっぴらに悪道稼ぎを始めたんだ。初めから、そういう魂胆だったとしか、思えないよ」

歌吉は口を閉じ、考えを巡らした。

みぞれの雪次郎か。

その名前は、火盗改の務めの中で何度か、耳にした覚えがある。しかし、まだしっぽの先もつかんでいないため、どこでどんな押し込みを働いたのか、はっきりしない。

「聞いたことのねえ名前だな」

とぼけて言うと、仙はもっともらしくうなずいた。

「だろうね。まあ、悪道稼ぎだから、火盗改なら名前くらいは、つかんでいるだろう。だけど、裏で三次が押し込みを仕切っている、と知ってるやつは盗っ人仲間でも、そうはいないはずだよ」

仙の口から、火盗改という言葉が出たので、少したじろぐ。

歌吉は、稚鮎を口に入れた。

「その、みぞれの雪次郎というやつは、三次の言いなりってわけか」

「そのとおりさ。雪次郎は、ただのお飾りなんだよ。三次の、あやつり人形だった。三次は、盗っ人仲間に名を売ろうなんて考えは、はなからなかったのさ。そのために、雪次郎を表に立てて、自分は火盗改に目をつけられないように、うまく立ち回ったんだ。そんなこんなで、すっかりいやけが差したものだから、わたしも足を洗うことにしたのさ」

仙の言うとおりなら、盗っ人のあいだで目立つまいとする、三次のねらいは当たったようだ。

歌吉が知るかぎり、火盗改の仕事にからんで、のすりの三次の名前とか、噂が出たことは、足を抜いてから一度もない。

したがって三次は、とうに江戸から姿を消したか、それとも足を洗ったか殺されたか、いずれかだろうと思っていた。

「それで、三次の野郎は今どこで、何をしていやがるんだ。おれも、盗っ人仲間と縁が切れてから、闇の噂がはいらなくなっちまってな。おめえは、聞いてねえのか」

歌吉が聞くと、仙は板の間にさりげなく指先をつけ、ゆっくりとすべらせた。

そのままの格好で言う。

「前置きが長くなったけど、おまえさんに相談というのは、その三次のことなんだよ」

「三次はまだ、この江戸で押し込みを、続けているのか」

「そうらしいのさ。実はきのう、三次がなんの前触れもなしに、〈岩戸屋〉へやって来てね」

歌吉は、仙の顔を見直した。

「ほんとか」

「ええ。それも、わたしがいると知らずに、はいって来たんじゃない。きょうのように、用事で浅草へ使いに出たわたしを、たまたま見かけてあとをつけた、と言うのさ」

歌吉は、腕を組んだ。

「〈岩戸屋〉は、付け込みのねえ客も、中にはいれるのか」

「はい。ちょいとした土間に、畳を敷いた大きな座台が二つ、置いてあってね。あいていれば、だれでもはいれるのさ」

広い江戸とはいえ、町なかで昔なじみとばったり出くわすことも、ないとはいえない。

三次が、たまたま仙を見かけてつけた、というのは嘘ではないだろう。

「それで、どうした。三次はおめえに、何か申しかけてきたのか」

歌吉が聞くと、仙は目を伏せた。

「そうなんだよ。三日後、つまりあさってのことだけど、夕七つに滝野川村《たきのがわ》の正受院《しょうじゅいん》という寺の、山門に来いと言われたのさ」

「正受院だと」

滝野川の正受院といえば、確か石神井川《しゃくじいがわ》に沿った崖の上にある、古い寺だ。

「そうさ。なんでも、飛鳥山《あすかやま》の近くにある寺だそうで、詳しく道を教えてくれたよ」

「その寺なら、おれも名前を聞いたことがある。それで、用件はなんだ」

「その話は、わたしが正受院へ来てからだ、としか言わないのさ」

歌吉は、首をひねった。

どうも、腑に落ちないものがある。

「そいつは、くせえな。正直にのこのこ、出て行くこともねえだろう」

「だけど、もしわたしが来なけりゃ、店に正体をばらしてやる、と威《おど》されたんだよ」

腕をとき、仙の盃に酒をつぐ。

「おめえなら、どこの店へ行っても、勤まるぜ。きょうのうちにも、自分の荷物をまとめて、姿をくらますのが上策だろう」

仙は、酒に口をつけたものの、ほとんど飲まずに盃を置いた。初めから、かたちばかり飲むふりをするだけだ。

むろん、使いに出た途中で酒を飲み、赤い顔で店へもどるわけには、いかないだろう。

つまりは、あくまで店にもどる気でいるのだ。

仙が、背筋を伸ばして言う。

「考えてみたら、どこへ逃げてもまた三次に見つかるだろうし、今のうちに決まりをつけたいのさ」

「どうやって」

「おまえさんに手を貸してもらって、三次をとっつかまえるんだよ。その上で、御番所なり火盗改のお役人の手に、引き渡してやるのさ」

仙があっさり言ったので、歌吉は顎を引いた。

「そんなことをしたら、おめえとおれも無事じゃあすまねえぜ」

「それは、覚悟の上さ。だけど、あんたには迷惑をかけないよ。三次を、ぶちのめすなりなんなりして、縛り上げてくれたらもう用はない。おまえさんは、さっさと姿を消してくれていいよ。お役人に突き出すのは、わたし一人でやるから。おまえさんの名前は、出さないと約束するよ」

歌吉は手を上げ、仙を押しとどめた。

「待ちねえ。三次の野郎が、役人に昔のことをぺらぺらしゃべったら、同じことだぜ。おめえもおれも、同罪ってことになる」

「わたしのことは、心配してくれなくていいよ。三次をがんじがらめにして、動けないようにしてくれたら、わたしが自身番か御番所に投げ文でもして、姿をくらませばすむことさ。三次の話だけで、わたしたちの手配書を回したりするほど、お役人も暇じゃないだろう」

「それはどうか、分からねえぞ。火盗改は、しぶといからな」

「今夜のうちにも、以前三次が押し込み先で人をあやめたり、傷つけたりした悪道稼ぎの数かずを、思い出せるかぎり書き出しておくつもりだよ。わたしたちに、火《ひ》の粉《こ》が降りかからないように、うまく立ち回るさ」

歌吉は、また腕を組んで、考え込んだ。

そんなにうまく、事が運ぶだろうか。仙は役人を、少なくとも火盗改の面々を、甘く見ているようだ。

三次は悪知恵が回る上に、やることも確かに荒っぽい。しかし、さほど腕っ節が強い方ではない、と承知している。

ただ、かっとなりやすく、頭に血がのぼると、何をしでかすか分からない男だ。

それにひきかえ歌吉は、手先になってから俵井小源太ら、火盗改の面々に捕り物のわざを、いろいろと叩き込まれてきた。相手が、よほどの手だれでもないかぎり、後れをとるものではない。

しかし、これが何かの罠だとしたら、どうだろう。

と思う。

歌吉が、仙と八辻ヶ原で出くわしたのは、あくまで偶然にすぎない。それは確かだ、
土工場も普請場も、ほとんど毎日場所が変わるから、待ち伏せするのは至難のわざだ。ばったり出くわしたとたん、いきなり罠を仕掛けるなどという、器用なことができるとは思えない。

ひとを疑うのは、盗っ人のころからの習いだが、火盗改の手先になってからますます、その癖が強くなった。

ひとを見たら、どろぼうと思え。それが手先の心得だ。

仙とは、一緒に仕事をしていたころから、よく気が合った。互いに、恨みを買うようなまねはしなかったし、争いをしたこともない。

仙が、自分を罠にかける理由は何一つ、思い浮かばなかった。

ただ、三次がどんな目的で仙を呼び出したか、それが分からないのが不安だ。三次が、仙とぐるだという恐れも、ないではない。

歌吉は、探りを入れた。

「三次の用件は、おめえにもう一度押し込みの助《す》け手《て》をしろ、というんじゃねえのか」

仙がうなずく。

「わたしも、そんな気がするのさ。だとしたら、その正受院とやらの近くに、根城《ねじろ》があるに違いないよ」

「もしそうなら、三次は目立たねえように、一人で来るかもな」

「そうだといいけどね。ただし、だれか仲間を連れて来るようなら、おまえさんも手出しをすることはないよ。ただ、わたしがどこへ連れて行かれるか、あとをつけておくれな。それで根城が分かったら、その場所を御番所か火盗改のお役宅へ、投げ文してくればいいよ」

「そうしたら、おめえまでお縄になっちまうぜ」

「わたしのことは、あとでなんとでもなるよ。わたしは引き込み役で、ひとさまを傷つけたことはないし、お縄になってもたぶん遠島で、すむんじゃないか。間違って、江戸払いか人足寄場《にんそくよせば》行きですめば、御《おん》の字《じ》ってものさ」

仙が、そこまで見通しているとすれば、きのうきょうの考えではあるまい。いつか、機が巡ってきさえしたら、こうもしようああもしようと、策を練っていたに違いない。

その辛抱強さに、歌吉が内心舌を巻いていると、仙ははっと気がついたように、すわり直した。

「すまないね、歌吉さん。わたしばかり、おしゃべりしちまって。でも、そろそろ帰らないと、お店の旦那に叱られちまう。おまえさんの話は、この一件がきちんと片付いたあとで、ゆっくり聞かせてもらいますよ」

「ああ、いいとも。しかし、あさっての夕刻になっていきなり、店を出ることなんか、できるのか。小料理屋が、ちょうど忙しくなり始める、頃合いだろう」

仙は、ちょっと目を伏せた。

「それは、なんとでもなるよ。わたしのことは、任せておいておくれな」

歌吉はそれ以上言わず、きっぱりと請け合った。

「あさっての件は、確かに引き受けた。すこし早めに行って、三次が一人だけか、近くに仲間がいるのか、はっきりするまで様子をみる。念のため言っとくが、おめえは間違ってもおれを目で探したり、そわそわしたりするんじゃねえぞ。おれの方で、しっかり見ているからな」

仙が、こびるように腕を伸ばして、歌吉の手を軽く叩く。

「分かってるよ。これがうまく片付いたら、いやというほど飲もうじゃないか」

三

そろそろ、七つの鐘が鳴りだすころだ。

石神井川を背にした正受院は、山門から参道にかけての三方を、田畑に囲まれている。

正受院の裏手は、石神井川へほとんど縦ざまに落ち込む、高い崖雪頽《がけなだれ》だった。

歌吉は、野良着に手ぬぐいで頰かむりをし、藁筵《わらむしろ》でくるんだ捕り縄と鉄十手《じって》を、抱えていた。役宅の武具小屋から、俵井小源太が持ち出してくれたのだ。

鉄十手があれば、匕首《あいくち》や脇差《わきざし》くらいまでの刃物は、いとも簡単に叩き落とせる。

すでに、野良仕事をする百姓は引き上げてしまい、あたりにはだれもいない。このあたりは、山門からの見通しがきわめてよく、隠れる場所はほとんどなかった。

歌吉は、山門から半町ほど離れた、用水路の踏み車の陰に、すわり込んでいた。

これなら、たとえだれかの目に留まっても、百姓が野良仕事を終えて休んでいるだけ、という格好に見えるだろう。

七つの鐘が鳴りだしたとき、飛鳥山の方から田圃《たんぼ》に囲まれた畦道《あぜみち》を、女がやって来るのが見えた。

仙は前々日と同じ、焦《こ》げ茶《ちゃ》の地に紺と白の子持ち縞の、かなり着古した小袖を身につけている。

あれほど言ったのに、あたりをきょろきょろ見回しながら、正受院の山門に近づいて行く。

もっとも、歌吉ではなく三次を探す思い入れなら、不審を招くこともあるまい。

しかし、三次らしき男の姿は、どこにも見えなかった。

仙は、やや焦《あせ》ったしぐさで正受院の山門を、振り向いた。

すると、山門のなかから男がひょい、と顔をのぞかせた。

踏み車の、踏み板のあいだからのぞいていた歌吉は、危うく首をすくめようとして、思いとどまった。急な動きは、目に留まりやすい。

山門から出て来たのは、忘れもしない三次だった。のすり、と呼ばれるだけあって、鋭い目つきをしている。

二人は、少しのあいだ立ち話をしてから、並んで山門の中へはいって行った。

三次に少し遅れた仙が、さりげなく後ろを見返る。

歌吉は、三次が振り向かないのを確かめ、用水路の脇から立ち上がった。

仙は、それをちらりと目の隅に留めたようだが、そのまま三次のあとを追って、参道を奥へ向かった。

歌吉は藁筵をかつぎ、畦道を山門の方へ急いだ。

根城があるとすれば、この田地のどこかにある百姓家か、物置小屋だと思っていた。

しかし、寺にはいって行ったところをみると、あるいは裏手に抜け道のようなものが、あるのかもしれない。

まさか、寺の中に根城がある、とは思えない。

山門の柱の陰に身を隠し、参道の石畳に軽く響く下駄の音に、耳をすます。どうやら仙は、下駄をはいて来たらしい。

三次と仙が、寺の境内に姿を消すのを確かめ、歌吉も参道に踏み込んだ。

境内に、三次と仙の姿はなかった。山門から見たところでは、二人は境内の左手へ姿を消したようだ。

歌吉も、正面にこぢんまりした本堂を見ながら、左へ回って行った。あたりは、鬱蒼《うっそう》とした樹木に取り囲まれ、夕方とあってかなり暗い。

体をかがめ、地面に目をこらす。

湿った土に、できたばかりの小さな下駄の、歯のあとが残っている。

まさか、仙もそのために下駄をはいて来た、というわけではあるまいが、目印を残してくれたのはありがたい。

ほどなく、茂った植え込みのあいだの杭の下に、縄が落ちているのが見つかった。

両端に、輪が作ってあるところをみると、杭と杭のあいだに張られてあったのを、はずしたものらしい。

その茂みのあいだに、細い小道が延びている。

薄暗くて足跡は見えないが、二人がそこにはいって行ったことは、間違いあるまい。

それにしても、奥に隠れがのようなものがあるのなら、縄をはずしたままにしておくだろうか。腑に落ちぬものがある。

歌吉は、しばらく様子をうかがってから、思い切って茂みのあいだに踏み込んだ。

身をかがめ、できるだけ枝葉の当たる音を立てぬように、奥へ進んで行く。

小道はしだいにくだり坂になり、やがて境内の裏手と思われる高い崖の、中ほどの岩棚に出た。

見下ろすと、石神井川に渡された幅二尺ほどの、板の懸け橋《かけはし》を渡る三次と仙の姿が、目にはいった。

対岸に渡りきった二人は、河原に張り出した岩角を曲がって、茂みの中に姿を消した。

急いで藁筵を抱え直すと、歌吉は岩肌に刻まれた足場をたどり、河原におりた。

足音は、川の流れに消されてしまい、気にすることはない。急いで懸け橋を渡り、岩角に取りつく。

のぞいて見ると、そこは河原が大きくえぐれた場所で、崖の真下に葉を茂らせた太い木が、枝を張り出していた。

ちょうど、両岸のあいだから西日が差し込み、その崖下を照らし出す。

茂みの裏側の崖に、小さな洞穴《ほらあな》の口らしきものがあるのが、目に映った。

河原のどこにも、三次と仙の姿が見えないのは、どうやらその洞穴にはいったため、と思われた。

歌吉は、考えを巡らした。

ここが三次一味の、根城だろうか。

確かに、隠れるにはもってこいの場所だ。人目につきにくいし、船を使えば大川にも出られる。

しかし、押し込みを働くための足場としては、いささか不便すぎるきらいがある。近くに、金のありそうな家は見当たらないし、江戸へ出るにも時がかかりすぎる。

それに、このあたりは桜と楓《かえで》の名所で、季節によっては人の出入りも多い。そんな場所に、盗っ人が何人も出入りすれば、人目につきやすいだろう。

現に、洞穴の中に人が何人もいる気配は、伝わってこない。おそらく、根城ではあるまい。

三次が、仙をここへ連れ込んだのは、別の理由があるのではないか。

もし、過去の悪事をばらすなどと威して、仙をわがものにするつもりでいたのなら、もっと便利で居心地のよい、出合茶屋《であいぢゃや》などでよかったはずだ。

西日が、しだいに傾いていく。

川の流れは緩やかだが、水音は見た目以上に大きい。

歌吉はなんとなく、ばかな役回りを振られたような気がして、ため息をついた。

そのとき、仙の悲鳴が岩角をぐるりと巡って、耳をつんざいた。

「助けて。だれか、来て」

だれか、もないものだ。

歌吉は、輪にした捕り縄を首にかけ、鉄十手を右手に取るなり、岩角を回って洞穴に突進した。

おおいかぶさる茂みを押しのけ、洞穴に飛び込む。

そこは思いのほか広く、しかも奥の方に蠟燭《ろうそく》でも立っているのか、ほんのりと明るい。

「お仙、だいじょうぶか」

呼びかけると、奥の方で黒い人影がむくりと、体を起こした。

「なんだ、お仙。こりゃあいったい、なんのまねだ」

忘れもしない、三次の声だ。

歌吉は、三次の足元にひれ伏す、仙の背中を見た。仙の下に、黒い着物をはだけたまま、仰向けに倒れた男がいる。仙はその胸元に、しがみついているのだった。

男の首には、白い手ぬぐいが見るからにきつく、巻きつけられていた。

三次が、蠟燭の灯に照らし出された、歌吉の顔を見て叫ぶ。

「て、てめえ、歌吉じゃねえか。ど、どうして、こんなとこに」

「黙れ。おとなしく、お縄になりやがれ」

歌吉はどなり返し、鉄十手を振り上げた。

「何をぬかしやがる。てめえ、お仙とぐるだったんだな」

そうわめくと、三次はふところから匕首を抜き出し、歌吉に向かって来た。

歌吉は、鉄十手の先で三次の胸をずん、と突き返した。たじろぐところを、鉄十手の腹で三次の右の手首を、思いきり打ち据える。

骨が砕けたとみえ、三次はすさまじい悲鳴を上げて、匕首を取り落とした。

歌吉は、三次が膝から崩れ落ちるのをみて、すかさず首にかけた捕り縄をはずし、飛びつこうとした。

そのとたん、三次はううんと一声うめいて、体をのけぞらせた。

蠟燭のほのかな明かりに、驚いたように大きく見開かれた目が、うつろに光る。

「お、お仙」

歌吉が叫んだとき、三次は後ろから突き飛ばされたように、激しく前のめりに倒れ込んだ。

顔が岩にぶち当たる、いやな音がした。

三次の、心の臓の真後ろに別の匕首が、深ぶかと突き立っている。

「お仙。何をするんだ」

蠟燭の光を背にした、仙の顔は暗くて見えなかった。

「おまえさんが、やられそうになったから、手を貸したんじゃないか」

大根でも切ったような、落ち着いた声だった。

「やられるわけがねえ。おれは、三次の匕首を叩き落として、縄をかけようとしてたんだぜ」

「そうかい。わたしには、そうは見えなかったよ」

歌吉は言葉を失い、深く息をついた。

仙の背後で、首を絞《し》められて横たわる男の死骸に、顎をしゃくる。

「そいつは、どこのどいつだ」

「みぞれの雪次郎さ。おまえさんの女と同じで、体の中に悪いできものを抱えて、ずっとわずらっていたんだよ」

あっけにとられる。

みぞれの雪次郎は、前々日の仙の話に出てきた男だ。

そのとき、砂を蹴散らすようにして洞穴に、駆け込んで来た者がある。

われに返って、歌吉は振り向いた。

あらかじめ、歌吉の動きを見守る手筈になっていた、俵井小源太と佐古村玄馬の二人だった。

「どういうことだ、この始末は」

小源太の問いに、歌吉は首を振った。

「あっしにも、分かりやせん。このお仙に、聞いてやってくだせえ」

四

歌吉さん。

あたしの独り言を、聞いておくれな。

八辻ヶ原で、あんたとばったり出会ったときに、あたしは神さまの巡り合わせだ、と思ったんだよ。

あのみぞれの雪のすりの三次の一味を抜けたとき、あたしは一人じゃなかったのさ。雪次郎も、一緒に足を洗ったんだ。

雪次郎は初めのうち、三次にかわいがられていたけど、三次のやつがときどき夜中に蒲団にもぐり込んで来て、おかしなまねをするようになったので、いやけが差したらしいのさ。

そうこうするうちに、雪次郎とあたしはいつか深い仲に、なっちまってね。

三次の一味を抜けたあと、あたしたちは中山道を深谷《ふかや》宿まで、落ちのびたのさ。深谷宿は、旅籠《はたご》屋が八十軒ほども軒を並べる、街道でも一、二を争うにぎやかな宿場だ。仕事も、たくさんあった。

雪次郎は博奕《ばくち》が好きで、旅人のさいころ遊びの相手をして、小遣いを稼いだものさ。あたしは、算盤《そろばん》や帳付けが得意だったから、問屋場で重宝された。

ところが、そうこうするうち雪次郎が体を悪くして、だんだん動けなくなり始めたんだよ。

医者に診てもらったら、胃の腑のあたりに悪いできものができている、というのさ。そう、あんたの女だかおかみさんだかと、同じ病にかかっちまったんだよ。お医者はお決まりの、高麗人参《こうらいにんじん》でも飲ませるしか手立てがない、と言うだけ。

それで、一年ほど前に深谷を引き払って、またお江戸へ舞いもどったのさ。

そのあとは、裏長屋や旅人宿《りよじんやど》を転々としながら、掏摸やこそ泥で金を稼いでは、高麗人参を買って飲ませた。あんなものは高いばかりで、できものを治す力なんかないんだ。まあ、いくらか命を引き延ばすくらいが、関の山だろうね。

その薬代を稼ぐには、掏摸やこそ泥じゃとても間に合わない。昔取ったきねづかというやつで、商い店へ住み込んでは持ち逃げの、板の間稼ぎ同様の仕事をするしかなかった。

でも、ここへきてさすがにあたしも、疲れてきた。

雪次郎には惚れていたし、置き去りにするわけにもいかない。

最後には、旅籠代にも事欠くようになって、石神井川の洞窟に隠れ住むようになったんだ。あそこは子供のころ、よく遊んだ場所だったからね。桜や紅葉《もみじ》の時節のほかは、めったに人が寄りつかないところだから、いっとき隠れるには好都合だった。

そんなとき、あんたに出会う少し前だったけど、浅草であたしを見かけたのすりの三次が、あとをつけて〈岩戸屋〉にやって来たわけさ。

三次は、あたしがまだ雪次郎と一緒にいると知って、隠れ家へ案内するように申しかけてきた。言うとおりにしなけりゃ、〈岩戸屋〉にあたしの正体をばらす、と威しやがったんだ。

あたしが、口入れ屋をだまして〈岩戸屋〉へもぐり込んでから、まだ一回り（一週間）もたっていなかった。いずれは、お金をさらって逃げるつもりだったけど、その前に三次に正体をばらされたら、それができなくなる。

そのとき、三次をそそのかして雪次郎を殺させよう、と肚をきめたんだ。どうせ長くはない、と分かっていたからね。不治の病と聞けば、三次もやってくれるだろう。それに、あたしがまた一味にもどって、引き込みの仕事をすると請け合えば、いやも応もないはずだ。

そんなとき、三次と正受院で落ち合う、と決めた日の前々日にあんたに、八辻ヶ原で声をかけられたわけさ。

あんたが、盗っ人稼業から足を洗ったことは、すぐに分かった。あんたは昔から、なんとなく目が暗い人だったけど、あのときはそこに妙に明るいものを見た、と思ったんだ。

盗っ人のころも、あんたは道理に合わないことをするのを、いやがっていただろう。そういう目の光が、ますます強くなっていたことが、見て取れたのさ。

それで、あんたを一枚かませることにしよう、とあの場ですぐに決心したのさ。

つまり、三次に雪次郎を殺させたあと、その三次をあんたに始末させよう、とね。三次も、あんたにおとなしく縛り上げられるはずがないし、かならず殺し合いになる。

そうなれば、あんたも身を守るために手かげんができず、三次を殺さずにはおかないだろう。

ねらいどおりに事が片付いたら、あたしはあんたを口説き落として、一緒に上方へでも逃げるつもりだった。あんたが、あたしのことを憎からず思ってることは、分かっていたんだ。あたしも、同じ気持ちだったからね。

雪次郎のことは、かわいそうだったと思っているよ。ただ、あたしはあたしなりに、尽くしてきたつもりさ。

近ごろは、痛みがひどくなって眠れないようだったし、死んだ方が楽に違いなかった。

そうは言っても、あたしには雪次郎を死なせるだけの、度胸がなかったんだよ。あんたは、雪次郎もあたしの手にかかった方が、しあわせだと思うかもしれないけど、惚れた男をこの手にかけるのは、どうしてもいやだった。

だけど三次は、なんのためらいもなく雪次郎を、絞め殺したんだ。いっとき、蒲団の中へもぐり込むほど、ご執心だったくせに、だよ。あたしが、また引き込み役を務めると請け合ったら、二つ返事で引き受けやがった。

あたしが読み違えたのは、あんたが三次と真っ向から殺し合わずに、言葉どおり縄をかけようとしたことだった。

あたしは、雪次郎を三次に殺させておきながら、その三次を生かしてお縄にさせることなんか、できない相談だと気がついた。

だからあたしは、三次をあの世に送ってやったのさ。

そうさ、雪次郎を死なせる度胸はなかったのに、三次をあの世へ送ることには、爪の先ほどのためらいもなかった。

そのくせ事が終わったら、あんたと上方へ道行きをしようだなんて、平気で考えていたんだよ。

あっちへふらふら、こっちへふらふら。

だからあたしは、〈かわほりお仙〉なんてあだ名を、たてまつられたんだろうね。

きょう、あたしは火盗改の役宅の土間で、長谷川平蔵の詮議を受けたよ。

噂によると、平蔵の顔を一度でも拝んだ盗っ人は、生きて娑婆《しゃば》へもどれないそうだ。あたしにはもう、江戸払いも人足寄場行きも、ないだろうね。獄門じゃなく、間違って遠島にでもなったら、それこそ御の字だよ。

そのときは、あんたが八丈島まで追いかけて来るように、祈ってるよ。どんなに遅くなっても、待っているつもりさ。

＊

歌吉は、下見板に手をかけた。

背後で、俵井小源太の動く気配がして、声が聞こえる。

「これは、殿。このところ、大工の長八《ちょうはち》の手があきませんので、歌吉に板を取り替えさせようと、たった今申しつけたところでございます」

「そうか。長八も、だいぶ忙しいようだな」

長谷川平蔵の声を聞いて、歌吉は腰を上げて向き直った。

「これはどうも、長谷川さま。これくらいの修理は、あっしで十分でござんす。俵井の旦那が、長八どんから手ごろな板をいるだけ、もらって来てくださいやしたんで」

「そうか。しかし、長八の商売が上がったりにならぬよう、ほどほどに直しておけよ」

「そりゃあもう、よくのみ込んでおりやす」

歌吉が頭を下げると、平蔵は手にした南天らしき小枝を、軽く振った。

「うむ、それでよい。じゃまをするつもりはない。ただ、おまえの手際を見てみたい、と思ってな。おれにかまわず、仕事にかかってくれ」

「へい。それでは、ごめんなすって」

歌吉は、また通路にしゃがみ込んで、端の方が浮いた下見板を、はがしにかかった。

ふと、下の板の陰に何かがあるのに気づき、手を止めてのぞき込む。

「おや。こりゃ、妙なものが」

何か分からず、そこで言いさしてしまう。

小源太が、背後に乗り出してきた。

「どうした。何かあったのか」

「へい。下見板の下に、何か妙なものが、たまっておりやすので」

「妙なもの、とは」

歌吉は、さらに目を近づけた。

黒っぽい、豆粒のような塊が重なり合い、小さな山をなしている。かすかな、悪臭もあった。

「何かの糞《ふん》のようでござんす」

「糞だと。なんの糞だ」

歌吉は、少し考えた。

「たぶん、こうもりの糞でござんしょう」

「こうもりの糞だと。そんなところに、こうもりが巣を作っていたのか」

「ふつう、こうもりは軒下とか屋根裏に、巣をかけるものでござんすが」

「確かに、そのとおりだな」

小源太も、当惑したようだ。

「とにかく、板をはがしてみやしょう」

そう言って、歌吉は手をかけた下見板をめりめり、と引きはがした。

「な、なんだこりゃあ」

思わず声を上げ、そのまま体を凍りつかせる。

「どうしたのだ」

小源太が肩越しに、のぞき込んだ。

歌吉は体をずらし、小源太に板の下を見せた。

そこの内板に、一匹のこうもりが、張りついていたのだ。

こうもりは、ぱたぱたと音を立てて羽ばたいたが、飛び去ろうとはしなかった。飛んで逃げたいのに、それができないのだ。

こうもりは、片方の翼の真ん中を釘で射抜かれ、下の板に打ちつけられていた。

「これはいったい、どういうことで」

歌吉は、小源太を振り仰いだ。

小源太が歌吉の肩を押さえ、いっそう目を近づける。

「釘で射抜かれた、翼の穴の周囲の肉が盛り上がって、くっついているようだな」

「へい。それはつまり、ずいぶん長くここに打ち留められていた、ということでござんしょうね」

小源太は体を起こし、感慨を込めて言った。

「おれに、心当たりがある。三年ほど前にも、この板がはがれかかったのだ。ただ、そのときは張り替えるほどのこともなく、釘で打ちつければそれですんだ。おそらく釘を打ったとき、下に隠れていたこのこうもりの翼を、一緒に打ち抜いてしまったのだ。かわいそうなことをした」

歌吉は、小源太を見上げた。

「しかし、旦那。動けなくなったこうもりが、ここで三年も生き続けられやすかね。毎日毎晩、蛾や蚊がどうぞ食べてくださいとばかり、ここへ自分から飛び込んで来るとは、思えやせんぜ」

「しかし、この糞の山を見ろ。一月や二月で、こんなにたまるわけがない。どう見ても、これは三年かかってできたものに、違いないぞ」

小源太が言い、歌吉は首を振った。

「あっしには、どういうことかまるっきり、見当がつきやせんぜ」

「おれにも、分からん」

二人が当惑していると、背後から平蔵の声が聞こえた。

「その答えは、頭の上にあるぞ」

歌吉も小源太も、あわてて空を見上げた。

すると、母屋の湯殿から張り出した軒端に、一匹のこうもりがぶら下がっていた。

こうもりは、二人の動きに応じるかのように、逆さになった体をそのまま落として、下見板のところへ降下した。

板に打ちつけられた、もう一匹のこうもりを守ろうとするように、翼を広げて鳴き声を上げる。

平蔵は言った。

「どちらが雄《おす》か雌《めす》か知らぬが、片方がもう片方を生かしておくために、三年のあいだせっせと餌を、運んでやったのだ。その情愛のあかしが、糞の山ということよ」

歌吉は言葉もなく、二匹のこうもりを見つめた。

こうもりのような畜生に、そうした情愛があったとは、思いもよらなかった。

われに返ったように、小源太が言う。

「歌吉。その釘を、そっと抜いてやれ。そっとだぞ」

「へい」

歌吉は、言われたとおりにした。

打ちつけられたこうもりは、少しのあいだ地面をばたばたとのたうっていたが、やがてもう一匹に引っ張られるようにして、夕闇の迫る空へ飛び立った。

二匹のこうもりが、暮れなずむ空のかなたへ飛び去るのを、歌吉は呆然と見送った。

小源太が後ろで、感慨深げに言う。

「こうもりにも、いろいろあるようだな」

「へい」

歌吉は返事をして、ついこうもりの飛び去った方へ、頭を下げた。

背後で、平蔵の声がする。

「小源太。茶をたててやるから、あとで九郎右衛門と茶室へまいれ」

「はい。安吉さまに、そのようにお伝えいたします」

平蔵は、さらに続けた。

「歌吉。修繕を終えたら、湯殿で丹念に体を洗うがよい。こうもりの糞には、毒があるからな」

歌吉は向き直り、平蔵に頭を下げた。

「恐れ入りやす」

「そのあと、〈こもりく〉へ行っておれ。あとから、九郎右衛門と小源太を行かせる。おれも、一緒かもしれぬが」

歌吉は、平蔵と小源太が母屋へ向かうのを、じっと見送った。

平蔵が、老中筋へ仙の御《お》仕置伺書《しおきうかがいしょ》を上げた、と小源太から聞かされたのは、そのあとふたまわりほどたってからだった。

それが、どのような伺いであったのか、歌吉は知らない。

解説

細谷正充

本書の解説を書くことになり、あらためて逢坂剛が「火付盗賊改方・長谷川平蔵」シリーズを執筆するまでの道程を考えてみた。すると太い創作の流れが浮かび上がってきた。もちろん現時点から振り返ったからこそ、そう感じるのかもしれない。だが道程を検証することで、作品の理解が深まることだろう。そこでまず、作者の経歴から始めたい。

逢坂剛は、一九四三年、東京に生まれる。中央大学法学部卒。博報堂に入社して働きながら、一九八〇年、スペインを舞台にした「屠殺者よグラナダに死ね」で第十九回オール讀物推理小説新人賞を受賞（後に「暗殺者グラナダに死す」と改題）。十代の頃から独学でクラシック・ギターを弾いていたが、フラメンコ・ギターのレコードを聞き、衝撃を受ける。そこからスペインに興味を持つようになった。一九八七年に第九十六回直木賞及び第四十回日本推理作家協会賞を受賞した『カディスの赤い星』を筆頭に、さまざまな形でスペインと、その近代の歴史を扱った作品を発表する。

ただし作者は非常に多趣味で、他にも西部劇・古書・将棋など、愛好しているものがたくさんある。小説も同様であり、多彩なジャンルを手掛けているのだ。その中に時代小説もある。スペインの近代史や、アメリカの時代劇ともいうべき西部劇を熱愛するところに、作者の歴史指向が早い段階からあったと思えなくもない。なお後に作者は、西部を舞台にした小説を幾つか執筆している。

そんな作者の初めての時代小説が、「週刊新潮」一九九四年五月二十六日号に掲載された短篇「いその浪まくら」である。相撲を題材にした好篇だ。その後、やはり「週刊新潮」に、「相撲稲荷」「五輪くだき」を発表。すべて戦前から挿絵家として活躍していた父親の中一弥がイラストを担当した。極めて珍しい父子のコラボレーション作品となっているのだ。

さて、中一弥の名前が出たことで、作者と池波正太郎の『鬼平犯科帳』との繋がりが見えてくる。というのも「オール讀物」に掲載された『鬼平犯科帳』のイラストを担当していたのが中一弥だったのだ。本シリーズ第二弾『平蔵狩り』の文庫の巻末に掲載されている、作者と諸田玲子の対談の中で、家に「オール讀物」が届くたびに『鬼平犯科帳』を読んでいたが、

「そのときは作家になろうなんておもってもいなかったから、何気なく読んで、スラスラ読めるけど、後には何も残らないなあ、なんて思ってましたよ。重くないからスラス

ラ読める。無邪気な読者でしたね」

といい、池波の文体に関心を持つようになったのは、作家になってからだと語っている。では作者は、いつ頃から時代小説の執筆を考えるようになったのか。書店チェーンの有隣堂が発行している「有隣」四七〇号に掲載された座談会を読むと、五十歳前後であるようだ。また古本屋で、蝦夷地の探検で知られる近藤重蔵のことを立ち読みし、深い関心を抱くようになる。その結果、二〇〇一年の『重蔵始末』から始まる、シリーズが生れたのである。連作スタイルで重蔵の生涯を描き切った「重蔵始末」シリーズは、時代小説でありながら、歴史小説の部分も持ち合わせている。このハイブリッド感が、大きな特徴だろう。

さらに第三巻まで、重蔵が火付盗賊改方だった時代を扱っていることを、注目ポイントとして挙げておきたい。いうまでもなく重蔵が火付盗賊改方の一員だったことは事実だが、『重蔵始末』を最初に読んだとき、これは逢坂版『鬼平犯科帳』だと思ったものである。

そんな作者が「火付盗賊改方・長谷川平蔵」シリーズを開始したのは、必然というべきか。二〇一二年三月刊行の『平蔵の首』を皮切りに、『平蔵狩り』『闇の平蔵』、そして本書『平蔵の母』と、現在までに四冊が刊行されている。二〇一五年に『平蔵狩り』で第四十九回吉川英治文学賞を受賞していることからも分かるように、作品の評価は高い。だが作者には、並々ならぬ苦労があったことだろう。

そもそも本シリーズを手にする多くの読者は、大なり小なり、池波の『鬼平犯科帳』を意識しているはずだ。「人間は、よいことをしながら悪いことをし、悪いことをしながらよいことをしている」という人間観に貫かれた、ハードでありながら潤いのある物語世界。それを壊すようなまねはしてほしくないと思ったのではなかろうか。

一方、逢坂剛のファンは、作者ならではの〝鬼平〟の世界を期待している。つまり、二つの要素を両立させなければならないのだ。それを作者はやってのけた。この観点から本シリーズを眺めると、いろいろなことが見えてくる。たとえば、平蔵——配下の与力・同心——手先（密偵）という図式は、『鬼平犯科帳』と一緒だ。また、盗賊たちのいかにも〝らしい〟異名や、配下の者たちや手先と集まる店があるのも、池波作品を踏襲している。

しかし一方で、池波作品の特色である盗人世界独自の用語などは使用されていない。さらに、平蔵が悪党たちに滅多に顔を見せず、筆頭与力の柳井誠一郎をときには影武者として使うという、独自の設定が盛り込まれている。『鬼平犯科帳』テイストを感じさせながら、自分なりの世界を創り上げているのである。

その中で、もっとも逢坂剛らしさを感じさせるのが、ミステリーの要素だ。当然ながら『鬼平犯科帳』にも、ミステリーの要素はある。ただ、どちらかといえばサスペンス主体だろう。それに対して本シリーズは、ミステリーのサプライズを入れていることが多いのだ。このことに留意しながら、収録作に触れていきたい。

冒頭の「平蔵の母」は、手先の美於が柳井誠一郎のもとに、とんでもない情報をもたらす。料理屋の〈元喜世〉に客として訪れた、織物問屋〈岩崎屋〉の主の母親・きえが倒れ、店で看病することになる。だが、〈岩崎屋〉などという店は存在していない。さらにきえの言葉から、彼女が平蔵の母親である可能性が浮上するのだ。この騒動を通じて、長谷川家の過去に関する説明を入れながら、意外な真相へとストーリーを運ぶ、作者の手練が素晴らしい。

続く「せせりの辨介」は手先の小平治が、かつての盗賊仲間・ばってらの徳三を見かけたことから、平蔵たちが動き出す。今は神楽坂にある古物商〈壺天楽〉の主をしている徳三。平蔵や同心の俵井小源太、手先のりんたちが見張っていると、三十前後の女が店に、薬師如来の立像を持ち込む。ここから物語が予想外の方向に転がっていき、平蔵たちは徳三を仲間に引き入れようとする盗賊・せせりの辨介一味を追うことになる。邪魔な相手をあっさりと殺す凶悪なせせりの辨介一味と、平蔵たちの水面下での読み合いが見どころと思っていたら、ラストで特大のサプライズが待ち構えていた。これは凄い。また、ある浪人者の扱いから、平蔵の情けが伝わってきた。ここも本作の魅力であろう。

なお本作が「オール讀物」に掲載されたときのタイトルは「簪」であり、二〇一七年十月に刊行された『鬼平犯科帳』トリビュート・アンソロジー『池波正太郎と七人の作家　蘇える鬼平犯科帳』に収録された際に、現在のタイトルに改題されたことを付け加えておく。

以下の話は簡潔に記すことにしよう。「旧恩」は、若手同心の今永仁兵衛が、幼い頃の自分の命を救ってくれた、うめのという女と再会。そこから盗賊の捕物へと繋がっていく。発句に託した暗号もあるが、注目すべきは、うめのの心の変化。本書の中で、『鬼平犯科帳』テイストが、もっともよく出た作品になっている。

「陰徳」も、ある人物の描き方が、『鬼平犯科帳』テイスト。そこにミステリーの要素を色濃く入れて、興趣に富んだ物語にしている。

「深川油堀」は、手先の銀松が、かつて縁のあった掏摸・梵天の善三を見かけ、後を追う。ところが浅草の〈矢場一〉という楊弓場に入った善三が連れ出してきたのは、店の看板娘で、仁兵衛の手先の可久であった。ここから可久の過去と、善三の罪が露わになっていく。シリーズ物の面白さのひとつは、脇役陣にスポットを当てること。それにより物語世界に厚みが生れるのである。後半の緊迫した展開も、大いに堪能した。

そしてラストの「かわほりお仙」は、押し込み強盗の引き込み役を務めていた仙と、手先の歌吉が再会し、新たな事件が起こる。歌吉にスポットを当てながら、揺れ動く女心の恐ろしさと悲しさを巧みに表現したところが、読みどころとなっている。

火付盗賊改方と盗賊の闘いを描いているのだから、本シリーズの内容は基本的にハードである。しかし濃淡こそあるものの、どこかに人の情が盛り込まれている。これも『鬼平犯科帳』を意識してのことだろうが、作者本来の資質もあるのではないか。というのも作者は、警察小説の優れた書き手であると同時に、警察小説の大ファンである。エッセイと対談を収録した『わたしのミステリー』でも、何度も警察小説に触れているが、その中でウィリアム・P・マッギヴァーンの『最悪のとき』について、

「わたしにとって警察小説の原点ともいえるのが、マッギヴァーン。ハードボイルドでありながら、ほどよいセンチメンタリズムを失わない彼の作品を読むなら、まずはコレから」

と述べているのだ。拡大解釈になるが、本シリーズは「江戸の警察小説」といえるのではないか。だから〝ハードボイルドでありながら、ほどよいセンチメンタリズムを失わない〟作品になった。長き読者人生と、作家人生の積み重ねを糧にしているからこそ、本シリーズは逢坂版『鬼平犯科帳』として、独自の光彩を放っているのである。

（文芸評論家）

初出一覧

平蔵の母　『オール讀物』二〇一九年十一月号

せせりの辨介（「簪」を改題）『オール讀物』二〇一七年五月号、八月号

旧恩　『オール讀物』二〇一七年十二月号

陰徳　『オール讀物』二〇一八年四月号

深川油堀　『オール讀物』二〇一八年十月号、十一月号

かわほりお仙　『オール讀物』二〇一九年九・十月合併号

単行本　二〇二〇年一月　文藝春秋刊

地図　木村弥世

DTP組版　ローヤル企画

文春文庫

平《へい》蔵《ぞう》の母《はは》

定価はカバーに
表示してあります

2024年4月10日　第1刷

著　者　逢《おう》坂《さか》剛《ごう》
発行者　大沼貴之
発行所　株式会社 文藝春秋

東京都千代田区紀尾井町 3-23　〒102-8008
TEL 03・3265・1211(代)
文藝春秋ホームページ　http://www.bunshun.co.jp

落丁、乱丁本は、お手数ですが小社製作部宛お送り下さい。送料小社負担でお取替致します。

印刷製本・TOPPAN

Printed in Japan
ISBN978-4-16-792197-2

（　）内は解説者。品切の節はご容赦下さい。

平蔵の首
逢坂　剛・中　一弥　画
深編笠を深くかぶり決して正体を見せぬ平蔵。その豪腕におののきながらも不逞に暗躍する盗賊たち。まったく新しくハードボイルドに蘇った長谷川平蔵もの六編。（対談・佐々木　譲）
お-13-16

平蔵狩り
逢坂　剛・中　一弥　画
父だという「本所のへいぞう」を探すために、京から下ってきた女絵師。この女は平蔵の娘なのか。ハードボイルドの調べで描く、新たなる鬼平の貌。吉川英治文学賞受賞。（対談・諸田玲子）
お-13-17

生きる
乙川優三郎
亡き藩主への忠誠を示す「追腹」を禁じられ、白眼視されながら生き続ける初老の武士。懊悩の果てに得る人間の強さを格調高く描いた感動の直木賞受賞作など、全三篇を収録。（縄田一男）
お-27-2

葵の残葉
奥山景布子
尾張徳川の分家筋・高須に生まれた四兄弟はやがて尾張、一橋、会津、桑名を継いで維新と佐幕で対立する。歴史と家族の情が絡み合うもうひとつの幕末維新の物語。（内藤麻里子）
お-63-2

音わざ吹き寄せ
音四郎稽古屋手控
奥山景布子
元吉原に住む役者上がりの音四郎と妹お久。町衆に長唄を教えているが、怪我がもとで舞台を去った兄の事情を妹はまだ知らない。その上兄には人に明かせない秘密が……。（吉崎典子）
お-63-3

渦
妹背山婦女庭訓　魂結び
大島真寿美
浄瑠璃作者・近松半二の生涯に、虚と実が混ざりあい物語が生まれる様を、圧倒的熱量と義太夫の如き心地よい大阪弁で描く。史上初の直木賞&高校生直木賞W受賞作！（豊竹呂太夫）
お-73-2

仕立屋お竜
岡本さとる
極道な夫に翻弄されていたか弱き女は、武芸の師匠と出会ったことで、過去を捨て裏の仕事を請け負う「地獄への案内人」となった。女の敵は放っちゃおけない、痛快時代小説の開幕！
お-81-1

岡本さとる
悲愁の花
仕立屋お竜

「地獄への案内人」となったお竜と井出勝之助。その元締めである文左衛門には、忘れられない遊女との死別があった。あることをきっかけに、お竜はその過去と向き合うことになり……。

お-81-2

岡本さとる
名残の袖
仕立屋お竜

加島屋に縫子として通うことになったお竜。店の女主人は亡くなっており、主人と息子・彦太郎が残されていた。懐いてくる彦太郎に母性をくすぐられるお竜だが運命は無惨にも……。

お-81-3

海音寺潮五郎
天と地と（全三冊）

戦国史上最も戦巧者であり、いまなお語り継がれる武将・上杉謙信。遠国の越後でなければ天下を取ったといわれた男の半生と、宿敵・武田信玄との数度に亘る川中島の合戦を活写する。

か-2-43

加藤　廣
信長の棺（上下）

消えた信長の遺骸、秀吉の中国大返し、桶狭間山の秘策——。丹波を訪れた太田牛一は、阿弥陀寺、本能寺、丹波を結ぶ〝闇の真相〟を知る。傑作長篇歴史ミステリー。（縄田一男）

か-39-1

風野真知雄
耳袋秘帖
眠れない凶四郎（一）

妻が池の端の出合い茶屋で何者かに惨殺された。その現場に立ち会って以来南町奉行所の同心、土久呂凶四郎は不眠症に。見かねた奉行の根岸は彼を夜専門の定町回りに任命。江戸の闇を探る！

か-46-38

風野真知雄
耳袋秘帖
南町奉行と大凶寺

深川にある題経寺は正月におみくじを引いたら大凶ばかり、檀家は落ち目になり、墓をつくれば死人が化けて出る。近所の商人から相談された根岸も、さほどの事とは思わなかったのだが。

か-46-43

門井慶喜
ゆけ、おりょう

「世話のやける弟」のような男・坂本龍馬と結婚したおりょうは、酒を浴びるほど飲み、勝海舟と舌戦し、夫と共に軍艦に乗り長崎へ馬関へ！　自立した魂が輝く傑作長編。（小日向えり）

か-48-7

（　）内は解説者。品切の節はご容赦下さい。

梶　よう子
一朝の夢
朝顔栽培だけが生きがいで、荒っぽいことには無縁の同心・中根興三郎は、ある武家と知り合ったことから思いもよらぬ形で幕末の政情に巻き込まれる。松本清張賞受賞。（細谷正充）
か-54-1

梶　よう子
赤い風
原野を二年で畑地にせよ――。川越藩主柳沢吉保は前代未聞の命を下す。だが武士と百姓は反目し合い計画は進まない。身分を超え、未曾有の大事業を成し遂げられるのか。（福留真紀）
か-54-4

梶　よう子
菊花の仇討ち
変化朝顔の栽培が生きがいの同心・中根興三郎は、菊作りで糊口を凌ぐ御家人・中江惣三郎と知り合う。しかし、興三郎は中江と間違えられ、謎の侍たちに襲われて……。（内藤麻里子）
か-54-5

川越宗一
天地に燦たり
なぜ人は争い続けるのか――。日本、朝鮮、琉球。東アジア三か国を舞台に、侵略する者、される者それぞれの矜持を見事に描き切った歴史小説。第25回松本清張賞受賞作。（川田未穂）
か-80-1

川越宗一
熱源
日本人にされそうになったアイヌと、ロシア人にされそうになったポーランド人。文明を押し付けられた二人が、守り継ぎたいものとは？　第一六二回直木賞受賞作。（中島京子）
か-80-2

木内　昇《のぼり》
茗荷谷の猫
茗荷谷の家で絵を描きあぐねる主婦。染井吉野を造った植木職人。画期的な黒焼を生み出さんとする若者。幕末から昭和にかけ各々の生を燃焼させた人々の痕跡を掬う名篇9作。（春日武彦）
き-33-1

木下昌輝
宇喜多の捨て嫁
戦国時代末期の備前国で宇喜多直家は、権謀術策を縦横無尽に駆使し、下克上の名をほしいままに成り上がっていった。腐臭漂う、希に見る傑作ピカレスク歴史小説遂に見参！
き-44-1

堺屋太一
豊臣秀長
ある補佐役の生涯（上下）
豊臣秀吉の弟秀長は常に脇役に徹したまれにみる有能な補佐役であった。激動の戦国時代にあって天下人にのし上がる秀吉を支えた男の生涯を描いた異色の歴史長篇。（小林陽太郎）
さ-1-14

早乙女　貢
明智光秀
明智光秀は死なず！　山崎の合戦で生き延びた光秀は姿を僧侶に変え、いつしか徳川家康の側近として暗躍し、二人三脚で豊臣家を滅ぼし、幕府を開くのであった！（縄田一男）
さ-5-25

佐藤雅美
怪盗　桐山の藤兵衛の正体
八州廻り桑山十兵衛
消息を絶っていた盗賊「桐山の藤兵衛一味」。再び動き始めたのはなぜか。時代に翻弄される人々への、十兵衛の深い眼差しが胸を打つ。人気シリーズ最新作にして、最後の作品。
さ-28-26

佐藤雅美
美女二万両強奪のからくり
縮尻鏡三郎
町会所から二万両が消えた！　前代未聞の事件は幕閣の醜聞に発展する。殺される証人、予測不能な展開。果たして鏡三郎たちは狡猾な事件の黒幕に迫れるか。縮尻鏡三郎シリーズ最新作。
さ-28-25

佐藤雅美
大君の通貨
幕末「円ドル」戦争
幕末、鎖国から開国へ変換した日本は否応なしに世界経済の渦に巻込まれていった。最初の為替レートはいかに設定されたのか。幕府崩壊の要因を経済的側面から描き新田次郎賞を受賞。
さ-28-7

坂井希久子
江戸彩り見立て帖
色にいでにけり
鋭い色彩感覚を持つ貧乏長屋のお彩。その才能に目をつけた右近。強引な右近の頼みで、お彩は次々と難題を色で解決していく。江戸のカラーコーディネーターの活躍を描く新シリーズ。
さ-59-3

坂井希久子
江戸彩り見立て帖
朱に交われば
江戸のカラーコーディネーターが「色」で難問に挑む。大好評の文庫オリジナル新シリーズ、待望の第2弾。天性の色彩感覚を持つお彩の活躍、そして右近の隠された素顔も明らかに……。
さ-59-4

（　）内は解説者。品切の節はご容赦下さい。

佐伯泰英
神隠し
新・酔いどれ小籐次（一）
背は低く額は禿げ上がり、もくず蟹のような顔の老侍で、無類の大酒飲み。だがひとたび剣を抜けば来島水軍流の達人である赤目小籐次が、次々と難敵を打ち破る痛快シリーズ第一弾！
さ-63-1

佐伯泰英
御鑓拝借《おやりはいしゃく》
酔いどれ小籐次（一）決定版
森藩への奉公を解かれ、浪々の身となった赤目小籐次、四十九歳。胸に秘する決意、それは旧主・久留島通嘉の受けた恥辱をすすぐこと。仇は大名四藩。小籐次独りの闘いが幕を開ける！
さ-63-51

佐伯泰英
陽炎ノ辻
居眠り磐音（一）決定版
豊後関前藩の若き武士三人が、帰着したその日に、互いを斬る窮地に陥る。友を討った哀しみを胸に江戸での浪人暮らしを始めた坂崎磐音は、ある巨大な陰謀に巻き込まれ……。
さ-63-101

佐伯泰英
声なき蟬
空也十番勝負（一）決定版（上下）
若者は武者修行のため〝異国〟薩摩を目指す。名を捨て、無言の行を己に課す若者を、国境を守る影の集団「外城衆徒」が襲う！「居眠り磐音」に続く「空也十番勝負」シリーズ始動。
さ-63-161

佐伯泰英
初詣で
照降町四季（一）
日本橋の近く、傘や下駄問屋が多く集まる町・照降町に「鼻緒屋」の娘・佳乃が三年ぶりに出戻ってきた——江戸の大火を通して描く、知恵と勇気の感動ストーリー。
さ-63-201

澤田瞳子
若冲
緻密な構図と大胆な題材、新たな手法で京画壇を席巻した若冲。彼を恨み、自らも絵師となりその贋作を描き続ける亡き妻の弟との相克を軸に天才絵師の苦悩の生涯を描く。（上田秀人）
さ-70-1

佐藤巖太郎
会津執権の栄誉
長く会津を統治した芦名家で嫡流の男系が途絶え、常陸の佐竹家より婿養子を迎えた。北からは伊達政宗が迫り、軋轢が生じた芦名家中の行方は家臣筆頭・金上盛備の双肩に。（田口幹人）
さ-74-1

佐藤巖太郎
将軍の子

江戸城の外で育った「将軍の子」、のちの初代会津藩主・保科正之は、いかにして稀代の名君と呼ばれるようになったのか。数奇な運命と清廉な生き方を描く傑作連作短編集。（本郷和人）

さ-74-2

坂上　泉
へぼ侍

明治維新で没落した家を再興すべく西南戦争へ参加した錬一郎。しかし、彼を待っていたのは、一癖も二癖もある厄介者ばかりの部隊だった——。松本清張賞受賞作。（末國善己）

さ-75-1

司馬遼太郎
竜馬がゆく
（全八冊）

土佐の郷士の次男坊に生まれながら、ついには維新回天の立役者となった坂本竜馬の奇跡の生涯を、激動期に生きた多数の青春群像とともに大きなスケールで描く永遠の傑作青春小説。

し-1-67

司馬遼太郎
坂の上の雲
（全八冊）

松山出身の歌人正岡子規と軍人の秋山好古・真之兄弟の三人を中心に、維新を経て懸命に近代国家を目指し、日露戦争の勝利に至る勃興期の明治をあざやかに描く大河小説。（島田謹二）

し-1-76

司馬遼太郎
翔ぶが如く
（全十冊）

明治新政府にはその発足時からさまざまな危機が内在外在していた。征韓論から西南戦争に至るまでの日本の近代をダイナミックかつ劇的にとらえた大長篇小説。（平川祐弘・関川夏央）

し-1-94

高殿　円
剣と紅
戦国の女領主・井伊直虎

徳川四天王・井伊直政の養母にして、遠州錯乱の時代に一命を賭して井伊家を守り抜いた傑女。二〇一七年NHK大河ドラマにもなった井伊直虎の、比類なき激動の人生！（末國善己）

た-95-1

高殿　円
主君
井伊の赤鬼・直政伝

お前の〝主君〟はだれだ？　井伊家再興の星として出世階段を駆け上る井伊直政。命知らずの直政に振り回されながら傍で見守り続けた木俣守勝の目からその生涯を描く。（小林直己）

た-95-2

文春文庫　最新刊

星落ちて、なお　澤田瞳子
父の影に翻弄され、激動の時代を生きた女絵師の一代記

平蔵の母　逢坂剛
料理屋に突然現れた母。その真偽、そして平蔵の真意とは

猫とメガネ2　ボーイミーツガールがややこしい　榎田ユウリ
一風変わった住人たちのもとへ相談事が舞い込んできて…

桜の木が見守るキャフェ　標野凪
四季の移ろいと人々の交流を温かく描く、再生の物語

アトムの心臓　「ディア・ファミリー」23年間の記録　清武英利
娘の命を救うため、人工心臓の開発に挑んだ家族の物語

陰陽師0　原作・夢枕獏　映画脚本・佐藤嗣麻子
若き日の安倍晴明が事件に挑む！　話題映画のノベライズ

マンモスの抜け殻　相場英雄
介護業界、高齢化社会の絶望と希望を描く社会派ミステリー

神様のたまご　下北沢センナリ劇場の事件簿　稲羽白菟
小演劇の聖地で次々に起こる怪事件を快刀乱麻、解決する

京都・春日小路家の光る君　二　天花寺さやか
強力な付喪神を使役する令嬢と「競べ馬」で縁談バトル！

耳袋秘帖　南町奉行と酒呑童子　風野真知雄
道に落ちていた腕の持ち主とは…南町奉行が怪異に挑む！

彼は早稲田で死んだ　大学構内リンチ殺人事件の永遠　樋田毅
革マル派による虐殺事件の衝撃的真相。大宅賞受賞作！

おしゃべりな銀座　銀座百点編
日本初のタウン誌「銀座百点」から生れた極上エッセイ

精選女性随筆集　石井桃子　高峰秀子　川上弘美選
児童文学の第一人者と、稀代の映画スターの名エッセイ